AF204797

btb

In diesem virtuosen Roman erzählt Peter Schneider die Geschichte des musikalischen Visionärs und begnadeten Lehrers Antonio Vivaldi. Schneider begibt sich auf die Spur des geweihten Priesters und Musikers im barocken Venedig. Und was er dabei entdeckt, ist ein nahezu unbekanntes Werk des Maestros: Sein ganzes Leben lang hat der »prete rosso« an einem Waisenhaus gearbeitet und mit den musikalisch begabten Mädchen das erste Frauenorchester Europas gegründet. Für sie schrieb er einen großen Teil seiner Konzerte, mit ihnen brachte er sie zur Aufführung. Peter Schneider zeigt sich als umsichtiger Erzähler, der der Versuchung der Fiktion nie ganz erliegt, sondern immer wieder fragend bleibt und seine Recherche miterzählt. Er porträtiert den Komponisten als Mann seiner Zeit, der sich gegen die Verdächtigungen der Kirche, aber auch gegen seine eigenen Versuchungen zu behaupten hat. Seine »amicizia« mit der jungen Sängerin Anna Girò wird zum Stein des Anstoßes und zur Quelle seiner Inspiration.

PETER SCHNEIDER, geboren 1940 in Lübeck, wuchs in Freiburg auf, wo er sein Studium der Germanistik, Geschichte und Philosophie aufnahm. Er schrieb Erzählungen, Romane, Drehbücher und Reportagen sowie Essays und Reden. Zu seinen wichtigsten Werken zählen »Lenz« (1973), »Der Mauerspringer«, (1982), »Rebellion und Wahn« (2008), »Die Lieben meiner Mutter« (2013), »Der Club der Unentwegten« (2017). Ab 1985 unterrichtete Peter Schneider als Gastdozent an amerikanischen Universitäten, unter anderem in Stanford, Princeton und Harvard, und lehrt er als Writer in Residence an der Georgetown University in Washington, D.C. Er lebt in Berlin.

Peter Schneider

VIVALDI
und seine Töchter

Roman eines Lebens

btb

Penguin Random House Verlagsgruppe FSC® N001967

1. Auflage
Genehmigte Taschenbuchausgabe September 2022
btb Verlag in der Penguin Random House Verlagsgruppe GmbH
Neumarkter Straße 28, 81673 München
© 2019 by Kiepenheuer & Witsch, Köln
Alle Rechte vorbehalten
Covergestaltung: semper smile, München
nach einem Entwurf von Lübbeke , Naumann und Thoben
unter Verwendung eines Motivs von
© Giovanni Antonio Canaletto, The Toledo Museum of Art/AKG
Druck und Einband: GGP Media GmbH, Pößneck
MK · Herstellung: sc
Printed in Germany
ISBN 978-3-442-77174-5

www.btb-verlag.de
www.facebook.com/btbverlag

Für Michael Ballhaus

VORSPIEL

Der Kameramann Michael Ballhaus gab den ersten Anstoß zu meiner Recherche über Leben und Werk von Antonio Vivaldi. Solange er noch sehen könne, sagte Ballhaus leichthin, wolle er noch ein paar schöne Film-Bilder zu der Musik von Vivaldi machen; er habe sie bereits im Kopf.

Ich wusste von Ballhaus' unheilbarer Augenkrankheit, die zur Blindheit führen würde. Er hatte die besten Spezialisten der Welt konsultiert, aber niemand konnte ihm Hoffnung auf Heilung machen oder auch nur sagen, wann er das Augenlicht verlieren würde. Seine Einladung, ein Drehbuch über Vivaldis Leben zu schreiben, war ein Vorschlag, zu dem ich nicht Nein sagen konnte.

Der Name rief sofort Erinnerungen bei mir wach. Als Schüler hatte ich die leichteren Konzerte von ihm gespielt. Geübt hatte ich sie oft in einem leeren Klassenzimmer meines Gymnasiums und mit meinen Übungen, die in dem Raum wunderbar widerhallten, die Mädchen des Parallel-Gymnasiums angelockt. Weil es in den fünfziger Jahren im zerstörten Freiburg nicht genügend intakte Schulen gab, war unser gemischtes Gymnasium gezwungen, die Räume mit einem Mädchengymnasium zu teilen; im Wochenwechsel hatten die Schüler und Schülerinnen des Berthold-Gymnasiums und die Mädchen des Droste-Hülshoff-Gymnasiums entweder vormittags oder nachmittags Unterricht. Da stand ich also nach dem Vormittagsunterricht, wenn meine Klassenkameraden längst ins Schwimmbad oder zum Fußballplatz geradelt waren, mit meiner Geige in einem Klassenzimmer des roten Backsteingebäudes und füllte die Räume mit den Arpeggios eines Violinkonzertes von Vivaldi. Und tat so, als bemerkte ich die Mädchen nicht, die in der Pause die Tür öffneten, unter dem Türsturz stehen blieben und mir lauschten. Andere hatten ihre ersten Erfolge, weil sie gute Fußballspieler waren; ich hatte sie mit Vivaldi.

Michael Ballhaus war in Franken in einem Wandertheater aufgewachsen, das von seinem Vater geleitet wurde. Mit dieser Wanderbühne war die Familie über Land gezogen und hatte viele Stücke des Weltrepertoires gespielt, die man sonst in der Provinz nicht zu sehen bekam. Sie waren damit nicht reich geworden, aber das Wandertheater hat den Krieg und Nachkrieg auf dem Lande überlebt und spielt heute noch.

Mein Vater, Sohn eines Pfarrers, war Komponist und Dirigent und dem vorbestimmten Schicksal, ebenfalls Pfarrer zu werden, durch seinen virtuosen Umgang mit den Orgeltasten und -pedalen entkommen. Nach dem Krieg hatte er eine Stelle als erster Kapellmeister an der Freiburger Oper gefunden. Dort holte ich ihn oft nach der Schule ab. Der Mann an der Pforte des Künstlereingangs kannte den Jungen mit dem Schulranzen auf dem Rücken und dem Geigenkasten in der Hand und ließ ihn passieren. Er wusste, dass ich mich in den verwinkelten Gängen und Treppen, die nach oben führten, im Schlaf zurechtgefunden hätte. Leise öffnete ich eine der Türen ins Innere des Theaters. In den oberen Reihen setzte ich mich auf einen der mittleren Plätze des leeren Zuschauerraums, der ohne Beleuchtung unermesslich wirkte, und brauchte eine Weile, bis sich meine Augen an die Dunkelheit gewöhnt hatten. Ich sah nichts als den Umriss meines Vaters über dem Orchestergraben und – vom Licht des Notenpults beleuchtet – seine Hände mit dem Taktstock in der rechten, die mit einem leichten Heben ein gewaltiges Tutti auslösen konnten. Und wenn er und das Orchester den Rhythmus gefunden hatten, rief die Bewegung seines Oberkörpers noch eine weitere Bewegung hervor: ein heftiges Rucken seines Kopfes, das seinen roten Haarschopf in die Stirn fallen ließ; konnte er jetzt überhaupt noch etwas sehen? Erst wenn er die Passage abbrach, warf er die Haare mit einer lässigen Bewegung der linken Hand zurück.

Das Opernprogramm der Freiburger Oper in den frühen fünfziger Jahren – ich kannte es auswendig, beinahe Takt für Takt.

Nach meinem Urteil und dem meiner Geschwister hatte unser Vater nicht den Erfolg, den er verdiente. Niemand zweifelte jedoch an seinem Talent, uns und alle, die ihm nahekamen, mit seiner Begeisterung für die Musik anzustecken.

Vivaldi wurde seiner roten Haare wegen *prete rosso* genannt. Erst als ich mit meinen Recherchen begann, fiel mir eine weitere Parallele zwischen ihm und meinem Vater auf: Er hatte wie Vivaldi an Asthma gelitten. Mein Vater

9

war die Anfälle erst losgeworden, als er auf Drängen seiner jungen zweiten Frau, meiner Stiefmutter, seine feste Stellung am Theater kündigte und im Alter von knapp fünfzig Jahren eine zweite Karriere begann, die wir, seine vier halbwüchsigen musizierenden Kinder, als einen Verrat an seiner wahren Bestimmung empfanden. Er reiste von einer kleinen Provinzstadt im Umfeld Freiburgs zur nächsten, um das Referendariat im Lehrfach Musik abzuschließen, machte das Staatsexamen in diesem Fach und brachte es schließlich zum Professor für Musikpädagogik an der Freiburger Hochschule für Musik. Nach seiner Kündigung an der Oper gründete er eine Orchestergesellschaft in Freiburg und in dem nahen Städtchen Staufen ein Barockfestival, das zu einer festen Einrichtung geworden ist. Dort saß ich dann unter den zweiten Geigern und spielte neben anderen barocken Meistern: Antonio Vivaldi.

Vivaldi ist heute der bekannteste klassische Komponist der Welt – er wird öfter gespielt als Mozart und Beethoven. Ein paar Takte Vivaldimusik erklingen unweigerlich in den Handys, in den Telefonwarteschleifen kleiner und großer Unternehmen, in den Fahrstühlen, Supermärkten und Restaurants Europas und der USA, inzwischen auch in denen der Schwellenländer und der armen Welt. Die Tonschnipsel stammen immer aus ein und demselben Werk: aus den *Vier Jahreszeiten.* Der Schöpfer dieses Werks war jedoch schon zu seinen Lebzeiten vollständig in Vergessenheit geraten und hatte in Wien – fünfzig Jahre vor Mozart – ein Armenbegräbnis erhalten.

1

Bei meinen Recherchen stieß ich auf eine Seite in Vivaldis Leben, die in Deutschland so gut wie unbekannt geblieben ist. Vivaldi, der ein schier unüberschaubares Werk hinterlassen hat, war ein geweihter Priester und wurde in seiner Geburtsstadt Venedig erst im Alter von knapp dreißig Jahren als Geiger und Komponist bekannt. In den folgenden Jahrzehnten hat er Fürsten, Könige, Kaiser Karl VI. und auch den Papst getroffen. Aber die längste Zeit seines Wirkens arbeitete er für ein bescheidenes Gehalt an einem Waisenhaus für Mädchen in Venedig, am Ospedale della Pietà in der Riva degli Schiavoni. Das festungsartige Gebäude mit Blick auf die Insel San Giorgio beherbergt heute das Hotel Metropole. Hinter diesen Mauern hat Vivaldi aus den musikalisch begabten Waisenmädchen einen Chor und ein Orchester geformt, dessen Qualität sich in ganz Europa herumsprach. Einen guten Teil seiner Musik, vor allem seine *musica sacra,* aber auch die meisten seiner Violinkonzerte hat Vivaldi für die *figlie della Pietà* (Töchter der Pietà) geschrieben und mit ihnen zur Aufführung gebracht.

Die Konzerte fanden nachmittags an Sonn- und Feiertagen in der damals noch kleinen Kirche der Pietà statt. Mit den Jahren wurden die Konzerte so bekannt, dass Fürsten, geistliche Würdenträger und Berühmtheiten aus ganz Europa nach Venedig reisten, um Vivaldis *figlie* zu hören.

Das Orchester bestand ausschließlich aus Waisenmädchen bzw. aus Frauen, die als Waisenkinder in der Pietà Aufnahme gefunden hatten und dort geblieben waren – es war das erste weibliche Orchester in Europa. Die als typisch männlich geltenden Instrumente wie Trompete, Horn, Pauke, Trommel und Kontrabass wurden von Musikerinnen gespielt. Die Tenor- und Bass-Stimmen der Vokalwerke wurden ebenfalls von Mädchen oder Frauen gesungen. Da die Familiennamen der Musikantinnen unbekannt waren bzw. streng geheim gehalten wurden, benannte man sie nach ihrem musikalischen Fach: Anastasia del Soprano, Cattarina del Violo, Madalena del Violin, Maria della Tromba. Auch die *figlie di comun* (die einfachen Töchter), die sich nicht als Musikerinnen eigneten, wurden nach den Tätigkeiten, die sie ausübten, benannt: Flavia della Cucina (Küche), Elisabetta della Saponeria (Seifenmacherei), Zanetta della Biancheria (Wäscherei).

Bei den Konzerten traten die Mädchen meist in Weiß mit weißen Geraniensträußchen im Haar auf; bei den seltenen Auftritten außerhalb der Pietà auch in tulpenroten Kleidern. Meistens jedoch waren sie unsichtbar. Bei den Konzerten in der Pietà konnte man die Sängerinnen und Instrumentalistinnen, so verlangten es die Regeln des Instituts, nur hören, nicht sehen. Sie waren den Blicken des Publikums durch ein robustes, an der Empore angebrachtes Gitterwerk entzogen. Beim Publikum entstand der

Eindruck eines himmlischen Chors und Orchesters, deren Mitglieder weder Gesicht noch Körper hatten.

Das Waisenhaus in der Riva degli Schiavoni steht zu Teilen immer noch, der Bau der neuen Kirche des Ospedale, die neben dem Hotel Metropole steht, wurde erst nach Vivaldis Tod in Angriff genommen und im Jahre 1902 fertiggestellt.

2

Es gibt keine Zeichnung und kein Gemälde, das Vivaldi bei einem seiner Konzerte oder den Proben zeigt. Ich stelle mir vor, wie er eines der Konzerte »für viele Instrumente« – Trompeten, Klarinetten, Oboen, Streicher und Basso continuo – mit seinem Orchester probt. Der einzige Mann unter rund dreißig weiblichen Musikantinnen. Kein schöner Mann, zu lange Oberlippe, ein spirriger, nervöser Irrwisch mit Hakennase und flammend roten Haaren, der am Cembalo sitzt und mit der freien rechten Hand dirigiert. An einer Stelle bricht er ärgerlich ab, ruft eine der Bläserinnen auf.

»Maria della Tromba! Ein Viertelton zu hoch!«

Maria wiederholt die Passage, aber Vivaldi schüttelt heftig seinen roten Schopf. Er ruft Madalena del Violin auf, woraufhin drei Violinistinnen aufstehen und Vivaldi fragend anblicken.

»Warum müssen alle Mädchen mit dem Namen Madalena Geige spielen?«, ruft er ihnen zu.

Die Mädchen lachen.

»Madalena, die Dritte! Spiel Maria bitte die Passage vor!«

Madalena III. bringt auf ihrer Geige die Trompetenpassage mit dem verrutschten Ton zweimal zu Gehör, erst mit dem Fehler, danach sauber intoniert. Vivaldi nickt ungeduldig.

»Hörst du den Fehler, Maria? Auch wenn *du* ihn nicht hörst, Gott hört ihn. Und Gott leidet furchtbar, wenn er einen Fehler hört! Noch einmal das Tutti!«

Er gibt den Einsatz, aber ist mit dem Ergebnis nicht zufrieden.

»Schneller!«

Er gibt mit dem Cembalo mit der linken Hand den Rhythmus vor, versucht, seinen persönlichen Stil, den schnellen und unbändigen Vivaldi-Rock, durchzusetzen.

»Noch einmal. Und jetzt so schnell, wie es gar nicht geht!«

Die Mädchen brechen abermals in Kichern aus, das sich wie eine anschwellende Welle von Pult zu Pult fortsetzt. Dafür lieben sie ihn. Der Maestro kann launisch, ja jähzornig sein, aber er bringt sie zum Lachen. Vor allem lieben sie ihn dafür, dass er ihnen etwas zutraut, nein, nicht nur etwas, sondern alles.

Vivaldi lässt ihnen ein paar Takte für das Lachen Zeit und gibt dann mit großer Geste den Einsatz. Nach einem chaotischen Beginn finden die Mädchen in den schnellen Rhythmus. Vivaldi scheint zufrieden zu sein.

Im Hinausgehen trifft er auf den Blick der *maestra della battuta* – einer übergewichtigen Schwester, die Vivaldis Proben und Unterrichtsstunden zu überwachen hat. Sitte und Anstand im Ospedale zu wahren, notfalls mit dem Stock, dies ist ihr Auftrag. Vivaldi weiß, dass Frauen und Eunuchen für den Unterricht bevorzugt werden. Weil Letztere, wie es die Priora einmal ausdrückte, »gewisse Überflüssigkeiten in der Hose lassen«. Aber Vivaldi, weder Frau noch Eunuch, ist nicht ersetzbar. Er und sein Chef, der Chorleiter und Komponist Francesco Gasparini, sind die einzigen männlichen Lehrer unter rund vierhundert Mädchen und den Erzieherinnen. Die schwärmerischen Blicke, die das eine und das andere Mädchen dem Priester mit dem langen roten Haar zuwerfen, liefern der Aufpasserin bei jeder Probe den Beweis für die Notwendigkeit ihres Jobs.

Abrupt tritt sie Vivaldi entgegen. »Die Priora bittet um Ihren Besuch!«

3

Die Priora ist nicht allein, als Vivaldi ihr Amtszimmer betritt. Sie stellt ihm einen Mann in einem eindrucksvollen Ornat vor.

»Seine Eminenz, der vatikanische Gesandte!«

Vivaldi hat bereits einiges über diesen Würdenträger gehört. In seinen öffentlichen Verlautbarungen hat der Nuntius eine strenge Reform der Geistlichkeit Venedigs angekündigt. Allerdings munkeln Vivaldis Geschwister am Familientisch, der fromme Mann lasse sich aus dem einen oder anderen der vier Waisenhäuser Venedigs Musikantinnen zuführen.

»Untertänigster Diener Eurer Eminenz, Antonio Vivaldi«, begrüßt Vivaldi ihn und verbeugt sich tief.

»Don Vivaldi«, verbessert ihn der päpstliche Gesandte und hält ihm seine beringte Hand zum Kuss hin, die der *prete rosso* mit dem rituellen Millimeterabstand an seinen Mund führt.

»Ihr Ruf, Maestro, ist bis nach Rom gedrungen«, fährt der Nuntius fort. »Und da konnte ich natürlich der Versuchung nicht widerstehen, den Mann kennenzulernen, der aus den Waisenmädchen der Pietà ein Orchester geformt hat, das alle Welt hören will!«

Vivaldi deutet eine weitere Verbeugung an.

Der päpstliche Gesandte, erklärt die Priora, wolle den Glauben in Venedig erneuern. Der Nuntius schwächt diese Ankündigung durch eine leutselige Geste ab. Er müsse Vivaldi sicher nicht darüber belehren, wie weit die Verwahrlosung des geistlichen Standes in der Stadt gediehen sei. Priester und Mönche zeigten sich mit Masken beim Karneval, verdienten sich als Sänger in verruchten Opernhäusern ein Zubrot, hielten sich Konkubinen, frönten der Knabenliebe und beriefen sich gar, zur Rechtfertigung ihrer Sünden, auf den deutschen Ketzer Martin Luther!

Vivaldi zögert nicht, sich zu bekreuzigen.

Der Nuntius, ergänzt die Priora, mache sich Sorgen darüber, dass neben den bewährten Lehrerinnen auch Männer an der Pietà unterrichteten.

»Es sind zwei – Francesco Gasparini und ich«, sagt Vivaldi.

»Von denen einer ein geweihter Priester ist«, insistiert der Nuntius. »Deswegen würde ich mir wünschen, dass Don Vivaldi neben seinen musikalischen Aufgaben auch seine priesterlichen Pflichten erfüllt und die Messe liest!«

Vivaldi sucht den Blick der Priora.

Eine angeborene Krankheit, erklärt er dem Nuntius, hindere ihn daran, diesen Dienst, zu dem ihn Gott und seine Mutter berufen hätten, auszuüben. Er habe den Altar immer wieder verlassen müssen, weil er von unbegreiflichen Anfällen geschüttelt wurde.

»Wobei Sie, wie ich gehört habe, die Messe gelegentlich

unterbrechen, um in der Sakristei einen musikalischen Einfall zu notieren.«

Vivaldi und die Priora sind entrüstet. »Ich bitte um Vergebung, Eminenz«, protestiert sie, »aber solche abwegigen Gerüchte werden Sie doch nicht glauben!«

Der Nuntius lächelt undurchsichtig.

»Sind sie abwegig oder wahr? Oder beides?«

»Es ist eine furchtbare Enge in meiner Brust«, rechtfertigt sich Vivaldi, »ein innerer Brand, der mir seit meiner Kindheit den Atem raubt. Manchmal ist es so schlimm, dass ich zu Fuß nicht über eine Brücke gehen kann, ich muss mich tragen lassen. Nur wegen meiner Unfähigkeit, das Priesteramt angemessen auszuüben, habe ich überhaupt zu meinen bescheidenen Talenten als Geiger und Komponist Zuflucht genommen.«

Noch während seiner Rechtfertigungsrede wird Vivaldi von einer Art Japsen und spastischen Zuckungen erfasst. Der Nuntius sieht ihm halb ungläubig, halb amüsiert zu. Er scheint den Anfall für eine komödiantische Einlage zu halten, zumal Vivaldi das seit der Antike bekannte Fachwort für seine Krankheit namens »Asthma« gar nicht ausgesprochen hat.

»Bei der Aufzählung Ihrer Talente haben Sie eines vergessen: Ihr Talent als Schauspieler!«

Die Priora versucht, die beiden Männer zu beruhigen. Wegen seiner großen Verdienste um die Musikerziehung der Mädchen sei sie geneigt, Vivaldi manches nachzusehen. Aber anlässlich des höchsten Festtags der Pietà, des Festes der *Visitazione della Beata Vergine Maria ed Elisabetta* (des Besuchs der seligen Jungfrauen Maria und Elisabeth), zähle sie darauf, dass Don Vivaldi eine Messe lese.

Es ist nicht zu erkennen, ob Vivaldis Kopfzucken Zustimmung oder Ablehnung bedeutet.

Anschließend begleiten die Priora und Vivaldi den Nuntius zu einer Besichtigung des Waisenhauses. Ein dissonantes Gewirr aus Geigen-, Cello-, Oboen-, Trompeten- und Fagott-Passagen erfüllt die Flure, übertönt oder untermalt von Sopran-, Alt- und ein paar rätselhaften tiefen Stimmen. Vivaldi, der sich erholt zu haben scheint, bleibt wie vom Schlag getroffen stehen, wenn er in dem Durcheinander der Übungen einen falschen Ton heraushört – denn so gut wie alles, was da geübt und gesungen wird, stammt aus seiner Feder. Doch die Priora untersagt ihm, sofort einzuschreiten und der Delinquentin eine Korrektur abzuverlangen.

Im hinteren Teil der Anstalt sind die Fabrikräume untergebracht. Hier arbeiten auf engstem Raum die *figlie di comun*. Einige sitzen an Webstühlen, andere schneidern Soutanen, Messgewänder oder Segel, wieder andere stellen in großen Bottichen Seife aus Asche und Rindsfett her, noch einmal andere waschen und bügeln, einige füllen in der Apotheke des Hauses Medikamente ab.

Der Nuntius bleibt stehen, um ein vielleicht achtjähriges Mädchen zu beobachten, das von einer robusten Vorarbeiterin in seine Arbeit eingeführt wird. Das Kind schafft es nicht, mit der Nadel in seiner kleinen Hand die grobe Segelleinwand zu durchstoßen. Als es endlich gelingt, gibt der Nuntius ein lautes »*Brava!*« von sich.

4

Es ist ein nebliger Novembertag, als Vivaldi auf die Straße tritt. Die Luft ist so feucht, dass man sie trinken könnte. Vivaldi nimmt nicht die Riva degli Schiavoni, die entlang dem Canale di San Marco in Richtung Arsenal führt. Er zieht es vor, durch die schmalen Gassen und Straßen zu gehen, die parallel zum großen Kanal zu seinem Elternhaus in der Bragora führen. Diesen zehn Minuten langen, verwinkelten Fußweg nach Hause könnte er mit verbundenen Augen gehen, er ist ihn schon tausendmal gegangen. Er schaut nicht zur Insel San Giorgio hinüber, deren Kirchturm beim Überqueren eines Seitenkanals kurz aus den Nebeln tritt. Er verirrt sich nicht in eine der Sackgassen in Richtung Norden, die ohne Barriere direkt ins Wasser eines weiteren Seitenkanals führen; dort docken Lastkähne an, um Baumaterial für Ausbesserungsarbeiten an den maroden Häusern heranzuführen.

Vivaldi zittert vor Wut über die Zumutungen des Nuntius und der allzu willfährigen Priora. Sie weiß doch, dass er sich wegen seiner Krankheit auf den längeren Wegen nur in Gondeln bewegen kann und auf der Terra ferma nur in Kutschen. Außerdem ist es in Venedig durchaus üblich, dass geweihte Priester nicht die Messe lesen. Venedig ist die Stadt mit dem höchsten Anteil an Priestern und Huren auf der Welt, wobei Erstere nicht selten auch Klienten der Letzteren sind. Auf fünfundzwanzig Bürger in der Stadt kommt ein Priester, der sich der Soutane nur bedient, um seinen Bürgerpflichten als Steuerzahler und Soldat zu entgehen. Priester verdingen sich als Hauslehrer bei adligen Familien, als Sänger und Komponisten an Venedigs Opernhäusern, als Spione und Kuriere, sie wirken als Notare, haben illegale Kinder, die dann als »Kinder eines Sakrilegs« in der Pietà landen – Priester, die nie die Kanzel einer Kirche bestiegen haben. Was will der Nuntius von Vivaldi, der im Unterschied zu diesen Kollegen unzählige Messen, Oratorien, Kantaten und Konzerte für seine Mädchen an der Pietà geschrieben hat?

In einer engen Gasse übersieht er einen Patrizier, der ihm entgegenkommt. Der benimmt sich, als habe er die Gasse für sich gepachtet, und hält direkt auf Vivaldi zu – tatsächlich ist nur für einen der beiden in der Gasse Platz. Es droht ein Zusammenstoß, ein Verkehrsunfall zwischen Fußgängern im 18. Jahrhundert – und eine Anklage gegen Vivaldi. In letzter Sekunde drückt der sich in einen Hauseingang und murmelt eine Entschuldigung. Er hat eine wichtige Verkehrsregel der Serenissima nicht beachtet: Patrizier haben immer Vortrittsrecht! Die Bürger – und auch die Priester – müssen ihnen Platz machen.

Als er in seinem Geburtshaus in San Giovanni in Bragora ankommt, ist alles für ein frühes Abendessen vorbereitet. Seine Mutter Camilla erklärt ihm, der Vater müsse noch am gleichen Abend im Theater San Giovanni Grisostomo spielen. Aus einem Nebenraum hört Antonio, wie sich sein Vater an einer schwierigen Passage abmüht. Vivaldi nimmt sich kaum die Zeit, seine Geschwister zu begrüßen, holt seine Kindergeige vom Schrank und bricht mit wildem Spiel in die Übung des hinter der Tür musizierenden Vaters ein. Die Töne, die der Sohn auf der halben Geige hervorbringt, klingen wie das Geschrei liebestoller Katzen. Die Übungen im Nebenraum hören plötzlich auf, Camilla und die Geschwister halten den Atem an und warten auf die Fortsetzung des wohlbekannten Rituals. Antonio stimmt seine Geige und wiederholt jetzt fehlerfrei die Passage, die dem Vater misslungen ist. Nun setzt auch die Geigenstimme aus dem Nebenraum wieder ein, zu der der Sohn eine virtuose Zweitstimme improvisiert. Andächtig hört die Familie dem Duett zu, bis der Vater mit gezücktem Bogen aus der Tür tritt.

»*Ti ammazzo*«, ruft Vivaldis Vater und sticht dem Sohn mit seinem Bogen in den Bauch.

»*Mangiamo, ragazzi. La pasta è pronta!*«, ruft Camilla.

Nicht alle von Vivaldis sechs Geschwistern sitzen mit am Tisch, aber auf ihn, den Erstgeborenen, hat man gewartet. Mit seinem Jahresgehalt von einhundertsechzig Dukaten bei der Pietà bestreitet Antonio den Löwenanteil des Familienhaushalts. Sein Vater Giambattista hat zwei Berufe. Er hat sein Arbeitsleben als Barbier begonnen und dank seines außergewöhnlichen Talents ein Auskommen als Geiger gefunden. Nun hetzt er täglich zwischen mehreren Arbeitsstellen – der San-Marco-Kirche und zwei Opernhäusern – hin und her, um einen Bruchteil des Salärs seines ältesten Sohnes zu verdienen.

Zwei von Vivaldis Brüdern sitzen nicht mit am Tisch.

Der zweitgeborene Bruder Bonaventura sollte es nach dem Willen des Vaters zunächst seinem großen Bruder Antonio nachtun und ebenfalls Priester werden. Aber er hat die ihm bestimmte Laufbahn ausgeschlagen und lässt sich zu Hause kaum noch sehen. Der nächstjüngere Bruder Francesco ist dem Erstberuf des Vaters gefolgt und arbeitet als Barbier. Der dritte Bruder, Iseppo, ist noch ein Kind und wird von seinen drei Schwestern Zanetta, Margarita und Cecilia verwöhnt.

Hat Antonio im Anschluss an das Abendessen das heikle Thema angesprochen, das seine Mutter immer wieder in Rage bringt? Nein, nicht schon wieder diese Unterhaltung beginnen, die nur Verletzte hinterlässt.

Vivaldi: »Warum in Gottes Namen habt ihr mich zum Priester gemacht? Ich war ein Wunderkind, konnte im Alter von acht Jahren die schwierigsten Stücke von Corelli und Scarlatti spielen, ich wäre in Venedig mit seinen vielen Opernhäusern und Kirchen berühmt geworden und hätte nie eine Messe lesen müssen!«

Camilla: »*Basta, Antò! Stai zitto!*«

Der Priesterberuf, das bestreitet er nicht, war die einzige Hoffnung einer armen und kinderreichen Familie auf einen Aufstieg. Wobei die wohlhabenderen Familien eher ihren Jüngsten für diesen Weg bestimmten und nicht wie in seinem Fall den Ältesten. Dass er in eine arme Familie hineingeboren wurde, kann er seinen Eltern nicht vorwerfen. Im Übrigen hatte es die sieben Opernhäuser in Venedig zur Zeit von Vivaldis Geburt noch gar nicht gegeben. Also würde er nur hören, was er schon bis zum Überdruss zu hören bekommen hat: »*Cretino!* Wie oft muss ich dich noch an das Erdbeben vor deiner Geburt erinnern. Dass ich in Panik war und Gott und allen Heiligen geschworen habe: Mein Sohn, wenn er denn überlebt, wird ein Priester! Und dank meines Gebets haben wir beide das Erdbeben überstanden. Sollte ich mein Gelübde etwa brechen? Sei dankbar, dass du überhaupt auf die Welt gekommen bist und wir dich umsorgen! Mäßige dich, und tu deine Pflicht!«

Und wenn Camilla nun keinen Sohn, sondern ein Mädchen zur Welt gebracht hätte, was hätte sie dann versprochen, um sich Gott und allen Heiligen dankbar zu erweisen?

Vivaldi: »Danke, Mama, du bist die Beste!«

Historiker haben vergeblich nach einem Beleg für das von Camilla behauptete Erdbeben gesucht. Dass seine Mutter hier vielleicht etwas erfunden hat, kann der erwachsene Antonio nur vermuten, nicht wissen. Was den Sohn jedoch bis zum Jähzorn ärgert, ist Camillas Appell an seine Dankbarkeit. Ja, mag sein, vielleicht hat er wegen seines prekären Gesundheitszustands und seines einzigartigen Talents mehr Rücksicht und Aufmerksamkeit erfahren als seine Geschwister. Aber hat er nicht auch ein Recht darauf? Hat er seiner Familie nicht tausend Gründe geliefert, auf ihn stolz zu sein?

5

Was immer es mit dem Erdbeben auf sich hatte – Vivaldis Mutter hatte es schwer bei seiner Geburt. Das weiß er nicht nur aus Camillas von frommen Danksagungen unterbrochenen Halbsätzen, sondern auch aus den Berichten der Hebamme, die ihr half, das Kind im Haus seiner Eltern zu gebären. Erst in allerletzter Minute sei es ihr gelungen, den kleinen Antonio auf die Welt zu holen. Doch der Neugeborene sei schwer krank gewesen.

Aber um welche Krankheit hatte es sich gehandelt? Hatte sie vielleicht jene »Enge in der Brust« bewirkt, die sein weiteres Leben bestimmt und ihn auch beim Gespräch mit dem Nuntius überfallen hatte?

Dank der langen Erfahrung in ihrem Beruf hatte die Hebamme befürchtet, dass der Neugeborene jeden Augenblick sterben könnte. Sie hatte ihm sofort Wasser über den kleinen Kopf gegossen und das Kind mit den Worten »Ich taufe Antonio Lucio im Namen des Vaters, des Sohnes und des Heiligen Geistes. Amen« getauft.

Acht Wochen später wurde der Säugling in die Kirche San Giovanni in Bragora im Stadtteil Castello gebracht, wo er die heilige Ölung empfing. Der Priester berührte die Augen, die Ohren, die Nase, den Mund und die Hände des Kindes mit dem heiligen Öl und streute Salz auf die kleine Zunge, um den Teufel fernzuhalten. Während dieser Zeremonie, die die Nottaufe in eine legitime Taufe überführte, wurde der kleine Antonio von seinem Patenonkel Antonio Veccelino gehalten.

Dass er seine Geburt und die ersten Wochen überhaupt überlebt hatte, hatte er – in dieser oder einer anderen Reihenfolge – seiner Mutter, der Hebamme und dem Schöpfer zu verdanken. Dankbarkeit war eine Pflicht, in die er hineinwuchs. Andere Geschwister hatten weniger Glück gehabt. Seine ältere Schwester Gabriela Antonia war achtzehn Monate nach ihrer Geburt gestorben – kurz nachdem ihr Bruder Antonio das Licht der Welt erblickt hatte. Seine nachgeborene Schwester Margarita Gabriela war bei ihrer Geburt ebenso schwach gewesen wie Antonio. Zwei weitere jüngere Geschwister, sein dreijähriger Bruder Iseppo Santo und seine gerade ein Jahr alte Schwester Gierolima Michiella, wurden innerhalb von drei Tagen von den Pocken dahingerafft. Trotz all dieser Unglücksfälle wuchs Antonio in einer großen Familie auf und teilte sich mit sechs Geschwistern, alle jünger als er, die kleine Wohnung in der Bragora. Seit er Anstellung bei der Pietà gefunden hatte, nahm er seinem Vater die Hälfte der Miete ab. Später, als die Einnahmen aus seinen Opern stiegen, unterschrieb er allein die Mietverträge für seine Familie.

Der Regel nach durften die Aspiranten für das Priesteramt nicht jünger als zwölf Jahre alt sein. Die Eltern mussten beweisen, dass sie schuldenfrei waren, keine Verbrechen begangen hatten und zum Zeitpunkt der Geburt des Sohnes verheiratet waren. Die Aspiranten wurden geprüft, ob sie lesen und schreiben konnten, nicht missgestaltet oder krank waren und Grundkenntnisse der christlichen Lehre besaßen.

Mit fünfzehn Jahren meldete Vivaldi sich in Begleitung von seinen Eltern und zwei Zeugen im Palast des Patriarchen auf der Insel San Pietro di Castello als Aspirant für das Priesteramt. Drei Monate später erhielt er die Tonsur. Hinter den anderen Kandidaten ging er im Gewand eines Geistlichen und einer kurzen weißen *cappa* aus Leinen über dem linken Arm auf den Patriarchen zu. In der rechten Hand hielt er eine Kerze, in der linken eine schmale silberne Schale, in der eine Schere lag. Als er aufgerufen wurde, antwortete er mit dem obligatorischen »Adsum« (Ich bin bereit) und sah, wie der Patriarch nach der Schere griff. Hatte der die Schere rasch noch gesegnet, bevor er Vivaldi damit in die Haare fuhr?

Was Vivaldi nicht sehen konnte, waren die Verwüstungen, die der Patriarch auf seinem Kopf anrichtete. Allerdings hatte er bei seinem Vorgänger, wenn auch aus weitem Abstand, die Schnittfolge beobachtet. Erst schnitt der Patriarch zwei dicke Haarsträhnen rechts und links über dem Ohr ab, dann je eine Haarsträhne am Hinterkopf und noch eine mitten auf dem Kopf. Den Abfall, die rote Haarpracht des Aspiranten Vivaldi, warf der Patriarch in die silberne Schale. Wahrscheinlich sollten seine Haare nicht den Marmorboden beschmutzen.

Vivaldi zuckte bei jedem Schnitt zusammen, als gäbe es Nerven in seinen Haaren. Vor die Wahl gestellt, was für ein Opfer er zu bringen bereit war, um seine Devotion zu beweisen, würde er sich lieber die Ohrläppchen abschneiden lassen. Zumal die Prozedur ständig nachgeholt werden musste, weil Haare nachwuchsen. Er hatte selten Gelegenheit gehabt, in einen Spiegel zu schauen, und hatte sie auch nicht gesucht. Aber auf dieses eine Privileg, das ihn vor allen anderen auszeichnete, wollte er nicht verzichten: auf seine vom Vater ererbten roten Haare.

Auf dem Nachhauseweg stimmte er in den Spott anderer Aspiranten ein, die sich über die Hierarchie der Tonsurgröße lustig machten. Ein einfacher Priester musste sich mit einem Loch in seiner Frisur begnügen, das etwa die Größe eines Dukatens hatte. Ein Bischof stellte seine höhere Würde zur Schau, indem er dieses Loch von einem geübten Friseur zur Größe eines Handtellers erweitern ließ. Nur der Papst hatte das Privileg, das gesamte Haupthaar bis auf einen Haarsaum an der Stirn zu beseitigen – sofern dort noch etwas wuchs.

6

Aber es gab noch eine andere Bedrängung, die Vivaldi heimsuchte. In den Wochen und Monaten vor seiner Tonsur war es ihm passiert, dass sich sein membrum virile – »dieser sündige Teil, den du niemals berühren darfst!« – plötzlich versteifte und eine durchsichtige, klebrige Flüssigkeit von sich gab. Er hatte das membrum umklammert, fest zusammengedrückt und versucht, den Auswurf aufzuhalten. Gebete halfen nicht – das aufständige Teil hörte nicht auf, die rätselhafte Flüssigkeit zu verströmen, im Gegenteil. Je stärker er es zusammenpresste, desto weiter spritzte es – nicht einmal eine Teetasse hätte ausgereicht, die Menge des Ergusses aufzunehmen. Vivaldi war tief erleichtert, als der Aufstand zwischen seinen Beinen endlich an Kraft verlor und das membrum virile wieder auf Normalgröße zusammenschrumpfte.

Was war es, das da aus ihm herausströmte? Als er seine Hand ins Licht hielt, erschien ihm die Flüssigkeit, die seine Hand befleckte, nicht mehr durchsichtig, sondern gelblich! Befleckt, Befleckung – das Gegenteil von »unbefleckt«, von »immaculata«, jener Tugend, die der unbefleckten Jungfrau Maria gehörte.

War es eine Art Eiter, der da aus ihm herausgetreten war? Er konnte keine Wunde und keine Entzündung ausmachen. Im Übrigen hatte er während des Ereignisses keinerlei Schmerz gespürt, sondern nur ein unbegreifliches, zweifellos verwerfliches Glücksgefühl.

Es gab niemanden, mit dem er darüber hätte reden können, nicht einmal Giambattista. Vivaldi reinigte sein Bett, dann sich und ging beichten. Statt ihm eine Erklärung für den rätselhaften Vorgang zu geben, erlegte ihm sein Beichtvater Bußen und Gebete auf, die allerdings gegen die wiederkehrenden Regungen des membrum virile nicht halfen.

Da seine Familie zu arm war, um die sechzig Dukaten für die Weiterbildung zu den höheren Weihen vorzulegen, blieb ihm nichts anderes übrig, als sich sein Studium als Gehilfe in der Kirche seines Pfarrsprengels zu verdienen. Diese Art der Ausbildung wurde von der Kirche als Alternative zum Besuch der Scuola Sestiere anerkannt.

Vielleicht hat sein Status als Externer den Künstler Vivaldi gerettet. Denn zu Hause lief die musikalische Ausbildung durch seinen Vater weiter.

Ob Vivaldi außer seinem Vater noch andere Lehrer gehabt hat, bleibt ein Rätsel. Einige Forscher haben Giovanni Legrenzi, den Komponisten und Konzertmeister der Cappella Ducale von San Marco, als einen möglichen Lehrer benannt. Vor allem Vivaldis Fähigkeiten als Komponist scheinen nach einer Antwort auf die Frage zu verlangen: Wer hat ihm das alles beigebracht? Die Behauptung eines Schüler-Lehrerverhältnisses zwischen Legrenzi und Vivaldi kann sich nur auf die Tatsache berufen, dass beide eine Weile gleichzeitig in Venedig wohnten und Vivaldis Vater an der Cappella Ducale fest angestellt war. Mithilfe eines ähnlich wackligen Analogieschlusses ist Legrenzi als Lehrer und Inspirator für ein Dutzend anderer Komponisten benannt worden, von denen nur drei nachweislich Kontakt mit ihm hatten. Michael Talbot, der Großmeister der Vivaldiforschung, kommt zu dem Ergebnis, dass man es sich mit so einer Erklärung zu einfach mache, so simpel ließen sich Vivaldis außergewöhnliche Fähigkeiten nicht erklären. Welche großartigen Lehrer außer seinem Vater hatte denn das Genie W. A. Mozart? Im Übrigen sei Vivaldi zwölf Jahre alt gewesen, als Legrenzi starb.

Bleibt als einzig nachweisbarer und wichtigster Lehrer Vivaldis Vater. Nicht von ungefähr hat der Sohn später so viele Doppel-Sonaten und -Konzerte für zwei Violinen geschrieben. Denn dies war die Konstellation, in der er aufgewachsen war: mit dem Vater immer neben sich, der anfangs die erste und später die zweite Geige spielte. Dass Vivaldis Doppel-Konzerte oft den Charakter von regelrechten Wettkämpfen annehmen, ist wohl auch dieser Konkurrenz zu verdanken. Ganz abgesehen davon, dass Wettkämpfe zwischen berühmten Geigern an den Fürstenhöfen zu Vivaldis Zeit gang und gäbe waren. Wobei das Publikum immer einen Sieger und einen Verlierer bestimmte – ein Unentschieden gab es nicht.

Schon nach wenigen Jahren übertrifft Antonio seinen Vater in der Kunst des Violinspiels und vertritt ihn gelegentlich bei dessen verschiedenen Arbeitsstellen. Mit seinen virtuosen Soli entfaltet der junge Geiger eine Freiheit, die damals kaum einer seiner Zeitgenossen erreicht. Nur einige von seinen spektakulären Kadenzen sind von ihm selbst und seiner Lieblingsschülerin Anna Maria aufgezeichnet worden. Ein adliger deutscher Verehrer, Johann Friedrich Armand von Uffenbach, überschlägt sich in seinem Reisebericht vor Bewunderung: *»Gegen das ende spielte der vivaldi eine accompagnement solo, admirabel, woran er zuletzt eine phantasie anhing die mich recht erschrecket, denn dergleichen ohnmöglich so jehmahls ist gespielt worden, noch kann gespiehlet werden, denn er kahm mit den Fingern nur einen strohhalm breit an den steg daß der bogen keinen platz hatte, und das auf allen 4 saiten mit fugen und einer geschwindigkeit die unglaublich ist …«*

Mit dem Ausdruck »phantasie« spielt Uffenbach auf eine von Vivaldis Solokadenzen an, die in dessen gedruckten Werken nicht erhalten sind. Welchen Sinn hätte es für einen Verleger auch gehabt, die A-cappella-Delirien eines Geigers abzudrucken, die außer ihm so gut wie niemand spielen konnte? Mit Vivaldis Kunststücken der linken Hand am Steg meint er wohl Vivaldis Annäherungen an das viergestrichene A auf der E-Saite, das vor Paganini kaum ein Virtuose zu Gehör brachte. Der vermeintlich so gestrenge und derartigen Extravaganzen abgeneigte Johann Sebastian Bach hat übrigens eine von Vivaldis Solokadenzen, die ihm offenbar in Handschrift vorgelegen haben, Note für Note in seine Orgel-Umschrift übertragen. Damit hat dann die rechte Hand des Organisten bis heute viel zu tun.

7

Vivaldis frühes Virtuosentum ändert nichts daran, dass er unter Camillas wachsamen Augen alle vorgeschriebenen Stufen der eingeschlagenen Priesterlaufbahn absolviert. Ein Jahr nach der Tonsur folgen die niederen Weihen: Lektor, Exorzist und Akolyth. Danach die höheren Weihen: Subdiakon und Diakon. Am 23. April 1703 erhält Vivaldi – als krönenden Abschluss einer zehnjährigen Ausbildung – mit fünfundzwanzig Jahren die Priesterweihe.

Sechs Monate lang liest der Asthmatiker in der Kirche San Giovanni di Oleo, an der er als Subdiakon und Diakon diente, jeden Tag die Messe.

Aber war es wirklich so schlimm mit seinem Asthma?

Vivaldi selbst hat die Legende am Leben gehalten, dass er wegen der Enge in der Brust aufhören musste, die Messe zu lesen. Mehrmals habe er den Altar wegen seiner Atembeschwerden verlassen müssen. Vor fünfundzwanzig Jahren, behauptet er im Jahre 1737 in einem Brief an seinen Freund Bentivoglio, habe er aufgehört, die Messe zu lesen und werde es nie mehr tun, »nicht etwa aufgrund eines Verbots oder eines Befehls, sondern aus eigener Entscheidung, wegen eines Übels, mit dem ich seit meiner Geburt geschlagen bin.«

Wenn es bei Vivaldi um Zahlen geht – ob es sich um seine Ausgaben für ein Cembalo oder um die Zahl seiner Opern handelt –, darf man ihn nicht allzu wörtlich nehmen. Sie erweisen sich in seinem Fall nicht selten als Argumente der Selbstverteidigung.

Was die Zahl der von ihm gelesenen Messen angeht, sind die Fakten dank der Dokumente, die Micky White in ihrem monumentalen Werk *Antonio Vivaldi – A Life in Documents* vorgestellt hat, inzwischen bekannt.

Daraus geht hervor, dass Vivaldi an der Pietà bis zum Jahr 1706 – also noch drei Jahre nach seinem Dienstantritt bei dieser Institution – mehr als hundert Messen gelesen hat und dafür bezahlt worden ist. In der Regel handelt es sich allerdings um Messen, die von wohlhabenden und adligen Freunden und Förderern der Institution in Auftrag gegeben und an einem Nebenaltar abgehalten worden sind. Die Auftraggeber versprachen sich von diesen bezahlten Messen Nachsicht für ihre Sünden und eine bevorzugte Behandlung im Himmel. Vivaldi hat durch diesen Nebenerwerb knapp zweihundert Dukaten eingenommen und diese Einnahmequelle sicher nicht ohne einen triftigen Anlass, wahrscheinlich tatsächlich aus Krankheitsgründen, im November 1706 aufgegeben. Dadurch entging ihm ein beträchtlicher Teil seiner zusätzlichen Einnahmen – sein höchstes Jahresgehalt an der Pietà belief sich auf hundert Dukaten. Wenn man Vivaldis Entgelt für die Messen jedoch aus den Augen des Verwaltungsrats betrachtet, so handelte es sich um eine sehr bescheidene Summe. Denn die Auftraggeber setzten für ihr Seelenheil Summen zwischen zweitausend und zweitausendfünfhundert Dukaten aus. Nach Abzug der Kosten für den asthmatischen Messeleser Vivaldi blieb der große Rest ihrer Zuwendungen auf der Habenseite einer wohltätigen Einrichtung namens Pietà.

Es bleibt ein Rätsel, warum während der zehnjährigen Ausbildung Vivaldis zum Priester kein Hinweis auf seine asthmatische Disposition auftaucht. Auch in den Berichten der Zeitgenossen über den bereits »berühmten Vivaldi« sucht man vergeblich nach einem solchen Vermerk. Gleichzeitig spricht nichts dafür, dass er eine Krankheit, mit der er sich nach seinen Worten »seit seiner Geburt« herumschlagen musste, frei erfunden hätte. Allerdings darf man vermuten, dass er sie mehr als einmal in kritischen Situationen auch vorgeschoben hat.

8

Das Angebot, gleich nach der Erlangung der Priesterweihe die Stelle eines *maestro di violino* bei der Pietà anzutreten, muss Vivaldi als Erlösung empfunden haben.

Er wird zunächst für fünf Dukaten im Monat eingestellt – sein Vater bringt es damals gerade mal auf fünfzehn Dukaten im Jahr. Zwei Jahre später – mit siebenundzwanzig Jahren ist Vivaldi nach den Maßstäben der Zeit kein junger Mann mehr – wird in Venedig sein Opus 1 publiziert: *Suonate da Camera a Trè, due Violini, e Violone ò Cembalo.* Wahrscheinlich lässt er von diesem Zeitpunkt an sein rotes Haar wieder wachsen, das ihm den ewigen Beinamen *prete rosso* einbringen wird.

Allerdings hat er seine Rechnung ohne die Kirche gemacht, vor allem ohne jene Fraktion im Vatikan, die sich in Reaktion auf Luthers Reformation die Disziplinierung ihrer Priester vorgenommen hat. So leicht lässt die katholische Kirche einen geweihten Priester nicht entkommen. Der Konflikt zwischen Vivaldis Priestergelübde und seinem musikalischen Genie wird sein gesamtes Leben beherrschen. Er bestimmt und begrenzt seine Optionen als Künstler wie auch als Mann und als Liebender.

Seine Aufgabe an der Pietà besteht zunächst darin, die Waisenmädchen in verschiedenen Saiteninstrumenten – Geige, Bratsche, Cello und Cembalo – zu unterrichten und für die Anschaffung und Wartung der Instrumente zu sorgen. Nach dem Rückzug seines Chefs Francesco Gasparini, der den Chor geleitet hat, fällt ihm auch diese Aufgabe zu. Aber er hat nicht nur seine Schülerinnen von der Pietà zu betreuen. Sein rasch wachsender Ruhm als Ausbilder und Musikerzieher bringt es mit sich, dass die bessergestellten venezianischen Familien ihre Töchter und Söhne an die Pietà schicken, damit sie dort – gegen Bezahlung – Unterricht erhalten.

Ein offizieller Auftrag der Stadt erlöst Vivaldi von dem Wunsch des Nuntius, er möge eine Messe lesen. Er soll ein »Sacrum Militare Oratorium« schreiben – die Türken sind von Korfu endgültig vertrieben worden.

Im Jahre 1716 hatten die Türken die Insel besetzt. Die Republik Venedig hatte eine Allianz mit dem Heiligen Römischen Reich Deutscher Nation geschlossen. Im August hatte die Allianz dann die entscheidende Schlacht unter Führung des Grafen Johann Matthias von der Schulenburg gewonnen.

Zur Feier dieses Sieges zieht Vivaldis Librettist Iacopo Cassetti eine Legende aus dem Buch »Judith« heran. Judith, deren Stadt von dem assyrischen General Holofernes besetzt wird, um unbezahlte Steuern einzutreiben, wirft sich dem General zu Füßen und erfleht Gnade für die Einwohner. Prompt verliebt sich Holofernes in die junge Witwe. Judith schläfert den Barbaren ein – ausdrücklich wird sie im Untertitel des Oratoriums als Siegerin über die »Barbarei des Holofernes« eingeführt –, schneidet ihm den Kopf ab und befreit ihre Stadt.

In Rekordzeit – wahrscheinlich in wenigen Wochen – hat der Schnellschreiber Vivaldi die Musik für das Oratorium komponiert.

Die Uraufführung von *Juditha triumphans* verläuft nach einem unsicheren Beginn – Maria della Tromba verpatzt den Einsatz – nach Vivaldis Zufriedenheit und eilt einem grandiosen Finale entgegen. Auf der Galerie holt der wie in Verzückung dirigierende Maestro das Äußerste aus dem Orchester und dem Chor heraus. Die Arien der Juditha senken sich wie eine Botschaft aus himmlischen Sphären auf die Zuhörer herab und verzaubern sie. Im Kirchenschiff sitzt das reiche Venedig, darunter viele Gäste aus dem Ausland. Einige Frauen brechen in lautes Weinen oder Schluchzen aus, eine Zuhörerin gerät in Verzückung und stört die Aufführung durch ihr Geschrei. Nach dem Finale spendet das Publikum aus Respekt vor dem Ort nicht mit den Händen Beifall, sondern wie damals üblich durch heftiges Schneuzen und anhaltendes Trampeln mit den Schuhabsätzen auf den Boden.

Vivaldi späht durch das Gitterwerk zum Publikum und versucht, die Adligen und die anderen VIPs zu identifizieren. Hat nicht auch der junge sächsische Kurprinz Friedrich August II. – der spätere Kurfürst August der Starke – sein Kommen angekündigt? Vivaldi erkennt in seiner Aufregung nur die Priora und den Nuntius.

Später mischt er sich selber unter die erlauchte Gesellschaft vor der Kirche und lässt sich vorstellen. Da ist der französische Botschafter, der die »göttlichen Stimmen« der

Solistinnen rühmt. Wenn man sie ließe, würden sie den Stars an der Pariser Oper glatt den Rang ablaufen.

Der Kurprinz von Sachsen sucht Vivaldi in ein Fachgespräch zu verwickeln.

»Herrliche Musik, Don Vivaldi! Aber besonders fromm ist sie nicht gerade. Wenn mir das Wort nicht so verhasst wäre, würde ich sagen: aufrührerische Musik!«

»Es ist dieser stürmische anapästische Rhythmus, der so mitreißt«, mischt sich der Gouverneur von Mantua, Prinz Philipp, ein, auch er ein dilettierender Musikexperte der zeitgenössischen Musik. »Dieses Dadadàm, dadadàm. Auf zwei kurze unbetonte Noten folgt eine einzelne betonte!«

Leicht verwirrt steht Vivaldi zwischen den Hoheiten, das Wort »anapästisch« hat er nie gehört.

»Verzeihen Sie, Exzellenzen«, sagt er schließlich. »Alles, was ich schreibe, dient Gott und der Pietà!«

»Gut, gut«, insistiert der Kurprinz, »aber Sie feiern in Ihrer Musik doch auch sich selbst, die Leidenschaften des Sünders, die ›Stravaganza‹, wie eines Ihrer Stücke heißt?! Warum besuchen Sie uns nicht in Dresden und bringen Schwung in meine Hofkapelle?«

»Oder Sie kommen zu uns nach Mantua«, fällt Prinz Philipp ein. »Mantua ist näher!«

Vivaldi bemerkt den wachsamen Blick des Nuntius.

»Ich kann meine Mädchen nicht allein lassen«, sagt er mit gesenktem Blick.

»Vor allem nicht Ihre wunderbare Hornistin«, ergänzt der Nuntius und droht ihm spielerisch mit dem Zeigefinger. »Wie heißt sie noch? Maria del Cornetto?«

Vivaldi überspielt den Irrtum mit aller Höflichkeit. »Es

gibt kein Horn in meinem Oratorium. Wahrscheinlich meinen Sie die Trompeterin!«

»Und wie heißt sie?«

»Agatha della tromba«, lügt Vivaldi.

»Sind Sie sicher? Ich habe keine Trompete in Ihrem Oratorium gehört!«

Die beiden Prinzen, die die Blamage des Nuntius mit sichtlichem Vergnügen verfolgt haben, verwickeln sich in einen Streit über ein anderes Thema: über Vivaldis nachlässigen Umgang mit dem Kontrapunkt.

9

Im Haus Vivaldi herrscht eine Stimmung, als sei ein Mitglied der Familie verschieden. Aber es ist niemand gestorben, es ist viel schlimmer: Bonaventura, der Zweitgeborene von Vivaldis Brüdern, ist aus der Stadt verbannt worden. Ausgerechnet Bonaventura, den Camilla dazu ausersehen hatte, in die Fußstapfen seines großen Bruders zu treten! Vor ein paar Wochen hat er sich mit einer unerhörten Provokation in den Gazetten verewigt. Dort wird er als Anführer einer Gruppe von drei jungen Männern genannt, die sich in »unerträglicher Schamlosigkeit« an einem jungen Adligen vergangen haben. Natürlich verschweigt der Chronist nicht, dass es sich bei dem Delinquenten um den Bruder des »berühmten Geigers Don Antonio Vivaldi« handelt.

Eines Vormittags, berichtet der Chronist, sei Bonaventura mit seinen Komplizen einem Patrizier begegnet, den Bonaventura – vielleicht, weil dieser gerade aus einer Apotheke trat – für einen Arzt gehalten habe. Bonaventura habe den vermeintlichen Arzt aufgefordert, ihm den Puls zu messen. Als der Angesprochene der Aufforderung nicht nachkam, habe Bonaventura seine Hosen fallen gelassen und ihm sein »membrum« gezeigt. In den Gerichtsakten ist vermerkt, dass die drei kurz vor dem Delikt aus dem Haus einer käuflichen Dame gekommen seien, mit der sie offenbar die Nacht verbracht hatten.

Bevor das Urteil erging, hatte Bonaventura noch versucht, sich und seinen Mittätern durch eine Bittschrift – unter Berufung auf den guten Familiennamen Vivaldi – die Gefängnisstrafe zu ersparen. Da er jedoch selber nicht an den Erfolg seiner Eingabe glaubte, hatte er kurz vor der Urteilsverkündung seine Flucht aus dem Gefängnis und aus Venedig organisiert. Nun ist das Urteil ergangen: Bonaventura ist für sieben Jahre aus der Stadt verbannt.

Es ist das erste Mal, dass Vivaldi auf die andere, die dunkle Version des Weges stößt, den er selber mit so viel Erfolg eingeschlagen hat. Gerade diesen Bruder, der ihn anfangs bewundert und angehimmelt hat, hat er geliebt, hat ihn bei dessen ungelenken Übungen auf der Geige angeleitet, sich allerdings nie der Illusion hingegeben, dass Bonaventura auch nur im Orchester einer Provinzkirche würde mitspielen können. Wann hat er ihn verloren? Warum hat er nie den Versuch gemacht, ihn von seinem Ehrgeiz abzubringen, von dem Zwang, es dem großen Bruder nachzutun, ihn gar zu übertreffen? Ihm zu sagen: Hör zu, mein Kleiner, die Geige ist nichts für dich, auch nicht das Priesteramt, nimm einen anderen Weg, ich helfe dir dabei!

Wie lange ist es her, dass er mit Bonaventura gesprochen, ja ihn überhaupt gesehen hat? Sie sind einander kaum mehr begegnet, seit Vivaldi mit der Arbeit an der Pietà begonnen hat. Wenn Vivaldi morgens aus dem Haus ging, schlief Bonaventura noch, und wenn Vivaldi wiederkam, trieb sich der Bruder mit seinen wilden Freunden herum. Und an der

Pietà hatte es Vivaldi mit so vielen vom Schicksal geschlagenen Menschenkindern zu tun, dass er für Bonaventuras Eskapaden weder Zeit noch Verständnis aufbrachte. Sag es doch, wie es ist, Antonio: Du hattest keine Geduld mehr mit deinem kleinen Bruder, du hast ihn dir vom Leibe gehalten, du wolltest mit dieser unglücklichen Imitation von dir nichts mehr zu tun haben!

Hat er einen Hilferuf des Bruders überhört? Nicht, dass er sich erinnern könnte. Aber nun fühlt er sich schuldig.

10

Im Beisein von Vivaldi empfängt die Priora den französischen Gesandten. Vivaldi kennt ihn von seinen Auftritten in der Botschaft; von der Priora hat er erfahren, der Gesandte wolle einen Bericht über die Pietà für den französischen Hof verfassen.

»Ich muss Ihnen von einer Obsession erzählen, Maestro«, beginnt der Gesandte mit einem Lächeln, »für die Sie und Ihre Sängerinnen die Alleinschuld tragen. Inzwischen ist es geradezu eine fixe Idee.«

Vivaldi bringt ein »Enchanté« hervor.

»Viel lieber als in die Oper«, fährt der Gesandte fort, »gehe ich am Sonntag zu den Konzerten der Pietà. Und ich versäume nicht ein einziges. Die Qualität der Musik, die Trefflichkeit der Ausführung, die Schönheit der Stimmen – ich kann mir nichts Ergreifenderes denken als die Konzerte Ihrer Mädchen. Was mich jedoch bis zum Wahnsinn ärgert, sind die verwünschten Gitter an der Empore, die zwar Töne passieren lassen, aber jeden Blick auf die Besitzerinnen dieser göttlichen Stimmen verwehren. Sie müssen Engeln gleichen. Ich kann von gar nichts anderem mehr reden, ich plage meine Freunde mit meinen Phantasien …«

Vivaldi wirft dem Gesandten einen melancholischen Blick zu.

»Wieso glauben Sie, dass sich die Schönheit einer Stimme mit körperlicher Schönheit paart?«

»Es kann doch gar nicht anders sein!«

Die Priora öffnet die Tür zum holzgetäfelten Empfangsraum der Pietà, in dem fünf lebhaft schwatzende und herausgeputzte Stars im Alter zwischen vierzehn und fünfunddreißig den hohen Besuch erwarten. Schlagartig verstummen die Sängerinnen, als die Priora hereintritt, und reihen sich unter den düsteren Porträts der durchwegs männlichen Würdenträger an der Wand auf. Die Mitte des Raums wird von einem festlich gedeckten Tisch eingenommen. Drei mit Kerzen bestückte Kronleuchter aus Muranoglas, die an geflochtenen vergoldeten Schnüren von der Decke hängen, tauchen die Szene in ein unruhiges warmes Licht.

Vivaldi, vom Gesandten gefolgt, stellt seine Stars vor. Zunächst ein hünenhaftes Mädchen, das die beiden Männer um einen Kopf überragt.

»Das ist Rosalda di Contralto«, erklärt er dem Gast. »Sie wurde mit achtzehn Monaten in unsere Obhut gegeben. Ihre Großmutter hat sie hergebracht, weil ihre Eltern sie misshandelten. Inzwischen hat sie eine Art Stimmbruch bekommen und kann so tief singen wie ein Mann, besonders dann, wenn sie erkältet ist …«

Die Mädchen kichern, Rosalda vollführt einen artigen Knicks.

»Und hier«, fährt Vivaldi mit seiner Vorstellung fort,

»sehen Sie Maddalena del Soprano. Ihre Stimme ist die schönste von Venedig, die Opernhäuser reißen sich um sie, wir hoffen aber, dass sie noch eine Weile bei uns bleibt.«

Der Gesandte wird gewahr, dass Rosalda ein Auge fehlt. Er überspielt seinen Schock und überreicht ihr seine Visitenkarte.

Vivaldi bleibt vor einer dicklichen Sängerin stehen.

»Hier haben wir Margarita di Contralto. Sie kann bis heute keine Noten lesen, aber hat ein unglaubliches musikalisches Gedächtnis. Wenn man ihr eine Melodie vorspielt, behält sie jeden Ton nach dem ersten Hören und kann auch die Zweit- und Drittstimme dazu singen. Manchmal korrigiert sie mich, und meistens behält sie recht!«

Margarita schüttelt heftig ihren Kopf und verbeugt sich vor dem hohen Gast.

Der übersieht nicht, dass ihr Nasenbein gebrochen ist, und geht mit den Worten »Admirable! Venez à Paris!« rasch weiter. Vivaldi stellt ihm die vierte Sängerin vor. Auf den ersten Blick scheint sie allem zu entsprechen, was ein Franzose sich unter einer venezianischen Schönheit vorstellen mag. Unter einer blonden Lockenpracht strahlt sie den Gesandten aus blauen Augen an, ihre halb geöffneten Lippen glühen vor Aufregung.

»Griselda«, kommentiert Vivaldi, »meistert alle Koloraturen, auch solche, die ich nicht einmal auf meiner Geige spielen kann.«

Der Gesandte scheint vom Anblick Griseldas überwältigt zu sein. Erst als sie ihn anlächelt, erkennt er, dass Griseldas schönes Gesicht von Blatternarben entstellt ist.

»Vraiment une beauté«, murmelt er und will sich schon abwenden, als Vivaldi ihm die fünfte Sängerin vorstellt.

»Und nun unsere Amanda! Sie hat das größte Stimmvolumen von allen, aber sie verfehlt immer wieder einen ganz bestimmten Ton – das tiefe B! Und merkt es nur, wenn ihre Freundinnen sie mit dem Ellbogen anstoßen. Deswegen vermeide ich das tiefe B, wenn ich eine Arie für Amanda schreibe. Aber ich bin sicher, eines Tages wird sie es schaffen!«

Amanda kommen die Tränen, sie verbirgt ihren Kopf an der Brust von Griselda. Der Gesandte ist tief erleichtert, als alle von der Priora zu Tisch gebeten werden.

»Es müssen wirklich sehr schöne Seelen sein«, flüstert er Vivaldi zu, »die Ihre so arg beschädigten Mädchen dazu befähigen, so wunderbar zu singen!«

Vivaldi nickt ihm freundlich zu. Weiß gekleidete *figlie di comun* tragen auf, Vivaldi und der Gesandte setzen sich auf die ihnen von der Priora zugewiesenen Plätze. Dem Gesandten fällt es schwer, seine Enttäuschung zu verbergen und einen Toast auf die Pietà auszubringen.

»Ich werde seiner Majestät, dem König von Frankreich, empfehlen, eine Einrichtung nach dem großartigen Modell der Pietà ins Leben zu rufen! Aber wie soll das ohne Maestro Vivaldi gelingen?«

11

Das Ospedale della Pietà wurde in den Wirren nach den Kreuzzügen im Jahre 1346 von einem Franziskanermönch gegründet. Der Legende nach hat es der fromme Mann nicht mehr ertragen, dass unerwünschte Neugeborene in die Kanäle geworfen wurden. Schon damals war die Serenissima ein Anziehungspunkt für Geschäftsleute, Seefahrer, Abenteurer und Vergnügungssüchtige aus aller Welt. Und schon damals kamen die Reisenden nicht nur wegen ihrer Geschäfte und der einzigartigen Architektur der Wasserstadt. Spätestens im 17. und 18. Jahrhundert wurde Venedig zur Vergnügungsmetropole Europas, zum Las Vegas jener Zeit. Das Geschäft der Prostitution wurde vom Senat gemanagt und besteuert. Zur Rechtfertigung dieser staatlichen Betreuung diente ein medizinischer Irrglaube: Die Syphilis, so meinten die Stadtväter, werde durch den homosexuellen Geschlechtsverkehr verbreitet. Die Verirrung sei auf Mangel an Gelegenheit zum »natürlichen« Sex zurückzuführen. Also müsse man diesen via Prostitution befördern.

Der Senat von Venedig erarbeitete Vorschriften, wie sich Prostituierte zu präsentieren hatten, um den männlichen

Appetit anzuregen. In der billigsten Klasse der *meretrici* (Dirne) hatten die Damen ihre Brüste zu zeigen, um Kunden anzulocken. Für die nächstteuren Kategorien wie die *puttana* (Hure) oder die *compagnessa* (Begleiterin) galten verfeinerte Vorschriften. Den Kurtisanen, der höchsten und teuersten Kategorie, stand es mehr oder minder frei, wie sie sich präsentierten. Allerdings mussten sie mehrere Sprachen, mindestens ein Instrument und die Gesangskunst beherrschen. Sie genossen in Venedig dieselbe Achtung, die man den Künstlern entgegenbrachte. Jean-Jacques Rousseau, der achtzehn Monate lang als Assistent des französischen Gesandten in Venedig arbeitete, berichtet von einem Besuch bei einer anbetungswürdigen, kaum zwanzigjährigen Kurtisane. Sie brachte den jungen Mann in Verlegenheit, weil eine ihrer Brüste keine Brustwarze aufwies. Als Rousseau seine Neugier nicht mehr bezähmen konnte und sie darauf ansprach, zeigte sie ihm die kalte Schulter: »Lassen Sie die Finger von den Frauen, Monsieur«, sagte sie, »studieren Sie lieber Mathematik!«

Eine weitere Ursache für die Ausbreitung der Prostitution in Venedig war das geltende Erbrecht in der Serenissima. Die Patrizierfamilien vererbten ihren Besitz und ihre politischen Privilegien an den jeweils ältesten Sohn, um das Vermögen zusammenzuhalten. Die Töchter wurden – meist gegen ihren Willen – in Klöster gesteckt, um die teure Mitgift zu sparen. Die zweit- und drittgeborenen männlichen Nachkommen konnten sich in der Regel keine Hochzeit leisten. Was ihnen blieb, waren der Militärdienst, das Glücksspiel und die Bordelle. Das Nebenprodukt der Prostitution waren wiederum unerwünschte Neugeborene, die dann häufig in Venedigs Kanälen endeten.

Die wichtigste Einrichtung des Ospedale della Pietà war die *scafetta*, eine Art Babyklappe, in der ungewollte Neugeborene mit einer kleinen Gabe abgesetzt wurden. Nicht nur Prostituierte, sondern auch unverheiratete Mütter, Nonnen, die sich mit einem Nobile oder einem Priester eingelassen hatten, und verarmte adlige Frauen machten von dieser Einrichtung Gebrauch. Über der *scafetta* war eine Inschrift angebracht, die all denen ewige Verdammnis androhte, die ihre Neugeborenen ohne Not dort deponierten.

Die Kinder wurden in einem Korb durch die Babyklappe geschoben. Meist entfernten sich die verhüllten Mütter sofort, denn das Aussetzen von Kindern war grundsätzlich illegal. Alle Habseligkeiten der Neugeborenen, ihre Kleidung, etwaige Münzen oder Schmuckstücke wurden in ein Verzeichnis eingetragen, das streng verschlossen blieb. Danach wurde das Kind ärztlich untersucht, am linken Oberarm mit einem Brandzeichen versehen und zu den stillenden Frauen gebracht, die in einem Raum hinter der Aufnahmestation warteten.

Aber die Waisenhäuser nahmen nicht nur Neugeborene auf, sondern auch ältere verstoßene, missgebildete und misshandelte Mädchen.

Der Gründung der Pietà folgten drei weitere Gründungen mit anderen Regeln und Zielen, die vom Hohen Rat der Stadt und von privaten Sponsoren finanziert und beaufsichtigt wurden.

Alle Zöglinge der Waisenhäuser wurden im Lesen und Schreiben unterrichtet. Die musikalisch begabten Waisenkinder – die sogenannten *figlie privilegiate* – lernten auch Sprachen, Instrumente und Gesang. Gemessen an den sonstigen Bildungsmöglichkeiten für Mädchen gehörten die Ospedali zu den fortschrittlichsten Einrichtungen der Zeit. Einige der musikalisch gebildeten Waisenmädchen konnten mehrere Instrumente spielen, andere machten als Sängerinnen und Instrumentalistinnen Karriere. Diejenigen, die nicht durch Heirat oder Beruf einen Weg in die Gesellschaft fanden, blieben in aller Regel an der Pietà. Sie wirkten dort als Gesangs- und Instrumentallehrerinnen, Kopistinnen und Chorleiterinnen, konnten sogar zur höchsten Position der Institution – zur Priora – aufsteigen. Andere malten, schrieben Gedichte und komponierten. Ihre Werke jedoch sind verschollen.

Es wird berichtet, dass der Bootssteg der Pietà abends hin und wieder von prächtigen Gondeln angefahren wurde. Adlige Männer und reiche Geschäftsleute holten einige der Mädchen zu ihren Bällen ab, was selbstverständlich nur mit der stillschweigenden Duldung der Institutsleitung geschehen konnte.

Wie verbreitet solche Ausnahmen wirklich gewesen sind, »wissen« nur die damaligen Klatschkolumnisten, an denen es in Venedig nie gefehlt hat.

Wahrscheinlich ist, dass viele dieser Geschichten in einer Stadt, die für den Austausch von Tratsch und Klatsch sogar ein eigenes Haus unterhielt, übertrieben oder auch schlicht erfunden waren. Und doch sind einige dieser Gerüchte so gut bezeugt, dass man sie nicht ignorieren kann. Président de Brosses, ein viel zitierter Venedigtourist jener Zeit, behauptet in seinen *Lettres familières d'Italie*, dass sich die Waisenhäuser Venedigs um das Privileg stritten, dem neuen Nuntius aus Rom eines ihrer Mädchen zuzuführen, vorzugsweise eine Bläserin.

12

Manchmal lernt man erst am Ende einer Recherche einen Experten kennen, der die verstreuten Relikte einer längst zerfallenen Institution mit wenigen Griffen so zusammensetzt, dass plötzlich die ganze Gestalt sichtbar wird. So erging es mir mit Giuseppe Ellero, dem Archivar an der Pietà.

Das erste Mal war ich ihm ganz und gar zufällig bei einem Venedigbesuch im Oktober 2018 begegnet. Da stand ein kleiner, unscheinbarer Mann mit Anzug und Krawatte auf der Marmorschwelle zur Kirche der Pietà und erklärte einer andrängenden Gruppe von Touristen mit leiser Stimme, die Kirche sei vorübergehend geschlossen, werde aber rechtzeitig zum abendlichen Konzert wieder geöffnet.

Die Pforte zur Kirche war angelehnt. Aus dem Innern war ein perfekt gespieltes, gleich wieder abgebrochenes Geigensolo aus einem Violinkonzert von Vivaldi zu hören. Ich kannte viele Aufnahmen dieses Konzerts, aber was da zu hören war, konnte sich ohne Weiteres mit den besten Einspielungen messen – Vivaldi selber hätte die Passage nicht besser gespielt. Ich linste durch den Türspalt und sah einen jungen Virtuosen mit einer schwarzen Weste über dem weißen Hemd vor dem Altar stehen, der seine kleine Instrumentalistengruppe gerade zu einer Wiederholung aufrief. Offenbar übten die Musiker für das abendliche Konzert.

Ich fragte den Mann an der Tür nach dem Zugang zum Archiv der Pietà. Offenbar freute er sich darüber, dass er in seiner Sprache angesprochen wurde, und gab mir eine Telefonnummer, bei der ich mich für einen Besuch anmelden könne.

Weil nichts weiter zu tun war, nahm ich den Eingang ins Fünf-Sterne-Hotel Metropole, der zu Vivaldis Zeiten der Haupteingang zur Pietà gewesen war. Zwischen den magentafarbenen Wänden der Hotelbar, deren Fenster zur Riva degli Schiavoni zeigten, setzte ich mich auf eines der roten Polster und war für die nächste Stunde mit drei Kellnern allein. Hemingway zu Ehren, dessen Bar fünfzig Schritte weiter westlich lag, bestellte ich einen Mojito. Ich blickte auf die zahllosen Anlegestellen an der Riva degli Schiavoni. Von dort aus legten nicht nur die Linienboote zum Canal Grande und zum Bahnhof ab, sondern auch zum Lido, zu den Inseln und zum Flughafen, die größeren Schiffe fuhren weiter nach Mestre. Zwischen den Anlegestellen kämpften Gondeln und Wassertaxis um ihre Plätze. Quer zu dem Gewimmel am Pier sah ich den breiten lavaähnlichen Strom der Touristen. Um Stauungen zu vermeiden, hatte die Stadt längs der weißen Marmorbrücken über die Seitenkanäle treppenlose Behelfsbrücken gebaut, auf denen bis zu fünf Touristen nebeneinander ihre Rollkoffer hinter sich herziehen konnten. Wie Inseln in diesem Strom standen die Verkaufsstände, an denen der übliche venezianische Schrott angeboten wurde: Masken, Fächer, Hüte, Handschuhe, Anhänger mit Gondeln und Münzen. Der gesamte Handel in den Geschäften hatte sich auf den Verkauf dieses teuren Tands spezialisiert – wer sich ein ganzes Brot, ein ganzes Pfund Tomaten, einen Liter Milch oder einen ganzen Mozzarella kaufen wollte, musste kilometerweit laufen.

Und dann sah ich es auf oder über dem Wasser heranschweben, das weiße Ungeheuer. Lautlos bewegte es sich, von Lotsenbooten gelenkt und gezogen, auf den Pier zu. Die ganze Macht und Gewalt der feindlichen Invasion kam nur in der ungeheuren Breite und Höhe des Schiffs zum Ausdruck. Aus der Esse stieg weißlicher Rauch, aber man hörte kein Motorengeräusch, nur ein verzögertes, kaum vernehmbares Schwappen.

Freunde hatten mir erzählt, dass jedes dieser Schiffe mit seiner schieren Wasserverdrängung stündlich und täglich den Schlamm von den Pfählen ablöse, auf denen die Stadt stehe. Das Wasser in den umliegenden Kanälen steige bei jeder Vorbeifahrt der lautlosen Riesen um gute zwanzig Zentimeter und sinke anschließend jäh wieder ab. Kaum ein Venezianer glaube mehr den Behauptungen der von den Schiffahrtsgesellschaften und Stadtvätern gekauften Gutachter, dass die jahrhundertealten Pfähle der Stadt den neuartigen Angriff unbeschadet überstehen würden.

Die Wut der Venezianer gelte, so sagte man mir, inzwischen nicht nur den Betreibern der schwimmenden Kleinstädte, sondern auch deren Einwohnern – den Passagieren. Sie würden in Venedig nur die Straßen verstopfen und nichts kaufen; sogar die Mahlzeiten und Getränke, die sie bei ihren Ausflügen in der Stadt verzehrten, würden sie vom Schiffsrestaurant mitbringen.

Am nächsten Tag wählte ich die Nummer des Archivs der Pietà. Die schwache Stimme, die mir antwortete, erinnerte mich an den Mann vor der Tür, aber meine Vorstellung von einem italienischen Beamten in einer so herausgehobenen Position war mit der Erscheinung des Alten nicht in Einklang zu bringen, ich musste mich irren.

Ich erhielt einen Termin zwei Stunden später.

In der schmalen Calle della Pietà, gleich neben dem Hotel Metropole, klingelte ich an einem Holzportal, das wahrscheinlich noch aus Vivaldis Zeiten stammte. Nachdem ich meinen Namen und den Grund des Besuchs genannt hatte, wurde ich eingelassen. Ich stieg unter den verblassten Porträts von wichtigen Persönlichkeiten der Institution – kein einziges Frauenbild darunter – eine breite Marmortreppe hinauf und wartete in einem kleinen Vorraum. Kaum hatte ich mich gesetzt, kam mir der Mann entgegen, den ich am Vortag angesprochen hatte. Er erkannte mich wieder und lächelte mich an.

Ich erfuhr, dass Giuseppe Ellero mit seinen mittlerweile vierundachtzig Jahren die originalen Aufnahmelisten verwaltete, die die Pietà über ihre Zöglinge angelegt hatte. Alle anderen Dokumente waren inzwischen in staatliche Archive überstellt worden; nur die seit Jahrhunderten geführten Aufnahmebücher waren in der Pietà verblieben.

Bis zu seiner Pensionierung im Jahre 2002 hatte Ellero die Archive der drei anderen Waisenhäuser Venedigs betreut, hatte die Kataloge geordnet und veröffentlicht, und war nach seiner Pensionierung ins Archiv der Pietà berufen worden. Unter dem Dach der ehrwürdigen Institution befanden sich inzwischen ein Frauenhaus und eine Kinderklinik, der venezianische Frauen sich bei ihrer Niederkunft bis heute gern anvertrauen. Der Freund, bei dem ich in Venedig wohnte, erzählte mir, als ich den Namen nannte, dass er selber in der Pietà zur Welt gekommen sei.

Nach einem kurzen Gespräch, in dem Ellero diskret meine Kenntnisse testete, lud er mich ein, ihn nach draußen zu begleiten. Als wir vor dem Portal in der engen Calle della Pietà standen, in der allenfalls zwei Personen nebeneinanderher gehen können, erwachte der kleine Mann unversehens zum Leben. Er zeigte mir die Wände des Hotels Metropole, die einmal Teil der Pietà gewesen waren, er zeichnete mir die Bauten und Dächer, die nicht mehr standen, mit den Händen in die Luft. Ja, die Rückwand des Hotels Metropole, auf die wir gerade blickten, habe zur Pietà gehört, nicht aber der verwunschene Hotelgarten mit seinen alten Pflanzen, der an diese Wand angrenzte. Von jedem Fenstersims, auf den ich deutete, konnte er mir sagen, ob er noch im originalen Zustand war. Er zeigte mir, wo die alte Kirche gestanden hatte, in der Vivaldi sonntags seine Konzerte aufgeführt hatte – immer am Nachmittag, denn eine Abendbeleuchtung mit Kerzen sei für die Pietà viel zu teuer gewesen. Er zeichnete den alten Musiksaal in die Luft, in dem Vivaldi mit den Mädchen geübt hatte – ein Teil davon war die Bar, in der ich gestern gesessen hatte. In diesem Musiksaal habe Vivaldi am Organo – einer Art Cembalo mit zwei Klaviaturen – oder vor seinem Geigenpult gesessen und den Mädchen die Einsätze gegeben.

Dies alles sprudelte aus Ellero heraus, als wäre er damals dabei gewesen. Nein, nicht als ob: Er lebte noch in der Zeit, von der er erzählte.

Wir waren einmal um den Block herumgelaufen und an der Riva degli Schiavoni angelangt. Ellero schien das aktuelle Venedig – den Touristenstrom, die Verkaufsstände, das Gedränge am Pier, die Motorschiffe – gar nicht zu bemerken und deutete auf die sichtbaren und unsichtbaren Inseln, von denen die jungen Bäuerinnen stammten, die die verwaisten Babys stillten. Nein, natürlich kamen sie nicht in Gondeln, sondern in einfachen Fischerbooten, und sie fuhren auch nicht jeden Tag hin und her. Sie übernachteten in der Pietà oder in billigen Kammern in der Nachbarschaft.

Während er sprach, fand ein steil einfallender Sonnenstrahl sein Gesicht. Ich blickte in ein schönes altes Männerantlitz, das im Licht Venedigs so viele Palazzi, so viele einzigartige Gemälde und so viel Vivaldi-Musik in sich aufgenommen hatte, dass die gesammelte Schönheit wieder aus ihm herausschaute.

Bei der Fortsetzung unseres Rundgangs erzählte Ellero mir vom Elend der Waisenmädchen und ihrer Mütter. Die Adligen stießen ihre missgebildeten Kinder ab, deren Herkunft man an dem mitgegebenen seidenen Deckchen und einer Geldbeigabe erkannte. Die Mütter aus den ärmeren Schichten legten meist gesunde Babys in die *scafetta* und gaben ihnen manchmal die Hälfte einer zerbrochenen Brosche oder Münze mit in der Hoffnung, sie würden ihr Kind dereinst an der »anderen Hälfte« wiedererkennen. Die große Mehrzahl der verstoßenen Babys jedoch sei wenige Tage oder Wochen nach ihrer Aufnahme gestorben – bis zu neunzig Prozent. Nur die stärksten Kinder überlebten. Deswegen seien auch die hie und da publizierten Zahlen der von der Pietà betreuten Waisenkinder in der Regel übertrieben. Die Autoren hätten sich an den Aufnahmelisten orientiert und die gleich nach der Aufnahme Verstorbenen zu wenig berücksichtigt. Für die *figlie privile-*

giate – angeblich wirkten in Vivaldis Chor bis zu sechzig Mädchen mit, in seinem Orchester ebenso viele – gelte dieselbe Einschränkung. Es sei realistischer, jeweils von der Hälfte dieser Zahl auszugehen. Sicher, bei großen Feiertagen seien es wohl auch einmal je vierzig in Chor und Orchester gewesen. Meist würden dabei die mitsingenden und -musizierenden erwachsenen Frauen vergessen – also die ehemaligen Waisenmädchen, die an der Pietà geblieben waren. Allein die Zahl der Musiklehrerinnen an der Pietà habe sechzig und mehr betragen.

Wurden nicht auch Jungen in der Pietà abgegeben?

»Ma certo«, antwortete Ellero. Aber insgesamt hätten sie nur etwa zwanzig Prozent der Waisenkinder in der Pietà ausgemacht. Zwar lernten auch die Knaben lesen und schreiben. Aber im Unterschied zu den Mädchen wurde ihnen keine musikalische Ausbildung zuteil; sie seien, streng getrennt von den Mädchen, in klassischen Handwerkerberufen ausgebildet worden: als Maurer, Schuster, Schneider und Schreiner. Beim Erreichen des zehnten Lebensjahrs seien sie dann als Lehrlinge in entsprechende Betriebe der Stadt vermittelt worden – vorzugsweise in den Schiffsbau im Arsenal.

Kein Zweifel, die Mädchen der Pietà seien gegenüber den männlichen Kindern privilegiert gewesen. Diejenigen, die nicht durch Heirat oder Beruf in die venezianische Gesellschaft fanden, hatten die Option, in der Pietà zu bleiben und die neu Aufgenommenen zu betreuen und zu unterrichten. Deswegen gingen die Legenden, die die Pietà als eine Art Kloster oder als besseres Freudenhaus beschrieben, am Wesen der Institution vorbei. Für die musikalisch begabten Mädchen seien die Waisenhäuser Venedigs so etwas wie Musikakademien gewesen. Es habe zu dieser Zeit für ledige Frauen kein Schicksal gegeben, das ihnen ähnliche Vorteile gewährte.

Ich begleitete Ellero zur Pforte der Pietà. Als der kleine Mann vor dem gewaltigen Portal kurz stehen blieb, um sich von mir zu verabschieden, bemerkte ich ein Aufblitzen in seinen Augen – einen Anflug von Stolz darüber, dass er dreihundert Jahre später derselben Institution diente wie Vivaldi.

13

Vivaldi steht am Pult seines Studios in der Pietà und füllt ein Blatt mit Noten. Man sagt ihm nach, dass er seine Kompositionen schneller aufs Papier werfe, als ein Kopist sie zu kopieren vermag. Vom Ufer dringen exotische Lieder herüber, begleitet von leisen Trommelschlägen. Vivaldi steht auf und tritt ans Fenster. Dalmatinische, griechische und türkische Fischer sitzen mit einigen Sklaven um ein paar Feuerstellen. Auf dem Kanal gleitet eine Gondel vorbei. Hoch aufgerichtet steht darin eine Frau in einem dunklen Umhang. Als die Gondel nur noch ein paar Schritte vom Ufer entfernt ist, öffnet die Frau ihr Gewand und zeigt ihre Brüste. Die Fischer rufen ihr Angebote zu: »Zwei Lire!« – »Zweieinhalb!« – »Vier Lire!« Sie streckt ihre zehn Finger in die Höhe, woraufhin das Werben verstummt und die Gondel weiterfährt. Das Geschäft ist nicht zustande gekommen.

Als Vivaldi sich wieder seiner Partitur zuwenden will, sieht er, wie eine Gondel mit von Atlas- und Seidenstoffen überdachten Spitzen an der Anlegestelle der Pietà festmacht. Er beobachtet, wie zwei Frauen die Anlegestelle betreten.

Die eine erkennt er sofort an ihrem Körperumfang – es ist die Aufpasserin. Das junge geschminkte Mädchen mit der weißen Perücke trägt ein langes Abendkleid, das ihr unter die Füße gerät. Sie hält sich an der Aufpasserin fest und will offenbar nicht in die Gondel einsteigen. Erst als das Mädchen das Gesicht hilfesuchend zu den Fenstern wendet, erkennt Vivaldi seine Schülerin: Maria della Tromba. Er reißt das Fenster auf, will etwas rufen, aber bringt keinen Laut hervor. Die Aufpasserin zerrt Maria zum Ende des Stegs, zwingt sie zum Einsteigen und verlässt die Anlegestelle erst, als die Gondel abgelegt hat.

Anderntags übt Vivaldi mit Maria in einem Probenzimmer eine Passage für ein neues Werk, das er eigens für sie geschrieben hat und später für »Die Jagd« in seinen *Vier Jahreszeiten* verwenden wird. Maria bringt die Töne kaum hervor, hustet, entschuldigt sich, sie habe keinen Atem. Als sie das Instrument nach einem neuen Versuch resigniert in ihren Schoß sinken lässt, legt er ihr fürsorglich den Arm um die Schultern. Maria zuckt zurück. Vivaldi versteht sofort und entzieht ihr seinen Arm. Sie schaut ihn hilfesuchend an.

»Maestro, ich weiß nicht, was passiert ist, ich bekomme keine Luft!«

»Auch mir fehlt manchmal der Atem, Maria«, sagt er leise. »Du musst auf Gott vertrauen und Herz und Lunge öffnen für die Luft! Es ist Luft für alle da, für dich und mich, die Welt ist voll von Luft, du musst sie nur hereinlassen.«

Er zeigt ihr, wie sie atmen soll, Maria tut es ihm nach und beruhigt sich allmählich.

»Ich möchte Sie etwas fragen, Maestro: Ist der Nuntius ein Vertreter Gottes?«

»Er ist kein würdiger Vertreter! Gott wird ihn für seine Missetaten strafen und dir deinen Atem wiedergeben. Von jetzt an stehst du unter meinem Schutz.«

Vivaldi spricht ihr ein Gebet vor, in das Maria zögernd einfällt: »Herr, ich weiß, es wird nicht gleich alles ganz anders werden in meinem Leben. Aber ich vertraue darauf, dass du mich nicht verwirfst.«

Vivaldi arbeitet wieder in seinem Studio, als es an seine Tür klopft. Es ist den Mädchen streng verboten, den Maestro zu stören, aber da sich das Klopfen mit großer Dringlichkeit wiederholt, öffnet er die Tür. Es ist Ortensia, die zweite Trompeterin.

»Vergeben Sie mir, Maestro!«, stammelt sie. »Aber ich glaube, Maria stirbt.«

»Sie stirbt? Wo ist sie denn?«

»Im Gefängnis!«

Maria habe in ihrem Zimmer einen Erstickungsanfall erlitten, erklärt Ortensia, und danach Blut gespuckt. Als sie sich wieder gefasst habe, habe sie das gemeinsame Zimmer zerlegt, ihre Kleider zerrissen und ihre und Ortensias Sachen aus dem Fenster geworfen. Daraufhin hätten die anderen Mädchen die Aufpasserin geholt. Die habe Maria mithilfe von zwei Schwestern gebändigt und in das Gefängnis der Pietà abgeführt. Dort sitze sie nun mit anderen straffälligen Mädchen und bekomme keine Luft.

Vivaldi schließt sein Zimmer ab und geht mit Ortensia zum Dienstzimmer der Aufpasserin.

»Sie kommen jetzt mit«, fährt er die Aufpasserin an, »und öffnen mir den Karzer. Meine Trompeterin liegt im Sterben!«

Die Aufpasserin sieht ihn herablassend an.

»Haben Sie das mit der Priora abgesprochen?«

»Die Priora ist in der Stadt«, behauptet Vivaldi. »Und wenn Sie mir nicht sofort den Schlüssel geben, sorge ich dafür, dass Sie die Pietà nie mehr betreten werden. Ich habe Freunde im Verwaltungsrat!«

Die Aufpasserin ist verunsichert, so zornig hat sie Vivaldi nie erlebt. Sie weiß, dass die Priora im Haus ist, aber kann nicht ausschließen, dass der Maestro wirklich Freunde im Verwaltungsrat hat. Sie nimmt ihren Schlüsselbund, händigt ihn aber nicht aus, sondern geht damit Vivaldi und Ortensia voraus. Über steile Treppen gelangen sie in das Dachgeschoss.

Vivaldi zuckt zurück, als die Aufpasserin die Gefängnistür öffnet. Ratten flüchten in die Ecken des heißen Raums, ein paar Fledermäuse flattern auf und verstecken sich im Gebälk. Nur durch zwei winzige Fensterlöcher dringt etwas Licht herein. Erst als sich seine Augen an das Dämmerlicht gewöhnt haben, kann Vivaldi die Gestalten der Sträflinge unterscheiden. Es sind drei Mädchen unterschiedlichen Alters; das größte von ihnen trägt eine Augenbinde und sitzt auf einem Schemel, das Gesicht eines anderen Mädchens, das an der Wand lehnt, ist von einem Ausschlag gezeichnet, ein drittes Mädchen kauert keuchend auf dem Boden. Als es von einem Hustenanfall geschüttelt wird, tritt Vivaldi auf es zu, beugt sich zu ihm und zieht es hoch. Maria versucht, ihn abzuschütteln und beginnt panisch zu schreien. Erst als Vivaldi sie mit ihrem Namen anspricht, erkennt sie ihn.

»Sie muss sofort behandelt werden«, herrscht Vivaldi die Aufpasserin an.

Vivaldi und Ortensia haken Maria unter und gehen mit ihr an der Aufpasserin vorbei zur Tür.

»Und was ist mit mir?«, ruft ihm das Mädchen mit der Augenbinde nach. »Ich kann singen, hören Sie?«

Sie bringt mit krächzender Stimme ein Ave Maria hervor.

»Und ich kann Trompete spielen ohne Instrument!«, fällt das Mädchen mit dem Ausschlag ein.

Aus zusammengekniffenen Lippen presst sie ein paar Laute hervor, die Trompetentönen erstaunlich ähnlich sind. Vivaldi kennt die beiden Mädchen nicht und wendet sich an die Aufpasserin.

»Wer sind die beiden, was haben sie verbrochen?«

Die Aufpasserin deutet auf das Mädchen mit der Augenbinde.

»Das ist Christina, eine *figlia di comun.* Sie ist nachts aus dem Haus geschlichen und hat sich mit einem Gondoliere eingelassen. Und die andere, auch eine *figlia di comun,* hat sich ihrer Lehrerin widersetzt. Beide haben ihre Strafzeit erst angetreten.«

»Ich werde für euch beten«, murmelt Vivaldi und geht. Als er mit Maria im Flur angelangt ist, flüstert er ihr ins Ohr: »Ich schreibe ein Konzert für Trompete, Streicher und Basso continuo, nur für dich. Übermorgen gebe ich es dir. Ich habe es schon im Kopf.«

Mit seiner Rabenstimme krächzt er Maria ein paar Takte vor.

Maria hebt ihr Gesicht und strahlt ihn an. Sie weiß, dass dies nicht nur ein dahingesagter Spruch des *prete rosso* ist. Für seine Lieblingsgeigerinnen hat er schon öfter Konzerte geschrieben, für Anna Maria del Violino zum Beispiel, die deswegen von allen beneidet wird. Aber noch nie für eine Trompeterin.

Den Musikologen ist aufgefallen, dass Vivaldi neben seinen unzähligen Konzerten für Geige erstaunlich viele Konzerte für damals neue und ungewöhnliche Instrumente komponiert hat: für die Traversflöte, für Fagott, Oboe, Klarinette, Trompete, Posaune, Theorbe – kurz: »Konzerte für viele Instrumente«, wie Vivaldi selbst diese Arbeiten nannte.

Damit folgte er nicht nur seiner eigenen Neugier, sondern auch einem Auftrag der Pietà. Die Einrichtung legte Wert darauf, die Mädchen an die modernsten Instrumente heranzuführen. Das kostete Geduld und Expertise; man musste die Instrumente kaufen und Lehrer finden, die sich damit auskannten; es dauerte lange, bis die Schülerinnen in der Lage waren, den ungewohnten Instrumenten Töne zu entlocken. Aber auf Perfektion kam es zunächst nicht an. Zweihundertfünfzig Jahre vor dem venezolanischen Musikrevolutionär José Antonio Abreu, der analphabetischen Armen aus den Ghettos Instrumente aller Art in die Hand drückte, wusste Vivaldi, dass gemeinsames Musizieren, und beginne es noch so unbeholfen, Gemeinschaften stiftet.

14

Seit Vivaldis Einstellung an der Pietà sind fast zehn Jahre
vergangen. Aber inzwischen stehen einige Mitglieder
des Verwaltungsrats dem Maestro skeptisch gegenüber.
Gewiss, die Uraufführung von *Juditha triumphans* war ein
enormer Prestigegewinn für das Institut, aber einige der
dramatischen Arien erinnerten doch sehr an eine Oper –
eine neue Musikform, vor der die Mädchen unbedingt ge-
schützt werden müssen. Außerdem fürchten die Governatori, dass Vivaldi selber den Versuchungen des weltlichen
Musikmarkts, insbesondere der Opernhäuser, nicht lange
widerstehen kann. Um ihn zu disziplinieren, hatten sie
seinen Vertrag, der jährlich erneuert wird, schon vor der
Uraufführung nur mit knapper Mehrheit verlängert. Aber
offenbar hatte Vivaldi die Warnung nicht verstanden; er
hatte die Erwartung der Priora und des Nuntius, endlich
einmal eine Messe für alle zu lesen, ignoriert.

Vivaldi kann die Entscheidung des Verwaltungsrats
nicht fassen: Von Anfang an ist er bei den Governatori um-
stritten gewesen; noch nie ist ihm die jährlich erneuerte
Verlängerung seines Vertrages einstimmig gewährt worden.

Aber jetzt nur sieben Stimmen für ihn und fünf gegen ihn? Das Ergebnis kommt einem Rauswurf gleich.

Was hat er falsch gemacht? Er hat sein Soll von monatlich zwei Konzerten ständig übererfüllt und zusätzlich noch zahlreiche Motetten und Kantaten für die Mädchen geschrieben. Warum schätzt der Verwaltungsrat seine Arbeit nicht, die Fürsten und sogar Könige aus ganz Europa zu den Nachmittagskonzerten der Pietà lockt?

Die Priora, da hat Vivaldi keinen Zweifel, möchte ihn halten. Er ist – neben seinem Vorgänger Francesco Gasparini, der sich nach Rom abgesetzt hat – der erfolgreichste Lehrer, den die Pietà je gehabt hat, die Schülerinnen lieben ihn. Dank Vivaldi sind einige der von ihm betreuten Mädchen in der Lage, bis zu fünf verschiedene Instrumente zu spielen, und tun sich gleichzeitig als Sängerinnen hervor. Das alles trägt zum Ruhm der Pietà bei. Aber offenbar wissen die Governatori nicht, was sie an Vivaldi haben.

Diesmal kommt er ihnen zuvor. Statt eine Kampfabstimmung zu riskieren, zieht er seine Bewerbung zurück.

Als er im Musiksaal vor die Mädchen tritt, schlägt ihm Unglauben entgegen. Seine Schülerinnen wollen nicht glauben, dass er gehen wird. Maria della Tromba bricht in Tränen aus.

»Ich komme wieder!«, ruft Vivaldi den Mädchen zu.

»*Ma quando?*«, fragen einige aus dem Chor zurück. (Aber wann denn?)

»*Fra poco!*«, ruft Vivaldi. (Sehr bald!)

»*Non fra poco! Presto! Prestissimo!*«, korrigieren ihn Stimmen aus dem Chor.

Und plötzlich wandert eine musikalische Anweisung von Vivaldi, die sich den Mädchen offenbar mehr als jede andere eingeprägt hat, von Mund zu Mund, und wird zu einem Sprechchor: »*Più presto di possibile!*« (So schnell wie es gar nicht geht!)

Vivaldi wendet den Kopf zur Seite, weil ihm die Tränen aus den Augen schießen. Das Lachen der Mädchen geht in Schluchzen über.

So gehen alle auseinander.

Hastig wie ein Dieb packt Vivaldi seine paar Sachen in seinem Studio zusammen. Aber bevor er die Pietà verlässt, sucht er Maria della Tromba in ihrem Zimmer auf. Er nimmt sie – diesmal willentlich und absichtlich – fest in den Arm und beschreibt ihr den Weg zu seinem Haus. »Was immer passiert«, sagt er ihr, »du stehst unter meinem Schutz. Und du weißt, wie du mich findest!«

Die Nachricht von Vivaldis Abschied von der Pietà verbreitet sich rasch in Venedigs Schwatzbuden und erzeugt Gerüchte aller Art. Irgendetwas Verwerfliches muss der *prete rosso* angestellt haben, und da die Gründe für seinen Abgang rätselhaft bleiben, sind der Phantasie keine Grenzen gesetzt. Vivaldi hat weder Zeit noch Lust, sich um den Tratsch zu scheren. Als Hauptverdiener für eine große Familie kann er sich keine Pause leisten. Entschlossen wirft er sich in das Getümmel des gerade entstehenden säkularen Musikbetriebs der Stadt.

Durch *Juditha triumphans* und die Drucklegung seiner Violin-Konzerte in Amsterdam unter dem Titel »*opus 3*« ist er zu einer Instanz geworden, die inzwischen »der berühmte Vivaldi« heißt. Wie Gasparini will er seine Fähigkeiten auf dem explodierenden weltlichen Musikmarkt Venedigs ausprobieren und sich neue Einkommensquellen erschließen.

15

Schon vor seinem Abschied von den Waisenmädchen hat Vivaldi sich nicht mehr mit den Aufgaben begnügt, die ihm die Pietà stellte. Er will eine andere Art von Beifall hören als das ergriffene Schneuzen eines vornehmen Publikums zwischen Kirchenwänden. Er will seine Fähigkeiten an den Opernhäusern ausprobieren, die wie Pilze aus den Pfählen der Lagunenstadt wachsen. Mit Dutzenden von Premieren pro Saison, mit rund siebzig Komponisten, die Jahr für Jahr um ihre Anteile an dem boomenden Markt streiten, ist Venedig zur Weltmetropole der Oper geworden. Die Opernhäuser ziehen auch ein armes Publikum ins Parkett, das für einen Stehplatz zwei Lire zahlt – ein Publikum, das lärmt, pfeift und furzt, vor Begeisterung oder aus Missfallen brüllt und die Stars mit Blumen oder faulen Eiern bewirft. Für die zahlungskräftigen bzw. adligen Kunden bleiben die Logen in den vier oder fünf Rängen über dem Parkett.

Vivaldis Coach bei diesem Sprung ist Giambattista, sein Vater. Niemand – auch nicht Antonio – weiß, wie Giambattista zur Priesterlaufbahn und den damit einhergehenden Verzichten steht. Er mag das zwölfjährige Kind im Stillen bedauert haben, als ihm anlässlich der Tonsur ein Loch in die roten Locken geschnitten wurde. Sicher hat er die gregorianischen Gesänge mit dem Jüngling geübt, als die nächste Etappe der Priesterlaufbahn anstand. Er wird den geweihten Priester in den Armen gehalten haben, wenn ihm der Weihrauch beim Lesen der Messe den Atem nahm. Wahrscheinlich hat er ihn auch ermutigt, die Soutane abzulegen, wenn er mit ihm zu einem Geigenbauer fuhr und den Preis für ein neues Instrument aushandelte. Aber nichts spricht dafür, dass er sich der von Camilla beaufsichtigten Priesterlaufbahn des Sohnes jemals ernsthaft entgegengestellt hat. Denn Camillas Gelübde und Rechnung sind aufgegangen. Ihr erstgeborener Sohn hat die Familie aus der Armut herausgeführt und verdient schon lange ein Vielfaches von dem, was Giambattista nach Hause bringt.

Sicher ist, dass der brillante Geiger Giambattista sein Talent an den Sohn nicht nur vererbt, sondern es zielstrebig gefördert hat. Er hat ihm alle Kunststücke mit dem Bogen und die Extravaganzen der linken Hand dicht vor dem Geigensteg beigebracht, vielleicht auch den Trick, die E-Saite während des Spiels auf den unteren Saiten höher zu stellen, um dann dicht am Steg Laute hervorzubringen, die man auf der Geige noch nie gehört hat. Bei Vivaldis ersten Schritten in die Welt der Oper kann Giambattista dem Sohn noch mit einer weiteren Kompetenz zu Hilfe kommen. Neben seiner festen Anstellung in der berühmten Capella Ducale von San Marco hat Giambattista längst auch Beziehungen zu den Akteuren der weltlichen Sphäre des venezianischen Musikbetriebs geknüpft. Sie alle suchen – sei es für private Hofkapellen, für musikalische Auftritte an den zahllosen Festtagen der feiersüchtigen Stadt oder für billige Combos in den Spielsalons – nach fähigen Musikern. Die sechs Opern der Stadt halten nach einem neuen Typus von Impresario Ausschau. Nach einem musikalischen Abenteurer, der alles kann: eine Opernproduktion leiten, Verträge abschließen, den Kartenverkauf organisieren und bitte – wenn er dazu fähig ist – auch noch eine erfolgreiche Oper komponieren.

Giambattista hat seit Jahren nebenbei mit einem Mann zusammengearbeitet, der einen guten Teil der genannten Fähigkeiten in sich vereinigt – außer dem Talent zur Komposition.

Francesco Santurini ist einer von den aufstrebenden Opern-Direktoren Venedigs – Manager und Investor in einer Person. Santurini ist Pächter des Teatro Sant' Angelo, eines der kleineren Operntheater, das leider mit einer zu kurzen Drehbühne ausgestattet ist. Santurini konnte sie nicht erweitern, aber hat sie auf eigene Kosten mit leistungsstarken Lastenaufzügen modernisiert. Eine perfekte Bühnenmaschinerie ist für die Inszenierung von aufwendigen beweglichen Bühnenbildern das Wichtigste. Das Orchester und die Sänger mögen so kläglich sein, wie sie bei schlechter Bezahlung nun mal klingen, die Handlung der Oper mag so verworren und unverständlich bleiben wie meistens – es ist vor allem das Bühnenbild, das beim Publikum über Erfolg oder Niederlage entscheidet.

Über dem Parkett erheben sich vier Reihen von Logen, die – zusammen mit dem *pepiano* – einhundertdreiundsechzig Logen mit vier bis sechs Sitzplätzen ergeben. Ohne eine profitable Vermietung dieser Logen ist kein Theater lebensfähig. Die Logen werden für die halbjährige Karnevalszeit an eine Abonnement-Kundschaft aus den oberen

Schichten per Logenschlüssel verkauft – an Patrizier, kirchliche Würdenträger und Administratoren der Stadt. Damit Santurini möglichst viele Logen vermieten kann, muss er sie allerdings selber vom Theaterbesitzer oder von Logeninhabern mieten, um sie dann mit einem hohen Aufschlag weiterzuverkaufen. Streitigkeiten über die Inhaber der Schlüssel zu den Logen und die freien Plätze darin sind vorprogrammiert und gehören zum Risiko des Impresarios.

Die Produktion einer Opernaufführung ist nichts für empfindsame Gemüter. Santurini ist ein Intendant, der seine Leidenschaft für die Oper mühelos mit den kriminellen Energien verbindet, die in der anarchischen Anfangszeit der neuen Musikform zum Handwerkszeug gehören. Schon zu Beginn seiner Tätigkeit als Impresario bekommt Santurini es mit dem Staatsanwalt zu tun. Da hatte er für eine Oper von Gasparini, Vivaldis Chef in der Pietà, ein paar Sängerinnen und Chormädchen aus Ferrara engagiert. Die Bezahlung fiel nicht zur Zufriedenheit der bereits angereisten jungen Damen aus – wahrscheinlich blieb sie weit unter dem zugesagten Honorar. Die Choristinnen aus Ferrara verweigerten ihren Dienst und kündigten an, sofort abzureisen. Aber die Karten für die Premiere waren bereits verkauft. Santurini brachte den streikenden Chor unter Androhung von Gewalt und mit dem Versprechen auf bessere Bezahlung dazu, zu singen. Eines der Mädchen, das nicht kompromissbereit war, ertrank im Kanal vor dem Teatro Sant' Angelo. Nach diesem »Unfall« nahm die Premiere ungestört ihren Lauf. Die Anklage gegen Santurini wurde dank seiner guten Beziehungen zu den höheren Beamten der Stadt, die Abonnenten der Logen waren und die Premiere genossen hatten, niedergeschlagen.

Außer dem Publikum gab es nur einen Mann, dem Santurini Rechenschaft schuldete: dem Patrizier Benedetto Marcello, dem Besitzer des Theaters. Dank einer arrangierten Heirat von Benedettos Eltern, deren beider Familien Anteilseigner des Grundstücks waren, auf dem das Teatro Sant' Angelo erbaut wurde, hatte Benedetto das Theater geerbt.

Bei der Entwicklung seiner vielseitigen Talente kann er aus vielerlei Quellen schöpfen. Als Sohn eines Advokaten hat er Jura studiert und bringt es zum Mitglied des Rates der Vierzig. Als Komponist und Theaterbesitzer kann er seine eigenen Bühnenwerke und die seiner Freunde im eigenen Haus zur Aufführung bringen und nebenbei noch Sinfonien und Kammerkonzerte schreiben. Und da er überdies eine elegante Feder führt, fließen ihm mühelos auch noch Sonette und bissige Urteile über den zeitgenössischen Opernbetrieb aus der Feder – insbesondere über einen gewissen Antonio Vivaldi, den er für maßlos überschätzt hält.

Benedetto Marcello wird nicht zugegen gewesen sein, als Vivaldis Vater seinen Sohn in Santurinis Büro vorstellte.

Natürlich hat Santurini bereits einiges über den *prete rosso* gehört. Allerdings ist er nicht darauf vorbereitet worden, dass der ihm sofort einen gewaltigen Stoß Notenblätter auf den Tisch legt. Mit geheucheltem Interesse blättert Santurini in der Partitur und wiegt sie in der Hand.

»Hilfe, so viele Noten! Was ist das? Eine Messe?«, fragt er.

»Meine neue Oper!«, erwidert Vivaldi.

»Eine Oper von Vivaldi? Man kennt Sie als den braven Priester, der ein paar Hurenkinder dazu gebracht hat, zum Lobe Gottes zu singen und zu musizieren. Respekt, Padre, der Dank des Himmels ist Ihnen gewiss. Aber unser Publikum will etwas anderes hören als Engelschöre und Gesänge zum Lobe der Heiligen Jungfrau! Es will sich amüsieren, will jubeln, weinen, Blitz und Donner, Stürme erleben. Kommen Sie!«

Er führt die beiden Vivaldis durch ein Gewirr von Treppen und Gängen auf die Bühne des Teatro Sant' Angelo. Santurini breitet die Arme aus.

»Trauen Sie sich zu, diesen Raum zu füllen, Padre? Das Publikum, das hierherkommt, faltet nicht die Hände, es wirft mit faulem Obst um sich, es pfeift, es grölt, es schwatzt während der Rezitative, aber es lässt sich auch begeistern! Es hat Eintritt gezahlt und will etwas sehen für sein Geld! Liebe, Hass, Eifersucht, Verrat, Mord – große Leidenschaften, Padre, wissen Sie überhaupt, was das ist?«

Vivaldi blickt sich staunend um. Es ist eine Welt, die er nicht kennt, aber er lässt sich nicht einschüchtern.

»Ich liefere Ihnen etwas Besseres als das abgedroschene Zeug, das Ihnen Ihre Komponisten servieren! Eine Oper, wie sie noch kein Mensch gehört hat!«

Santurini sieht ihn spöttisch an und zieht aus seiner Tasche ein zerfleddertes Manuskript hervor, das er Giambattista reicht.

»Hier habe ich ein Libretto von Grazio Braccioli: *L'Orlando finto pazzo* (Orlando, der sich als Verrückter ausgibt). Ein Melodram über einen total Verrückten. Das müsste Ihrem Sohn eigentlich liegen. Es geht auf einen uralten Schinken von Ariosto zurück.«

Der Name sagt beiden Vivaldis nichts. Giambattista reicht das Libretto an seinen Sohn weiter, der sich sofort darin festliest.

»Wann brauchen Sie die Musik dazu?«, fragt Vivaldi.

»Sagen wir: in zwei Monaten?«

»Sie können die Partitur in zwei Wochen haben!«

Santurini lacht ungläubig. »Ich warne Sie, Padre. Ich nehme Sie beim Wort!«

»Wie hoch ist mein Anteil?«

»Fünfzehn Prozent der Abendeinnahmen.«

»Fünfzig!«

Santurini kann sich ein anerkennendes Lächeln über den feilschenden jungen Priester nicht verkneifen.

»Also gut, vierzig Prozent! Aber dafür machen Sie auch den Impresario! Also alles: die Verträge mit dem Librettisten, mit den Musikern und Sängern, Sie bezahlen die Vorschüsse, Sie drucken die Plakate und sorgen für den Verkauf der Eintrittskarten. Sie übernehmen das gesamte Risiko!«

Santurinis Aufzählung scheint Vivaldi nicht im Geringsten zu beeindrucken. Mit einem Handschlag besiegeln die beiden die Vereinbarung.

Vivaldi hat es plötzlich eilig.

»Halt«, ruft Santurini ihm nach, als die beiden gehen. »Kennen Sie überhaupt die Regeln für die Oper? Die Protagonisten bekommen jeder fünf Arien – jeweils zwei im ersten Akt, zwei im zweiten und eine im letzten Akt. Der zweite Sopran und der zweite Tenor haben höchstens drei Arien, die Nebenrollen eine, höchstens zwei! Und denken Sie daran: Für meine Bühnenmaschinen brauche ich eine Oper mit allen Effekten – Blitz, Donner, Feuersbrünste, Erdbeben!«

Vivaldi bleibt stehen.

»Erdbeben?«

Santurini stößt Giambattista mit dem Ellbogen an.

»Was hat er denn gegen Erdbeben?«, fragt er.

Giambattista schüttelt nur den Kopf und zieht seinen Sohn zur Tür.

16

Zwei Wochen später – die Oper ist noch nicht fertig, die Chor- und Orchesterstimmen sind nur zum Teil ausgeschrieben – sind die beiden Vivaldis mit der Vorbereitung der Premiere beschäftigt. Mit erstaunlichem Tempo findet der *prete rosso* in seine neue Rolle als Unternehmer hinein. Er setzt Verträge auf, stellt das Orchester zusammen, engagiert Sänger und Sängerinnen, versucht den einen oder den anderen Star aus einem bestehenden Vertrag herauszulösen und ihn gleichzeitig davon zu überzeugen, mit seiner irrwitzigen Gage heruntergehen. Das gelingt nur mithilfe von sofortigen Anzahlungen, die die Vivaldis aus eigener Tasche vorschießen müssen. Santurini, der Vivaldi die Rolle des Impresarios überlassen hat, leiht ihm nicht eine Lira.

Bei einer der Proben meldet sich der Bühnenbildner Bernardo Canal, Vater des später weltberühmten Canaletto, beim Impresario Vivaldi. Mit einem Köfferchen betritt er das Büro. Vivaldi blickt kaum von seiner Partitur auf, als er den Mann begrüßt, der nach Santurinis Worten über Sieg oder Niederlage seiner ersten Oper entscheiden wird.

»Einen Moment, Signore Canal!«

Aber Canal ist es nicht gewohnt zu warten. Ungeniert faltet er sein kunstvolles, aus Pappe gefertigtes Modell auf dem Tisch auseinander und legt es über Vivaldis Partitur.

Das Modell zeigt einen prächtigen, surrealistisch anmutenden Königspalast mit vielen Säulen und Terrassen. Im Hintergrund einen Hafen, in dem Segelschiffe und Barkassen vor Anker liegen. Durch eine raffiniert vorgetäuschte Dreidimensionalität – das sogenannte »tromp-l'œil« – erweitert sich der Hintergrund zu einem tiefen Raum.

»Mit allem Respekt, Signore Canal«, sagt Vivaldi, »aber was Sie mir zeigen, ist ein Entwurf für eine andere Oper! Ich brauche einen Dschungel mit Altären an beiden Seiten, die von bengalischem Feuer beleuchtet werden. Dann eine Feuersbrunst, einen Sturm, der alles zum Einsturz bringt. Und für den zweiten Akt brauche ich ein geflügeltes Pferd, mit dem Orlando zum Mond fliegt, eine Mondlandschaft!«

»Einen Sturm! Einen verheerenden Orkan! Bitte sehr!«

Canal dreht an einem Knopf unter dem Boden des Modells, und sein perfekt abgebildeter Miniaturpalast stürzt zusammen und richtet sich – nach einer neuerlichen Drehung des Knopfes – wieder auf.

»Wenn Sie mir dasselbe Spektakel mit einem Altar im Dschungel vorführen können …«

»Kein Problem. Morgen zeige ich es Ihnen!«

»Und was kostet mich so ein Bühnenbild – in Groß, meine ich?«

»Keine Sorge, Maestro, die ganze Kulisse besteht aus bemalter Pappe. Und von der letzten Oper haben wir noch eine Menge Pappe übrig.«

»Und das fliegende Pferd und die Mondlandschaft?«

»Wird mir ein Vergnügen sein!«

Die Geschichte, die das Libretto erzählt, ist eine barocke Science-Fiction-Story. Die Handlung geht auf eine Dichtung von Ludovico Ariosto zurück, die ihrerseits auf einer italienischen Version des Rolandliedes fußt. Es geht um eine Ritterromanze zur Zeit Karls des Großen, der sein Reich gegen den Einfall der Sarazenen verteidigen muss. Hintergrund der Geschichte ist ein heiliger Krieg – Christen gegen Ungläubige –, eigentlich ein idealer Stoff für einen komponierenden Priester. Wären da nicht die Untiefen der menschlichen Seele, die alle Gewissheiten des Krieges und der Religion durcheinanderbringen! Der edle, aber pflichtvergessene Ritter Orlando verliebt sich in die muslimische Prinzessin Angelica, die von einem bayrischen Fürsten namens Namo gefangen gehalten wird. Statt Orlandos Liebe zu erwidern, ergreift Angelica die Flucht und trifft auf den verwundeten sarazenischen Ritter Medoro, zu dem sie in Liebe entbrennt. Der abgewiesene Orlando verliert den Verstand und zerstört bei seiner Verfolgung des heidnischen Paars quer durch Europa bis nach Afrika alles, was ihm in den Weg kommt. Nun wird die Geschichte immer verrückter. Ein englischer Ritterkollege von Orlando reitet auf einem geflügelten Pferd zum Mond, findet dort Orlandos Verstand in einer versiegelten Flasche und bringt sie Orlando. Dank dieses Funds – Orlandos Verstand in einer Flasche auf dem Mond – kommt der Verrückte wieder zur Vernunft und erteilt dem heidnischen Paar in Afrika seinen Segen.

Es ist nicht das erste Mal, dass Vivaldi zusammen mit

seinem Vater eine Premiere im Teatro Sant' Angelo vorbereitet. Aber nie zuvor hat er die Uraufführung einer eigenen Oper geleitet – unter den Augen und Ohren verwöhnter Abonnenten, die den *prete rosso* allenfalls von seinen Konzerten an der Pietà kennen und ihn nicht unbedingt für einen Experten in Sachen Liebeswahnsinn halten.

Eine halbe Stunde vor dem Beginn der Premiere komplimentiert Vivaldi die Abonnenten der Logen zu ihren Plätzen. Obwohl die Karnevalszeit offiziell erst am 26. Dezember beginnt, tragen sie schon in der Vorweihnachtszeit Masken. Die Patrizier kommen in dunklen Umhängen, den Frauen sind bunt schillernde Phantasiekostüme erlaubt. Vivaldi weiß genau, wer sich hinter den Masken verbirgt, denn er hat in Santurinis Aufzeichnungen die Inhaber der Logenplätze eingesehen. In einer Loge im ersten Rang, die der Bühne direkt gegenüberliegt, nimmt der Theaterbesitzer Benedetto Marcello mit seinem Freund Albinoni und einer Dame Platz, deren Maske mit Brillanten besetzt und einem Federbusch ausgestattet ist. Der Nuntius darf als Mitglied des geistlichen Standes keine Maske tragen und erscheint in einem prachtvollen Ornat, das geeignet ist, jeden Kostümträger neidisch zu machen. Nach allen Seiten grüßend geleitet er die Priora, die sich als Engel verkleidet hat, in seine Loge. Nebenan sitzen mit schwarzen Masken und roten Umhängen die Herren von der Inquisition, die das Libretto nur mit Anmerkungen durchgehen ließen. Der spirrige Landgraf von Mantua, Philipp von Hessen-Darmstadt, kommt als Georg Friedrich Händel mit gewaltigem Bauch daher und nimmt in Begleitung des Vivaldi-Verehrers von Uffenbach Platz. Die anderen Logen füllen sich mit Patriziern, die ihre Frauen oder Konkubinen mitgebracht haben und die Logendiener mit ihren Wünschen für Wein, Oliven und Gebäck auf Trab halten. In einer der billigen Logen ganz oben an der Seite sitzt dicht gedrängt Vivaldis Familie – Bonaventura fehlt. Die Mädchen der Pietà haben trotz Vivaldis Bemühungen keine Erlaubnis erhalten, an der Premiere ihres Maestro teilzunehmen. Eine gute Hälfte der Logen bleibt leer.

Schon vor dem Beginn der Symphonie – so heißt damals die Ouvertüre einer Oper – produziert das Publikum im Parkett einen Geräuschpegel wie heute im Fußballstadion. Bengalische Feuer und das Krachen von Böllern heizen die Stimmung an. Aus den Logen fallen faule Feigen, Orangenschalen und abgebrannte Kerzen auf die Köpfe des unten stehenden Publikums. Kahle Schädel im Parkett werden von den Herren in den Logen für ein Zielspucken ins Visier genommen, gegen das sich die Erfahrenen im Parkett mit Hüten und Tüchern auf dem Kopf schützen. Vor der Bühne verläuft eine Rinne, über der sich der eine oder andere Zuschauer im Vorbeigehen aufstellt, um seinen Urin abzuschlagen – eine Einrichtung, um die die von Beginn an trinkenden Inhaber der Logen die Armen im Parkett beneiden.

Als Vivaldi das Orchester mit seinem Bogen zu einem gewaltigen Tutti entfesselt, verebben die Geräusche allmählich. Kurz vor dem Ende der Symphonie hat Vivaldi ein virtuoses, nur vom Basso continuo begleitetes Solo auf seiner Violine eingebaut – denn für seine Kunststücke auf diesem Instrument wird er in Venedig vor allem geschätzt. Ein kurzer, von Gebrüll und Zwischenrufen übertönter Beifall flammt auf. Danach noch einmal ein gewaltiges Tutti, und schon öffnet sich der purpurrote Samtvorhang und gibt die Bühne frei.

Dies ist der magische Moment, der in Sekunden über alles entscheidet. Wird Bernardo Canal das sensationshungrige Publikum mit seinem Bühnenbild verzaubern oder kaltlassen? Er hat sämtliche Reize aufgeboten, die ihm Santurinis moderne Bühnenmaschinerie gestattet. Vor dem Zaubergarten der Hexe Ersilla, der links und rechts von zwei Tempeln begrenzt wird, werfen feurige Altäre bengalische Wolken in den Bühnenhimmel. Im Hintergrund des dschungelhaften Gartens bewegen sich Löwen und Fabeltiere.

Aber die anfängliche Begeisterung des Publikums nimmt schon im Verlauf des ersten Aktes stark ab. Die Handlungsstränge, die im Rezitativ mit Cembalo- oder Basso-continuo-Begleitung erzählt werden, gehen im Geschwätz unter. Zuerst aus den Logen, dann auch aus dem Parkett hört man Missfallenstöne: Kichern, Miauen, Krähen, erkünsteltes lautstarkes Niesen, Husten und Gähnen.

Vivaldi und sein Librettist haben die populäre Fabel vom liebesverrückten Orlando mit einem Gestrüpp von Parallelgeschichten – Intrigen, Verkleidungs-, Verwechslungs- und Täuschungsmanövern – zugedeckt. Männer verwandeln sich in Frauen mit anderen Namen und umgekehrt; alle Protagonisten, ob Mann oder Frau, sind in eine andere Figur des Dramas verliebt, die sie nicht lieben dürfen. Am Ende lösen sich alle Konflikte auf, wie es in der venezianischen Oper Vorschrift ist. Der obligate versöhnliche Schluss des Dramas: »*Ma la costanza è sempre / Vincitrice in amor*« (Die Beharrlichkeit ist immer / die Siegerin in der Liebe) kann das Publikum mit Vivaldis Oper nicht mehr versöhnen. Und die Empfehlung des Schlusschors: *»Con Mirti e Fiori / Volate amori / A coronare / Costanza, e Fé«* (Fliegt, ihr Götter des Amors / Mit Myrten und Blumen / Und krönt / Die Beharrlichkeit und die Treue) geht unter Pfiffen, Buhrufen und Wurfgeschossen aus faulem Obst unter.

Besonders laut sind die vulgären Beschimpfungen aus Benedetto Marcellos Loge.

17

Vivaldis erste Oper im Teatro Sant'Angelo erlebt nur wenige Aufführungen. Schon nach dem Ende der Premiere hat Santurini in einer hingekritzelten Sofort-Kritik angemerkt: »Zu wenig Brände und Stürme, ein Pferd, das nicht fliegt, und statt eines Erdbebens ein paar bengalische Feuer, die sogar Kinder langweilen!«

Dass die Oper durchfällt, ist für die Partner »Vivaldi & Sohn«, von allem Schimpf abgesehen, auch ein empfindlicher finanzieller Verlust. Doch beim Teilhaber Antonio, dem Hauptverantwortlichen für das Desaster, meldet sich eine Eigenschaft, die sein Vater bisher nicht an ihm kannte: Nehmer-Qualitäten, unternehmerischer Trotz. In weniger als drei Wochen bringt er eine andere Version von Orlando auf die Bühne, eine Fassung namens *Orlando furioso* von zwei anderen Autoren, die Vivaldi zwei Jahre zuvor – damals noch in der Rolle eines Assistenten – mit seinem Vater betreut hat. Er komponiert rasch ein paar neue Arien, fügt ein paar Ohrwürmer aus seiner eigenen gescheiterten Oper dem Werk seiner Vorgänger hinzu – und feiert einen überwältigenden Erfolg: vierzig Aufführungen.

Vivaldi hat sich ein Prinzip Santurinis zu eigen gemacht, dem er auch in Zukunft gehorchen wird: Egal, warum du gescheitert bist – das Publikum hat immer recht.

Überhaupt darf man sich die Opern jener Zeit nicht als Originalwerke vorstellen, die ein Künstlergenie in der Einsamkeit seines Arbeitszimmers erschafft. Barockopern sind häufig *pasticci:* ein Mix und Remix aus bewährten Bausteinen, die der Komponist und sein Librettist – ganz im Wortsinn von »componere« – neu zusammensetzen. Nicht unähnlich dem Verfahren, mit dem sich ein DJ aus dem Repertoire der Pop-Musik bedient und sein eigenes Copyright mit der Originalität seines Mashups begründet.

Der Begriff *pasticcio* ist zuerst in der italienischen Küche aufgetaucht und bezeichnet zunächst nichts anderes als die Vermischung von Pasta und Fleisch. Aus der Küche ist er in die Terminologie der italienischen Opernsprache vorgedrungen und hat – ähnlich wie die neapolitanische Pasta – eine phantastische Vielfalt hervorgebracht. Sämtliche Komponisten des Barock, von Gluck über Händel bis zum jungen Mozart, haben *pasticci* geschrieben. Vorneweg die Italiener, die nun einmal die Erfinder der *opera* sind. Und natürlich auch Vivaldi, der einmal behauptet hat, er habe neben seinen zahllosen Chor- und Instrumentalwerken neunzig Opern geschrieben. Über vierzig von Vivaldis Opern sind inzwischen aufgetaucht, und womöglich werden noch mehr gefunden. Aber wenn man es mit Vivaldis Zahlen nicht allzu genau nimmt, sollte man mit dem Befund »vierzig plus« zufrieden sein.

Die Vorteile des *pasticcios* liegen auf der Hand. Der Remix spart Zeit und neue musikalische Gedanken. Und da es in jedem musikalischen Drama wiederkehrende Motive und Emotionen gibt – Kampf, Tod, Rache, Liebe, Leid und Versöhnung am Ende – lassen sich die entsprechenden Arien und deren Texte mit wenigen Korrekturen austauschen. Ohnehin kommt die Handlung der Barockoper nur im Rezitativ zu Wort; die Arien, die die Emotionen tragen und das Publikum bewegen, sind die Hauptsache. Wie seine Kollegen Benedetto Marcello und Albinoni hat Vivaldi Arien, mit denen er bereits Erfolg hatte, in neue Opern mit ganz anderen Handlungen eingebaut. Und sich dabei hin und wieder auch bei seinen Kollegen bedient.

Die Librettisten machen es nicht anders. Wenn sie für eine Liebesklage oder einen Wutausbruch einmal die richtigen Verse und ein paar eingängige Reime gefunden haben – wozu neue schreiben? Die Sujets der Libretti begünstigen die Produktion von austauschbaren Arien. Die Handlung spielt immer in fernen Zeiten und in weit entfernten Ländern – die großen Leidenschaften bleiben die gleichen. Vivaldi und seine Librettisten haben in ihren Opern keinen Erdkreis ausgelassen. Mal gehen sie mit der Geschichte Persiens hausieren, dann wieder mit der griechischen, römischen, byzantinischen Mythologie, aber auch aus China und Mexiko holen sie ihre Stoffe. Je weiter entfernt, desto besser – vielleicht auch aus Rücksicht auf die wachsame Inquisition, die jedes Libretto genehmigen muss.

Die Protagonisten der *opera* gehören zum Umkreis des oberen Dutzends: Sie sind in den Herrscherhäusern oder in der Umgebung eines Feldherrn oder Tyrannen zu Hause. Die Personenzahl ist folglich begrenzt, die Charaktere der Figuren stehen fest. Da ist der barbarische Herrscher, der sein Volk erbarmungslos unterdrückt; der romantische, im Zweifelsfall christliche Offizier, der sich in eine Prinzessin aus dem gegnerischen (muslimischen) Lager verliebt; da ist der Verräter, der alles durcheinanderbringt; und schließlich der Sklave oder Diener, der sich für seinen Herrn opfert. Und da sind erstaunlich autonome Protagonistinnen, die ihr eigenes Spiel spielen, manchmal sogar eine Waffe führen und am Ende für die obligate Versöhnung und den Frieden sorgen.

Aber noch einmal: All diese Figuren aus weit entfernten Kulturen und Zeiten werden von den Gefühlen bewegt, die seit der Odyssee und der Bibel die europäische Literatur und Kunst beherrschen.

Die Folge dieses Motiv- und Figurenkanons der Opernliteratur ist, dass dieselben Stoffe und Libretti in Vivaldis Zeit in Vertonungen von verschiedenen Komponisten in ein und derselben Karnevalssaison auftauchen. Wenn ein Titel wie *Orlando, L'Olimpiade, Dorilla in Tempe, Farnace, Catone in Utica* oder *Siroe* einmal Erfolg hat, stürzen sich andere Komponisten auf das Libretto, um ihre Talente darauf zu wetten. Zum berühmtesten Librettisten steigt der kleinwüchsige Pietro Trapassi auf, Sohn eines Gemüsehändlers und Adoptivkind von Giovanni Vincenzo Gravina, des Vorsitzenden der römischen *Accademia dell'Arcadia,* der dem kleinen Pietro den Künstlernamen Metastasio (Grenzüberschreiter) verpasst hat. Metastasios Libretti sind so begehrt, dass alle Komponisten seiner Zeit, darunter auch Vivaldi, um den Vorzug buhlen, dessen Verse zu vertonen. Allerdings muss Vivaldi damit leben, dass Metastasio nicht ihn, sondern seinen jüngeren Konkurrenten Johann Adolph Hasse, der in Italien »der göttliche Sachse« genannt wird, bevorzugt.

Die Texte der Arien sind oft pathetisch und repetitiv bis

87

zur Lächerlichkeit, der Versuch, sie Wort für Wort zu verstehen, beeinträchtigt oder zerstört den Hörgenuss. Aber ist es, Hand aufs Herz, mit den Stabreimen der Wagner-Arien anders? Man erträgt die Texte nur, weil man sie, wenn überhaupt, nur silbenweise zur Kenntnis nimmt und sich ganz der Musik überlässt.

»Wenn der Impresario einer Oper«, so beschreibt ein Zeitgenosse von Vivaldi die Opernkultur von Venedig, »seine Truppe in einer Stadt geformt hat, wählt er als Thema ein Stück aus, das ihm gefällt … Dieses Stück ist aber nur ein Flickwerk, zusammengesetzt aus den schönsten Arien, die die Musiker seiner Truppe kennen: Denn diese schönen Arien sind Sättel, die auf jedes Pferd passen; Liebeserklärungen des einen, die der andere erhört oder zurückweist; Freude eines glücklichen oder Klage eines unglücklichen Liebhabers, Treueschwüre oder Eifersucht, Glückstaumel oder niederschmetternde Verzweiflung. Wut, Trauer: Es gibt keine Szene, in der die Italiener nicht Platz für irgendeine dieser Arien finden würden.«

18

Als eine neue Erwerbsquelle auf dem weltlichen Musikmarkt entdeckt Vivaldi den Verkauf von handgeschriebenen Partituren an reiche europäische Käufer.

Einer von seinen Abnehmern ist der bereits erwähnte Johann Friedrich Armand von Uffenbach, Mitglied einer begüterten Frankfurter Kaufmannsfamilie. Er lädt Vivaldi in sein Hotel ein, um zehn neue Konzerte von ihm zu erwerben. Zunächst sucht von Uffenbach den Maestro durch ein paar exzellente Flaschen Wein günstig zu stimmen. Wie die meisten Venedig-Touristen hat er gehört, die Geistlichkeit der Karnevalsstadt und mit ihr Vivaldi seien dem Suff zugeneigt. Vivaldi probiert ein paar Flaschen aus, aber bricht nicht in Laute des Verzückens aus – entweder versteht er gar nichts oder zu viel von gutem Wein. Er wirft seine Noten auf den Tisch und nennt einen Preis in Zechinen, der von Uffenbach erbleichen lässt. Als der die Verhandlung mit einem um die Hälfte gekürzten Preis fortsetzen will, packt Vivaldi seine Geige aus und spielt dem deutschen Touristen einige seiner spektakulären Solo-Passagen vor – »the best of opus 3«, sozusagen. Von Uffenbach ist eher verwundert als beeindruckt und beklagt sich, »daß er (Vivaldi) zwar extra schwehre und bunte Sachen spiehlte aber keine annehmliche und cantable manir dabey hatte«.

Da der Deutsche immer noch nicht seine Börse zückt, fragt Vivaldi ihn, wo er seine Geige gelassen habe. Und erklärt dem verblüfften Kunden, dass der genannte Preis für beides gelte – für die Noten und den Geigenunterricht, den von Uffenbach benötige, um die Konzerte selber zu spielen. Ja durchaus, er werde hier und jetzt mit dem Unterricht beginnen und in den nächsten Tagen in Uffenbachs Hotel vorbeikommen, um dessen Kenntnisse zu vertiefen.

Die Praxis, handgeschriebene Konzerte an Musikliebhaber zu verkaufen, hat Vivaldi sein ganzes Leben lang beibehalten. In späteren Jahren geht er sogar dazu über, den Druck seiner Werke, der im Jahre 1705 einsetzt, einzuschränken bzw. zu verhindern: weil er mit seinen Originalen, wie er einem anderen Interessenten erklärt, entschieden mehr verdiene als mit den Drucken.

Dass er mit seinen Noten auch gleich noch ein paar Stunden Geigenunterricht verkaufen will, ist allerdings schon eine Spezialität des *prete rosso* – von seinen Zeitgenossen ist nichts Derartiges bekannt. Man hat von dieser Szene und anderen Beispielen auf Vivaldis Geschäftstüchtigkeit, ja auf seine Habgier geschlossen. Aber mit solchen Urteilen verhält es sich ähnlich wie mit den Spekulationen über Vivaldis Frömmigkeit. Angesichts der wenigen authentischen Zeugnisse über ihn lässt sich die Persönlichkeit des Maestros nur aus seinem Werk erschließen. In den Grenzen seiner Zeit hat Vivaldi alle Stimmungslagen der menschlichen Seele ausgemessen. Eingeschlossen in die Mauern der

Pietà und in die »Enge seiner Brust« hat er sowohl für den Ausdruck religiöser Inbrunst, ja Entrücktheit wie auch für die Ausbrüche entfesselter Lebensfreude und deren Abklingen in ratlose, geradezu atonale Schwingungen gänzlicher Verlassenheit eine musikalische Sprache gefunden. Kein anderer Komponist jener Zeit hat das Drama des zwischen religiöser Hingabe und irdischen Leidenschaften hin- und hergerissenen Individuums im 18. Jahrhundert mit ähnlicher Wucht gestaltet.

Ein anderer professioneller Abnehmer von Vivaldis Konzerten ist der deutsche Geiger Johann Georg Pisendel, Mitglied der »königlich Polnischen und Churfürstlich Sächsischen Hofkapelle«. Keine Kapelle in Europa, behauptet ein deutscher Kenner aus jener Zeit, habe damals so viele große Virtuosen aufweisen können wie die Dresdner Hofkapelle. Darunter waren neben deutschen auch italienische und französische Meister ihres Fachs.

Der junge Pisendel war als Leiter einer Musikergruppe, die den sächsischen Kurprinzen Friedrich August II. auf dessen Ausflug im Jahre 1716 begleitete, nach Venedig gelangt. Die europäischen Hoheiten unter Venedigs Besuchern reisten damals nicht ohne ihre eigene Kapelle. So auch der erst zwanzigjährige Kurprinz bei seinem dritten Venedigbesuch. Es konnte nicht ausbleiben, dass die Komponisten der Stadt den hohen Gast aus Dresden mit Widmungen ihrer Werke überhäuften.

Vivaldi war aus irgendeinem Grund beim Empfang nicht dabei, und war dann auch nicht unter den venezianischen Künstlern, die ein Jahr später auf Einladung des Kurprinzen nach Dresden reisten. Pisendel jedoch, der damals bereits neben dem berühmten, aus Frankreich stammenden Konzertmeister Volumier am ersten Pult der sächsischen Staatskapelle sitzt, nutzt seine Zeit in Venedig, um Vivaldi kennenzulernen. Er ist so beeindruckt von Vivaldis Geigenkünsten, dass er beschließt, bei ihm Unterricht zu nehmen. Vivaldi erkennt sofort, dass er in Pisendel nicht nur einen Bewunderer, sondern einen Kollegen vor sich hat, der sein Instrument wie kaum ein anderer beherrscht. Zwar kann Pisendel nicht gleich Vivaldis Kadenzen spielen, aber er traut sich zu, sie zu erlernen. Und Vivaldi zeigt ihm, wie es geht. Es entwickelt sich eine Freundschaft zwischen den beiden Kollegen – eine German-Italian-Connection unter Geigern, wie es zu jener Zeit wohl keine zweite gab.

Durch einen sächsischen Zeitgenossen ist eine Szene überliefert, die Pisendel nach seiner Rückkehr in seiner Dresdner Stammkneipe wahrscheinlich oft erzählt hat.

Vivaldi, den man sich schlecht als Touristenführer vorstellen kann, zeigt Pisendel die berühmte Piazza San Marco und erklärt dem Gast, was er vor sich sieht: den Dogenpalast, den Campanile, die Kirche von San Marco, in der er als Halbwüchsiger seinen Vater am Geigenpult manchmal vertreten hat, die Cafés – das Übliche. Plötzlich beschleunigt er seine Schritte, packt Pisendel am Arm und zieht ihn mit sich fort.

»Cher Monsieur« – das Wort »Herr«, das Pisendel ihm mehrmals vorgesprochen hat, geht Vivaldi nicht über die Lippen – »beeilen Sie sich! Wir müssen sofort von hier verschwinden!«

Er solle sich jetzt bitte nicht umschauen, flüstert Vivaldi ihm noch ins Ohr, ihn auch nichts fragen, sondern mit ihm so rasch wie möglich den Platz verlassen. In Vivaldis Wohnung angekommen, fragt Vivaldi den irritierten Pisendel, ob er sich irgendetwas in der Stadt habe zuschulden kommen lassen. Ein Essen im Restaurant nicht bezahlt, etwas Abträgliches über die Serenissima und die Regierung gesagt? Pisendel fällt aus allen Wolken und schwört, dass er nichts dergleichen verbrochen habe. Was seinen Freund zu derartigen Unterstellungen veranlasse?

»Du hast es offensichtlich nicht bemerkt«, erklärt ihm Vivaldi, »aber wir sind auf unserem Weg bis zur Tür dieses Hauses von vier Sbirren beobachtet worden.«

»Sbirren?«

»Das sind Angehörige der staatlichen Inquisition. Und normalerweise irren sie sich nicht!«

Vivaldi bittet ihn, so lange im Haus zu bleiben, bis er die Angelegenheit geklärt habe. Sonst könne er für Pisendels Sicherheit nicht garantieren.

Am nächsten Tag kehrt Vivaldi mit einer guten Nachricht zurück. Er habe mit einem der drei Inquisitoren gesprochen. Der habe ihm erklärt, es tue ihm leid, seine Leute hätten Pisendel mit einem anderen Mann verwechselt, der ihm ähnlich sehe.

»Und inzwischen haben sie den Richtigen verhaftet?«

»Das habe ich nicht gefragt.«

»Also wenn ich jetzt dein Haus verlasse …«

Vivaldi hebt bedauernd seine Schultern.

Pisendel will wissen, wie es komme, dass Vivaldi einen so vertrauten Kontakt zu den staatlichen Inquisitoren unterhalte. Aus beruflichen Gründen, erklärt Vivaldi, habe er ständig mit ihnen zu tun. Es handele sich um gut ausgebildete Leute, um Musiksachverständige, sozusagen. Zu ihren Aufgaben gehöre es, die Libretti seiner Opern zu lesen. Wenn sie irgendeinem seiner Werke ihr Placet verweigerten, könne es in Venedig nicht aufgeführt werden. Die Urteile der Inquisitoren seien nicht anfechtbar.

Nach diesem Zwischenfall kann Pisendel sich wieder frei in der Stadt bewegen und hat viel Spaß mit seinem venezianischen Kollegen. Vivaldi lässt seinen Freund in der Pause zwischen zwei Akten bei einer seiner Opernaufführungen spielen – eine Gelegenheit zur Selbstdarstellung, die er sonst gerne selber wahrnimmt. Er liest eine Komposition von Pisendel und korrigiert sie, verehrt ihm sogar mehrere seiner Violinkonzerte nebst ausgeschriebenen Kadenzen. Allein fünf Violinsonaten und sechs Violinkonzerte tragen die Widmung: »*fatto per* Monsieur Pisendel«. Hat Pisendel diese Konzerte honoriert, hat der Kurprinz oder die Sächsische Staatskapelle die hohen Kaufpreise bewilligt, die Vivaldi sonst für den Verkauf seiner Partituren nahm? Man weiß es nicht.

Sicher ist, dass Pisendel viele Vivaldikonzerte – wohl mit Zustimmung des Komponisten – mit eigener Hand kopiert hat. Und als er im Herbst 1717 die Heimreise nach Dresden antritt, hat er knapp vierzig Instrumentalwerke Vivaldis im Gepäck, die wohl auch auf dem Schreibtisch des Vivaldi-Fans Johann Sebastian Bach gelandet sind.

19

Spät in der Nacht hören Vivaldis Schwestern ein starkes Klopfen an der Haustür und machen ihren Bruder auf das Geräusch aufmerksam. Niemand aus der Vivaldi-Familie öffnet die Tür, weil man zu dieser Nachtzeit nur einen unerwünschten Besuch erwarten kann. Da hört Vivaldi gedämpfte Trompetentöne vor dem Haus. Er kennt das Thema, das da gespielt wird; irgendwann hatte er es selber geschrieben, aber wann und für wen? Er summt die ersten drei Takte vor sich hin, da fallen ihm auch schon die nächsten ein: Es ist der Anfang seines Konzerts in a-Moll für Trompete, Streicher und Basso continuo. Er hatte es für Maria della Tromba geschrieben und mit den Mädchen von der Pietà eingeübt; die Priora hatte die Aufführung wegen Marias Verfehlungen verboten.

Vivaldi öffnet die Tür. Statt des halb erwachsenen Kindes, das er kannte, steht ihm jetzt eine junge, stark geschminkte Frau gegenüber – in Lumpen und mit Trompete.

»*Ciao,* Maestro«, begrüßt sie ihn, »kennst du mich noch?«

Vivaldi folgt einem alten Reflex und will sie umarmen, Maria stößt ihn zurück.

»Sag's lieber gleich, wenn du etwas von mir willst, *bello*! Ich bin teuer. Zwanzig Lire kannst du dir leisten, oder?«

Vivaldi ist versucht, sie zu ohrfeigen. Keines der Mädchen von der Pietà hat es je gewagt, ihn zu duzen, und das Grußwort »*Ciao*« ist eine Anrede, die nur von Fischern und Hafenarbeitern verwendet wird. Vom Rest ihres Angebots ganz zu schweigen.

»Was fällt dir ein! Ich habe einmal versprochen, dir zu helfen …«

»Aber dein Versprechen ist eine lange Fermate geblieben – wie die Aufführung des Konzerts, das du für mich geschrieben hast.«

Vivaldi packt Marias Hand, zieht sie ins Haus und schubst sie in sein Zimmer. Er stößt sie auf einen Stuhl, versucht vergeblich, mit ihr zu beten, überhört ihre kaum zu ertragenden Anzüglichkeiten und vulgären Beschimpfungen und wartet, bis Maria ihm ihre Geschichte erzählt.

Nach Vivaldis Abschied von der Pietà hat sie es mit den Gebeten und dem Fasten »zur Reinigung deiner Seele«, die ihr von Schwester Cecilia auferlegt worden waren, nicht mehr ausgehalten. Mit einer *figlia di comun* – »du kennst sie, Christina mit der Augenbinde« – ist es ihr gelungen, eine Nacht lang aus der Pietà auszubüxen. Die beiden hatten den Türwächter mit zwei Flaschen Wein bestochen, waren zum Arsenal gelaufen, hatten an eines der gewaltigen Portale geklopft und waren von den Nachtschicht-Arbeitern eingelassen worden. Maria hatte in einer der kirchturmhohen Hallen der Werft mit der Trompete zum Tanz aufgespielt, Christina hatte auf einer Trommel den Rhythmus geschlagen. Die Arbeiter hatten die beiden Mädchen mit ihrem Grappa betrunken gemacht und mit ihnen zwischen den halbfertigen Aufbauten der riesigen Schiffe wild getanzt. Als die Mädchen im Morgengrauen in die Pietà zurückkehrten, hatte Schwester Cecilia ihnen aufgelauert.

Unter den Augen aller anderen Mädchen, die Cecilia aus diesem Anlass weckte, waren die beiden Ausbrecherinnen in ihre Schlafräume gezerrt worden. Am nächsten Morgen wurden sie bestraft: Maria wurde ihrer sämtlichen Privilegien als *figlia di choro* einschließlich ihrer Trompete beraubt und einer Sängerin als Dienerin zugeteilt – einer *figlia di choro*, die zwei Jahre jünger war als Maria. Sie musste das Zimmer ihrer neuen Herrin säubern, ihr Bett machen, ihre Kleider ausbessern und ihre gemeinen Beschimpfungen ertragen. Christina wurde in die übelste Abteilung verbannt – in den stinkenden Seifenkeller, wo die *figlie di comun* in riesigen Bottichen die Asche von verbrannter Holzkohle und die Reste von Rinderfett zu Seife verrührten.

Vivaldi wird durch ein Geräusch vor der Tür abgelenkt und bedeutet Maria mit der Hand, ihre Erzählung zu unterbrechen. An den Schritten der Familienmitglieder kann er erkennen, wer im Flur vorbeigeht oder sich seinem Zimmer nähert. Wirklich peinlich wäre ihm, wenn seine Mutter plötzlich an die Tür klopfen und ihn in dieser Situation finden würde – seine Mutter, die ohnehin fürchtet, dass er seine Priesterpflichten vernachlässigt. Aber nach einem Augenblick konzentrierter Stille wird ihm klar, dass er sich geirrt haben muss: Auf das Geräusch, das er für einen Schritt gehalten hat, folgt kein weiteres Geräusch.

Maria hat Vivaldis Irritation bemerkt.

»Wäre es schlimm, wenn jetzt jemand käme?«, fragt sie. Vivaldi schüttelt ärgerlich den Kopf.

»Erzähle weiter!«

Sie habe nie ihren Glauben an ein besseres Schicksal verloren, setzt Maria wieder ein. Viel gebetet habe sie und nie etwas von den Extrarationen an Öl und Brennholz gestohlen, die ihrer Herrin, der Sängerin, zustanden. Außerdem wusste sie aus den Erzählungen von anderen *figlie di choro*, dass sie bei gutem Benehmen irgendwann rehabilitiert werden würde. Die Pietà war streng, aber auch barmherzig. Außerdem konnte die Institution auf eine Trompeterin wie Maria gar nicht verzichten. Wenn sie lange genug Buße tat und ehrliche Reue zeigte, würde sie wieder in ihren alten Rang als *figlia di choro* aufsteigen und ihre Trompete zurückbekommen.

Und so geschah es. Die Priora höchstselbst gab Maria ihr Instrument nach einigen Wochen zurück. Unter einem anderen *maestro di cappella* spielte sie Vivaldis Trompetenkonzert in C-Dur …

»In a-Moll!«, korrigierte Vivaldi.

»Moll oder Dur, ich habe es mit Begeisterung, wenn auch mit einigen Fehlern gespielt«, sagte Maria. »Aber nach dem Konzert linste ich durch das Gitterwerk nach unten und sah den Nuntius neben der Priora und anderen Exzellenzen stehen. Als er in meine Richtung schaute, musste ich mich erbrechen. Ja, durch die Gitter! Ich hoffe, der bessere Teil meiner Kotze hat den Nuntius getroffen. Und bei der nächsten Gelegenheit bin ich wieder ausgebüxt und bin nie mehr zurückgekehrt.«

»*Figlia mia!*«, sagt Vivaldi gefasst und vollführt eine segnende Gebärde. »Schau sie dir ruhig an, deine *putta di Vivaldi!*«, fährt Maria ihn an. »So nennen uns die Gondolieri und die Arbeiter im Arsenal, das weißt du! *Putta* wie ›kleines Mädchen‹, aber auch wie *puttana.* Aus der *putta* ist eine Hure geworden. Wundert dich das?«

Sie rückt an dem Schlitz ihres Oberteils, sodass eine Brust sichtbar wird; eine Brust, unendlich schöner und verführerischer als die gemalten Brüste der Heiligen Jungfrau Maria, die der Priesterzögling Vivaldi im Kampf mit seinem membrum virile herbeiphantasiert hat.

»Wenn ich jemals schwanger werde, werde ich mein Kind nicht in die *scafetta* schieben. Ich werde es selber aufziehen und ernähren!«

Abrupt steht Vivaldi auf und sucht in den Stößen seiner Partituren nach Marias Trompetenkonzert. Er findet es nicht.

»Spiel mir das Thema vor!«, fordert er Maria in schroffem Ton auf. »Aber leise!«

Maria setzt die Trompete an den Mund, Vivaldi sieht, wie sich ihre Brust beim Einatmen hebt. Aber Maria kommt über die ersten drei Takte nicht hinaus.

»Weiter«, fordert Vivaldi.

»Ich weiß nicht weiter!«

»Aber ich!«

Er krächzt Maria, mit den Händen die Notenlänge markierend, die vergessenen Noten vor. Nach und nach, sich gegenseitig korrigierend, vervollständigen die beiden das Thema, und endlich gelingt es Maria, auch die zweite und dritte Passage des Solos zu spielen.

»Ein Viertelton zu hoch«, schnappt Vivaldi dazwischen. »Noch mal von vorn!«

Maria verschluckt ihr Lachen und meistert das Solo des ersten Satzes, als wäre seit ihrer ersten Probe in der Pietà kein Tag verstrichen.

Beide, Maria und Vivaldi, müssen das Klopfen überhört haben, denn plötzlich öffnet sich die Tür. Zanetta, Vivaldis jüngste Schwester, steckt den Kopf hinein. Mit einer Handbewegung scheucht Vivaldi sie fort. Dann ermutigt er Maria weiterzuspielen. Als sie geendet hat, schließt er sie in die Arme.

»Du hast es noch nicht ganz verlernt, *figlia mia!* Aber wenn du nicht übst, wirst du dein ganzes Talent verlieren!«

20

Prinz Philipp hat seine Einladung Vivaldis nach Mantua erneuert und mit dem Angebot verbunden, Hofkapellmeister zu werden. Diesmal nimmt Vivaldi an. Was ihn lockt, ist nicht nur die Aussicht, aus Venedig herauszukommen, sondern auch das in Aussicht gestellte Honorar. Mit seinen Einnahmen als Hofkapellmeister wird er ein Vielfaches des Lohnes bei der Pietà verdienen.

Auf Anraten seines Vaters hat er vor seiner Abreise noch ein Gespräch mit der Priora geführt. Ganz ungeschützt soll er sich nicht in das Leben eines freien Künstlers stürzen; er soll herausfinden, wie seine Chancen bei der Pietà nach seiner Rückkehr nach Venedig stehen.

Die Priora empfängt ihn herzlich, zum ersten Mal tritt sie ihm nicht als Vorgesetzte gegenüber. Vivaldi hat immer gespürt, dass diese Frau, die um einen Ausgleich so vieler gegensätzlicher Interessen – des hohen Rats, des Verwaltungsrats, des Nuntius und der ihr anvertrauten Mädchen – bemüht sein muss, zu ihm hält. Aber solange Vivaldi ihr Angestellter war, konnte sie das nicht offen zeigen. Nun legt sie alle Förmlichkeiten ab und verbirgt nicht länger, wie sehr sie Vivaldis Entscheidung bewegt.

»Unsere Mädchen werden Sie vermissen«, sagt sie, »aber auch Ihnen, Maestro, werden Ihre Schülerinnen fehlen!«

Während Vivaldi nach Worten sucht, muss er selber eine Aufwallung heftiger Gefühle zurückhalten.

»Exzellenz«, bringt er hervor, »ich kann mir ein Leben ohne meine Töchter gar nicht vorstellen.«

»Das ehrt Sie«, erwidert die Priora und schenkt ihm einen warmen Blick. »Es war mir immer bewusst, dass wir Sie nicht ewig an der Pietà halten können. Natürlich hat ein Mann mit Ihren Talenten ein Recht darauf, neue Wege zu beschreiten. Aber denken Sie daran: Kein Chor, kein Orchester dieser Welt wird Ihnen je so dankbar sein wie unsere Waisen, die Sie zur Entdeckung ihrer eigenen Talente ermutigt haben!«

Vivaldi atmet tief ein, aber weiß nicht, was er sagen soll. Am liebsten würde er die Priora jetzt umarmen.

»Vergessen Sie uns nicht«, verabschiedet ihn die Priora und begleitet ihn zur Tür. »Und vor allem: Kommen Sie zurück. Ich werde mich jederzeit für Ihre Wiedereinstellung einsetzen.«

Abfahrt mit dem *burchiello* von der Anlegestelle direkt gegenüber der Pietà. Mit dem großen Reiseboot reisen die Adligen und reichen Bürger Venedigs in den Sommermonaten zu ihren Villen an der Brenta. Sie sitzen im überdachten Teil des Bootes; Händler, Dienstpersonal und Musikanten reisen auf den billigen Plätzen mit.

Giambattista hat sich für ein paar Wochen von seinen Pflichten als Geiger bei San Marco beurlauben lassen. Er will den Sohn nach Mantua begleiten, um ihm ein Stück Familie zu erhalten und ihm beim Kleingedruckten in den Verträgen zur Seite zu stehen. Er kennt das labile, zwischen Euphorie und Niedergeschlagenheit schwankende Gemüt und den prekären Gesundheitszustand des Sohnes. Mit seinen vierzig Jahren hat Antonio sich als Virtuose und Komponist weit über Venedigs Grenzen hinaus einen Ruf erworben. Aber innerlich ist er noch ein Kind. Als geweihter Priester wird er nie eine eigene Familie gründen – er ist und bleibt der Sohn von Camilla und Giambattista, der älteste Bruder von sechs Geschwistern, die mehr oder minder von ihm abhängen. Und Giambattista weiß, dass sein genialer Sohn, ob er es zugibt oder nicht, auf die Anwesenheit seiner Familie, zumindest eines Teils von ihr, angewiesen ist.

Es ist nicht das erste Mal, dass Vivaldi aus Venedig herauskommt – er ist in Padua gewesen und in anderen Orten in der Nähe –, aber nie zuvor hat er seine Heimatstadt für so lange Zeit verlassen, ohne zu wissen, wann er zurückkehrt. Bis Padua werden sie mit dem *burchiello* unterwegs sein, danach soll es mit der Kutsche weitergehen.

Als sie den Palazzo Ducale und die Kirchtürme Venedigs hinter sich gelassen haben, öffnet sich der Horizont. Anders als im steinernen Venedig, wo in den abgezirkelten kleinen Gärten der Patriziervillen von Sklaven mühsam am Leben erhaltene Palmen stehen, sieht er Weidenbäume, die ihre Äste in das Wasser senken, weiter weg frei wachsende, hochragende Platanen und dicht benadelte Zypressen, die weiblichen Bäume ausladend, die männlichen hoch hinaus wachsend und den Himmel stürmend. Hinter der Uferböschung leuchten von rotem Mohn bewachsene Wiesen, Olivenhaine, deren Blätter im Wind silbrig aufglänzen. Vivaldis Blick wird von Landschaften gefangen genommen, die er bisher nur als gemalte Hintergründe von Heiligenbildern wahrgenommen hat. Vor allem aber sieht er den Himmel, den offenen Himmel, der sich über ihm ins Unendliche weitet. Der Einbruch von so viel Natur ist für den Stadtmenschen Antonio eine kaum erträgliche Herausforderung.

In unmittelbarer Nähe des Ufers prägen sich ihm andere Bilder ein – die Märchenvillen und -schlösser, die sich die Patrizierfamilien an den Ufern der Brenta für einen Sommeraufenthalt errichtet haben. Einige dieser Villen, weiß Giambattista, sind von den berühmtesten Architekten Venedigs erdacht worden: von Palladio, Foscari und ihresgleichen. Es sind von Säulengängen eingefasste Prachtbauten, zu denen mit Skulpturen gesäumte Gehwege durch gepflegte Parkanlagen und in geschwungenen Treppenläufen zur Beletage führen.

»Eines Tages«, sagt er zu seinem Vater, »werde ich uns so eine Villa kaufen.«

»Wie wär's mit dieser?«, spottet Giambattista und deutet auf die Foscari-Villa.

»Zu protzig«, findet der Sohn und zeigt auf eine bescheidene, rostrot bemalte Villetta, die hinter wilden Bougainvilleenbüschen und nie beschnittenen Hecken vor dem Verfall zu stehen scheint.

»Hübsch«, erwidert Giambattista. »Aber bilde dir nicht ein, dass die Ruine billig ist. Die Kosten für die Wiederherstellung dürften dreimal so hoch sein wie der Anschaffungspreis.«

Mit dem Reiseboot sind an diesem Tag vor allem Frauen unterwegs. Einige sind Bäuerinnen, die mit ein paar Einkäufen aus der Stadt zu den Landgütern zurückkehren, auf denen sie arbeiten. Andere geben sich mit ihren bauschigen Röcken, Dekolletés und hochhackigen Schuhen als Lebedamen zu erkennen, die einen zahlungskräftigen Kunden besuchen. Vivaldi entgeht nicht, dass die Blicke einer Schönen in die Richtung der beiden Musiker gehen, die ihre Instrumente nicht aus der Hand geben. Aber er ist sicher, dass sie seinem Vater gelten. Giambattista nimmt die Gelegenheit wahr, seinen Sohn zu provozieren.

»Warum schaust du weg? Tu doch nicht so, als würde dich diese Dame nicht interessieren!«

»Von wem redest du?«

»Warum packst du nicht deine Geige aus und spielst ihr ein Ständchen? Wer zwingt dich überhaupt, auf diesem Boot die Soutane zu tragen? Ich kenne ein Dutzend geweihter Männer. Niemand nimmt es mit eurer Berufskleidung so genau wie du!«

»Was hast du plötzlich gegen die Soutane? Du wolltest doch, dass ich sie trage!«

»Aber nicht immer und überall! *Porco Dio,* man muss auch einmal eine Ausnahme machen. Du bist in Mantua nicht als Kirchenmusiker, sondern als *maestro di cappella da camera* eingestellt. Man erwartet nicht *musica sacra* von dir, sondern weltliche Musik, zu der man tanzen kann – musikalische Ausschweifungen jeder Art. Und du kannst das!«

Einen Augenblick scheint es, als wolle Giambattista in seiner Rage nach der Soutane des Sohnes greifen.

»Danke, Papa, für deine Ratschläge!«

Schüchtern schenkt der *prete rosse* der Schönen ein Lächeln. Doch die hat sich inzwischen abgewendet und tut so, als hätte sie von dem Wortwechsel nichts mitbekommen.

An der Haltestelle der Postkutsche in Mantua wartet die dreispännige Kutsche des Prinzen auf die beiden Vivaldis. Als sie nach kurzer Fahrt im Schlosspark angelangt sind, stürmen Diener die Kutsche und schaffen die Instrumente und Gepäckstücke der Vivaldis in das Gästehaus. Prinz Philipp gibt seiner Jagd-Kapelle, die vor den beiden Neuankömmlingen Aufstellung genommen hat, den Einsatz für den Eingangschor von Vivaldis *Juditha triumphans* – ohne Chor und Streicher, aber mit vier Trompeten. Die Vivaldis applaudieren und lassen sich vom Prinzen zu dessen neuem Opernhaus geleiten.

»Ab sofort gebieten Sie über das modernste Opernhaus Italiens«, erklärt ihnen der Prinz. »Die Akustik hier ist ein Wunder, besser als in sämtlichen Opern von Venedig. Ich habe die besten Spezialisten aus Rom, Florenz und Vicenza kommen lassen!«

Wie zum Beweis schmettert Prinz Philipp den Anfang einer Händel-Arie in den leeren Saal. Die beiden Vivaldis zucken leicht zusammen, weil der Prinz die Töne nicht ganz trifft, aber sie geizen nicht mit Beifall.

»Ich hätte mir gewünscht, Maestro«, sagt der Prinz, nachdem er wieder zu Atem gekommen ist, »Sie hätten die eine oder andere Sängerin von der Pietà mitgebracht! Hier könnten die Mädchen sich und ihre Kunst einmal außerhalb von Klostermauern zeigen. Und sie hätten Sie, Maestro, auch sonst ein wenig verwöhnen können. – Na, ich denke, unsere Choristinnen und Primadonnen werden Sie schon entschädigen.« Er wirft den Vivaldis einen komplizenhaften Blick zu. Die Vivaldis benehmen sich, als würden sie die Andeutungen des Prinzen nicht verstehen.

»In Mantua, Signori, ist man freier als in Venedig!«

In Mantua erlebt der ohnehin produktive Vivaldi eine wahre Explosion seiner Schaffenskraft. Er komponiert Auftragsarbeiten für die lokalen Hoheiten – einen Jubelchor für die Einsetzung des neuen Bischofs von Mantua und eine Serenate zum Geburtstag des Prinzen Philipp. Zusätzlich schreibt er Kantaten, Konzerte und vor allem Opern und beschäftigt damit den gesamten teuren Musikapparat und die vom Prinzen ausgehaltenen Gesangsvirtuosen, die außerhalb der Opernsaison nichts zu tun haben. In kurzen Abständen bringt Vivaldi die Opern *Teuzzone* und *Tito Manlio* heraus, danach *La Candace*. Die Oper *Tito Manlio* hat immerhin 370 Partiturseiten, die Vivaldi mit dem handschriftlichen Vermerk versieht: »Musik von Vivaldi komponiert in fünf Tagen«. Nicht ganz auszuschließen, dass Vivaldi mit diesem Vermerk Georg Friedrich Händel übertreffen will – den anderen Schnellschreiber, der von London aus den Musikhimmel der Zeit überstrahlt und ebenfalls für sein phantastisches Tempo beim Komponieren bekannt ist.

Zwei Jahre später endet das Engagement in Mantua abrupt. Der Hof des Prinzen ordnet eine einjährige Landestrauer an. In Wien ist die Kaiserin Eleonore Magdalena, Witwe Leopolds des I. und Mutter von Karl dem VI., gestorben. Alle Opern im Kaiserreich, und es sind viele, müssen schließen – auch das Teatro Arciducale in Mantua, wo eben noch Vivaldis Oper *La Candace* uraufgeführt worden ist. Vivaldi reist zurück in die unabhängige Republik Venedig, in der nur die kaiserliche Botschaft Trauerflaggen gehisst hat.

21

Die Musikbranche Venedigs hat die mantovanische Produktion des *prete rosso* verfolgt – mit patriotischem Stolz, aber auch mit Missgunst. Vivaldis wachsendem Ruhm können die bösen Nachreden einiger Konkurrenten nicht viel anhaben. In einem Stadtführer jener Zeit werden die Geiger Giambattista und Antonio Vivaldi als »Sehenswürdigkeiten« der Stadt vermerkt.

Die Priora hält ihr Versprechen und offeriert dem heimkehrenden Vivaldi ein neues Engagement, aber inzwischen haben sich die Gewichte vertauscht. Die Pietà in Gestalt der Priora ist nun die Werbende, Vivaldi der Star, der auch andere Optionen hat. Es kommt zu einem neuen Vertrag mit präzisen Auflagen: Vivaldi muss pro Monat zwei Konzerte liefern; für den Fall, dass er auf Reisen ist, wird er sie per Post schicken, aber die Kosten für den Postweg selber tragen. Darüber hinaus verpflichtet er sich, vier Proben für jedes Konzert zu betreuen, an denen mindestens zwei seiner besten Schülerinnen teilnehmen, damit sie die weitere Probenarbeit selbständig weiterführen können.

Vivaldi unterschreibt und nimmt gleichzeitig seine Tätigkeit als Impresario am Teatro Sant'Angelo wieder auf. In Mantua hat er genügend Rücklagen gebildet, um sich einen Umzug aus dem engen Haus in SS. Filippo e Giacomo leisten zu können. Acht Mitglieder der Familie nimmt er in die neue Wohnung in der Parrocchia Santa Marina mit: seine Eltern Camilla und Giambattista, die Schwester Cecilia mit ihrem Gatten und zwei Kindern, und die beiden unverheirateten Schwestern Margarita und Zanetta – jedoch keinen von seinen Brüdern.

Die neue Bleibe liegt in der Nähe der Kirche Santa Maria Formosa und kostet den stolzen Preis von siebzig Dukaten im Jahr. Als allein verantwortlicher Mieter zeichnet Antonio Vivaldi.

Seine Wiedereinstellung bei der Pietà bringt es mit sich, dass er auch über die Aufnahme von Privatschülerinnen, die sich an der Pietà für Geigen- oder Gesangsunterricht bewerben, mitentscheidet.

Gleich in den ersten Tagen nach seiner Neueinstellung werden zwei Aspirantinnen vorstellig, die um Aufnahme ersuchen. Die Priora hatte die beiden Schwestern zunächst gar nicht empfangen wollen. Zwar benötigt das Institut das Geld der Externen, aber das Kontingent für dieses Jahr ist bereits erschöpft. Als sie jedoch das Empfehlungsschreiben eines gewissen Duca di Massa Carrara überflog, änderte sie ihre Meinung. Der Fürst, ein Graf von Mantua, stellte im Falle der Aufnahme der beiden Privatschülerinnen eine großzügige Spende an die Pietà in Aussicht, also hatte die Priora einen Termin festgesetzt.

In einem Probenraum warten die Priora und eine Jury, bestehend aus einigen Lehrerinnen und Auserwählten aus dem Kreis der *figlie di choro,* auf die beiden Prüflinge – und auf den Maestro, der sich mal wieder verspätet. Als er schließlich den Probenraum betritt, hat er kaum einen Blick für die beiden Kandidatinnen übrig. Es sind zwei Halbschwestern, Anna und Paolina Girò, von denen die ältere fast die Mutter der jüngeren sein könnte. Das gelockte braune Haar der jüngeren, die grazile Figur, das Rouge auf den kindlichen Wangen, das kokette Klimpern mit den geschminkten Wimpern scheinen Vivaldi nicht im Geringsten zu beeindrucken. Wie alt mag sie sein? Zwölf? Vierzehn? Sechzehn? Er setzt sich ans Cembalo und hört gar nicht zu, als die Priora ihm den Namen des prominenten Förderers zuflüstert. Er gibt Anna die Töne vor – *do, re, mi, fa, so, la, si* – und will offenbar nichts anderes als die Tonleiter hören, dann die nächsthöhere.

Die junge Sängerin gebärdet sich wie ein ungezogenes Kind und gibt nur schrille, vielleicht sogar absichtlich falsche Töne von sich. Die »privilegierten Mädchen« in der Jury reagieren auf Annas Auftritt teils mit Kichern, teils mit deutlichem Missfallen. Die Aufpasserin hebt ihren Stock und will schon einschreiten, als sie von der Priora mit einem strengen Blick zurückgehalten wird. Vergeblich redet Paolina auf ihre Schwester ein. Vivaldi gewinnt Anna erst zur Mitarbeit, als er auf dem Cembalo die Melodie eines venezianischen Karnevalslieds anstimmt. Anna lässt sich überlisten und trifft plötzlich jeden Ton des vulgären Liedes, sie zelebriert den populären Refrain mit einer Kraft, dass sich die Privilegierten zurückhalten müssen, um nicht einzufallen. Die Priora und die Aufpasserin sind von den anzüglichen Versen entsetzt, aber können sich der Schönheit von Annas Mezzosopran nicht entziehen. Vivaldi stimmt die zweite Strophe des Gassenhauers eine Terz höher an. Kein Problem für Anna, die die Höhen souverän meistert. Bei der letzten Strophe ist es Anna, die noch einmal höher einsetzt und den Refrain zwei Oktaven tiefer beendet.

Die Jury scheint beeindruckt. Vivaldi steht auf, sagt aber nichts, alle warten auf ein Zeichen von ihm. Dann, nach einer Pause des In-sich-hinein- oder Nach-Hörens, lässt er ein fast beiläufiges Nicken sehen. Für alle, die ihn kennen, bedeutet diese Geste Anerkennung, wenn nicht sogar höchstes Lob. Die Jury applaudiert, Anna schießt das Blut in die ohnehin geröteten Wangen, gleichzeitig tut sie so, als gehe sie der Beifall nichts an.

Vivaldis Blick fällt auf Paolina, die den Auftritt ihrer Schwester mit bebender Aufmerksamkeit verfolgt hat. Ob sie, Paolina, denn auch musikalische Talente habe, fragt Vivaldi. Paolina setzt sich zurecht, greift in die Saiten der mitgebrachten Mandoline und spielt ihm ein Übungsstück von Corelli vor. Vivaldis Miene versteinert schon bei den ersten Tönen. Es ist klar, er will keine Fortsetzung hören, er will Anna unterrichten, womöglich sogar ausbilden, aber nicht Paolina.

Aber Anna hat ihre Chance erkannt und erklärt frech, dass sie ohne ihre Schwester nicht zum Unterricht kommen werde. Entweder nehme die Pietà beide auf oder müsse auf beide verzichten. Unschlüssig blickt Vivaldi zur Priora, die ihm bedeutet, dass Annas Wunsch zu respektieren sei. Die beiden werden probeweise aufgenommen.

22

Mit diesem Auftritt fängt die Geschichte zwischen Anna und Vivaldi an. Die Probe selbst war eine Routine-Angelegenheit für Vivaldi. Wie viele Externe hat er in seinen Jahren bei der Pietà schon darauf geprüft, ob sich ihre Ausbildung lohnt? Dabei hat er sich jeweils mehr auf sein Ohr als auf seine Augen verlassen. Nicht umsonst ist er für die Unbestechlichkeit und Vorhersagekraft seines Urteils bekannt.

Aber diesmal ist es anders. Irgendeine Regung treibt ihn, die Schwestern nach der Probe zur Pforte zu begleiten. Er will wissen, wo die beiden wohnen, ob sie Geschwister haben, wer ihre Eltern sind. Paolina druckst herum, erzählt etwas von einem Haus in Mantua, in dem Anna und sie aufgewachsen sind, mit ihrer Mutter Bartholomea und ihrem Vater, einem wohlhabenden Perückenmacher aus Frankreich.

»In Mantua«, fragt Vivaldi, »warum seid ihr nicht schon in Mantua zu mir gekommen?«

»Wir haben es ja versucht«, erwidert Paolina, »aber sind jedes Mal abgewiesen worden. Und Anna war damals noch zu klein.«

»Ich war überhaupt nicht zu klein«, fährt Anna dazwischen. »Und ich hätte es ganz bestimmt geschafft. Aber meine Eltern haben mich zu Hause eingesperrt. Außerdem habe ich gar keine Eltern!«

»Was soll das heißen, du hast keine Eltern?«

Paolina will Anna fortziehen, aber Anna befreit sich aus ihrem Griff und wird wieder zu dem widerspenstigen Kind, das Vivaldi zu Anfang der Probe kennengelernt hat. Sie kratzt und beißt Paolina, sie schlägt um sich.

»*Fai la buona*«, fährt Vivaldi sie an und trennt die Schwestern.

Paolina packt Anna am Arm. »Maestro, kümmern Sie sich nicht um sie, manchmal hat sie ihre Anfälle!«

»Ich sage bloß, wie es ist!«, schreit Anna dazwischen. »Wir leben ganz allein in Venedig. Mein Vater ist mit einer Hure durchgebrannt, und Mama ist vor ein paar Wochen auch ausgezogen.«

»Sie hat euch allein gelassen?«, fragt Vivaldi.

Paolina erklärt ihm, nach einem Streit mit den Töchtern habe die Mutter das gemeinsame Haus in Venedig verlassen. Die Schwestern hätten bei der Polizei unter Tränen eine Suchanzeige und einen Brief für ihre Mutter Bartholomea abgegeben, mit der Bitte, sie möge zu ihren Töchtern zurückkehren – ohne Erfolg.

Vivaldi sieht, wie das halb erwachsene wilde Kind Anna in völliger Verzweiflung auf die Marmortreppen hinsinkt und sich ausheult. Die Geschichte von Anna und ihrer Schwester, das weiß er, ist eine vergleichsweise harmlose Variante all der Katastrophen, von denen jedes Mädchen der Pietà erzählen könnte, wenn es denn wüsste, wer seine Eltern sind. Anna ist kein namenloses Baby, das in der *sca-*

fetta abgegeben wurde, sie ist eine talentierte Kindfrau, die eine Zukunft hat. Instinktiv registriert er, einen wie langen Atem sie hat, bevor sie zu einer neuen Klage ansetzt, er hört eine bestimmte Abfolge von Tönen, die ein Thema ergeben könnten. Wie auch immer, Annas Klage bewegt ihn. Er zieht sie hoch und lässt es zu, dass sie sich an seiner Schulter ausweint. Und hält sie gleichzeitig auf Abstand, weil die Nähe ihres Körpers plötzlich noch etwas anderes in ihm auslöst als Rührung.

Die wenigen zeitgenössischen Erwähnungen von Anna, auf die sich sämtliche Vivaldi-Biographen beziehen, schildern sie als ein Naturtalent, das weniger durch technische Brillanz als durch die Präsenz ihres Bühnenauftritts und ihre körperlichen Reize überzeugte. Aber aus diesen Rezensionen hört man einen uralten männlichen Vorbehalt heraus: Es durfte nicht sein, dass eine so attraktive Sängerin wie Anna auch noch gut singen konnte.

Es ist absurd anzunehmen, dass Vivaldi, der an der Pietà mehr kleine und große Talente hat vorsingen hören als jeder Impresario seiner Zeit, im Fall von Anna sein Urteilsvermögen verloren hat. Sowohl als musikalischer Leiter an der Pietà wie als Opernkomponist und Impresario war er auf den Erfolg seiner Produktionen angewiesen. Offenbar verfügte Anna über beide Talente: über eine ausdrucks- und ausbildungsfähige Stimme und die Gabe, sich auf jeder Bühne, auch auf der Bühne von Vivaldis unbewussten Sehnsüchten, in Szene zu setzen.

In den ersten Unterrichtsstunden übt er mit ihr Arien aus *Juditha triumphans,* auf deren Wiederaufführung er hofft, aber auch aus Opern, die er schon aufgeführt oder noch nicht vollendet hat. Um Anna die Befangenheit zu nehmen, die bei ihr nur zu Trotzanfällen führt, hat er eine Passage aus ihrem Karnevalslied in eine Übungsarie eingeführt und sie variiert. Natürlich erkennt Anna das Zitat sofort, fällt dann aber immer wieder in das Karnevalslied zurück. Vivaldi unterbricht sie, spielt ihr seine Variation, die sie abscheulich findet, unbarmherzig auf dem Cembalo vor und lässt sie den neuen Text ein Dutzend Mal sprechen, bevor er ihr erlaubt, ihn zu singen. Dies sei ihre Bewährungsprobe, sagt er ihr, und er meine es gut mit ihr. Wenn sie jetzt nicht endlich seine Arie singe, werde er sie nicht länger unterrichten.

Streng geht er mit Anna um, er ignoriert ihren Protest und ihre Tränen. Dann ändert er plötzlich seine Strategie. Er riskiert es, Annas Arie entsprechend den Stärken ihrer Stimme umzuändern, und trägt die Korrekturen mit fliegender Feder in das Notenblatt ein. Die beiden, Vivaldi am Cembalo, Anna neben ihm, steigern sich in einen kreativen Rausch hinein. Manchmal blickt er mit heimlicher Bewunderung zu seiner Schülerin auf, deren Stimme sich nun immer freier entfaltet. Diese Stimme sei ein Geschenk Gottes, sagt er, ein Geschenk, das sie durch eiserne Disziplin und tägliche Übung vervollkommnen müsse.

Weder Anna noch Vivaldi haben noch Augen für Paolina, die, zwischen Eifersucht und Stolz auf ihre Schwester hin- und hergerissen, den Unterricht verfolgt. Paolina versteht noch nicht, dass sie Zeuge eines Ereignisses ist, das das Leben der drei verändern wird.

23

Viermal im Jahr findet in der Pietà eine Begegnung zwischen einigen ausgewählten Zöglingen der Einrichtung und Bürgern der Stadt Venedig statt. Es handelt sich um ein festliches Zusammentreffen zwischen den heiratsfähigen Mädchen der Pietà und den heiratswilligen Männern der besseren Gesellschaft. Das *parlatorio* ist ein hoher, gewölbter Besucherraum, in dem sich in diskret vergitterten Schauräumen die von der Priora ausgewählten Mädchen in festlicher Kleidung präsentieren. Davor drängt sich eine bunte Menge – vor allem junge, auf dem Heiratsmarkt zu kurz gekommene Männer mit weißen Kniestrümpfen und Perücken und dem Dreispitz auf dem Kopf, aber auch Mütter mit ihren Kindern, Besucher aus dem Ausland und Neugierige aller Art.

Die Priora hält eine kleine Ansprache.

»Wo kann ein ehrbarer Bürger eine bessere Ehefrau finden als unter den Töchtern der Pietà, die unter der Anleitung unserer Lehrerinnen nicht nur kochen, nähen, waschen und eine fromme Lebensart erlernt haben, sondern auch in den höheren Künsten bewandert sind: Musik, Malerei,

Literatur und Philosophie. Unsere Mädchen besitzen alle Tugenden, die sich ein Edelmann nur wünschen kann, und dazu die wichtigste von allen: Unschuld! Fassen Sie Mut, meine Herren, treten Sie näher, messen Sie Ihren Geist und Witz mit dem unserer Mädchen, tragen Sie Ihre Gedichte vor! Wer aber weder Witz noch Vermögen besitzt, sollte sich mit einem Blick begnügen und wiederkommen, wenn er den hohen Anforderungen unserer Töchter genügt!«

Alarmiert bemerkt Vivaldi, der sich in einer Ecke des *parlatorio* mit einem Verehrer unterhält, dass sich auch Anna in einem der Schaufenster zeigt. Mit ihrem gleichgültigen Augenausdruck und den trotzig vorgewölbten Lippen wirkt sie in ihrem hochzeitlichen weißen Kleid unwiderstehlich. Wie konnte die Priora sich erdreisten, das verwirrte, gerade erst aufgenommene Mädchen hier zu präsentieren? Wollte sich das Institut mit der Attraktivität dieses »Angebots« brüsten und es als Lockvogel benutzen: Schaut her, ihr Männer, was wir euch zu bieten haben? Vivaldi unterbricht das Gespräch und will gerade auf Anna zugehen, als ein adliger Geck ihm zuvorkommt. Ein in französischer Mode herausgeputzter Patrizier in kurzen Kniehosen, weißseidenen Kniestrümpfen, Spitzenmanschetten und hohem Kragen schneidet Vivaldi den Weg ab und baut sich mit der Hand auf seinem kurzen Degen vor Anna auf. Die beiden Männer kennen sich: Der junge Patrizier, der Vivaldi eben den Weg abgeschnitten hat, ist kein anderer als der Intendant des Teatro Sant'Angelo. Er scheint Vivaldi nicht zu erkennen, jedenfalls grüßt er ihn nicht. Vivaldi postiert sich seitlich des Schaufensters, sodass Anna ihn nicht sehen kann. Er versteht nicht alles, was Benedetto Marcello ihr durch das Gitter zuraunt. Aber an ihrem aufgeregten Wimpernspiel und ihrem erkünstelten Lächeln erkennt er, dass der junge Mann auf sie Eindruck macht. Vivaldi tritt einen Schritt näher und schnappt ein paar Satzbrocken auf.

»Die Priora hat mir von Ihrer wunderbaren Stimme erzählt ... Würden Sie mir die Ehre erweisen, in meinem Palazzo ...? Ich würde Sie am Cembalo begleiten.«

Annas gehauchte Antwort kann Vivaldi ihr nur von den Lippen ablesen: »Kann ich jemanden mitbringen?«

Und hört Benedettos Antwort: »Wenn es nicht Vivaldi ist!«

»Nein, nein«, wispert Anna. »Es geht um meine Schwester Paolina.«

Den Rest der Verabredung versteht Vivaldi nicht, weil er vom französischen Gesandten begrüßt und in ein Gespräch verwickelt wird. Er hört kaum zu und wendet sich ab, als Marcello an den beiden vorbeigeht und dem Ausgang zustrebt. Als Vivaldi sieht, dass sich die Priora gerade vom Nuntius verabschiedet, entschuldigt er sich beim Gesandten; er müsse noch ein Wort mit der Priora wechseln.

»Exzellenz, es liegt mir fern, mich in Ihre Entscheidungen einzumischen!«, wendet Vivaldi sich an die Priora. »Aber wir dürfen nicht zulassen, dass Anna im Palazzo von Benedetto Marcello singt.«

Die Priora blickt Vivaldi leicht verwundert an.

»Was haben Sie dagegen? Annas Zukunft ist die Oper. An der Pietà wird sie nur Unruhe stiften.«

»Aber sie ist doch noch ein Kind! Und ihre Stimme! Sie weiß ja nicht einmal, wie man richtig atmet!«

»Ach, Padre!«, entgegnet die Priora. »Sie wissen so gut wie ich, dass bereits dreizehn- und vierzehnjährige Mädchen Primadonnen an Venedigs Opern sind. Bei allem Respekt für Ihre Fürsorge: Anna ist ein verwöhntes ungezogenes Kind und für die Oper geboren. Und nicht einmal Sie werden aus ihr einen Engel machen.«

24

Im *piano nobile* von Benedetto Marcellos Palazzo, dessen Wände mit Spiegeln aus Murano-Glas und türkischen Wandteppichen geschmückt sind, sitzen die Patrizier mit ihren Frauen. Die Damen sind in Atlas, Damast und in ein duftendes Spitzengewoge gehüllt, die Männer in seidengestickte Gewänder mit langer Weste, losen Manschetten und dem fliegenden Spitzenjabot – fast alle tragen weiß gepuderte Perücken, rote Kniestrümpfe und weiße Schuhe. Die Fenstertüren des Saals sind weit geöffnet.

Anna steht mit großer Frisur und einem selbst genähten Abendkleid am Cembalo. Der Gastgeber Benedetto Marcello ergreift das Wort.

»Ein neuer Stern ist an Venedigs Musikhimmel aufgegangen. Und dieser Stern kommt nicht, wie wir es gewohnt sind, mit einem Papagei, einem Kater und zwei Bologneserhündchen daher. Auch nicht an der Hand einer reichen Mama, die ihre unbegabte Tochter auf die Bühne zerrt, um ihr einen adligen Ehegatten zu angeln …«

Routiniert wartet Benedetto den Applaus des Publikums ab.

»… diese Stimme gehört einem Mädchen aus der Pietà, von dem wir nur den Vornamen kennen: Annina.«

»Anna Girò«, unterbricht ihn Anna, macht einen artigen Knicks und stellt auch gleich ihre Schwester vor, die in der ersten Reihe sitzt.

Der Beifall der Patrizier erlöst Benedetto aus der Peinlichkeit, dass er eine junge Sängerin, die einen Familiennamen besitzt, als Waisenmädchen präsentiert hat. Fast jeder hier hat ein Herz für die Mädchen von der Pietà und schon einmal für sie gespendet; es gehört zum guten Ton der besseren Gesellschaft, die vier Waisenhäuser Venedigs und besonders die *putte di Vivaldi,* die ganz besonders schön singen und musizieren, zu unterstützen. Vor allem von solchen Zuwendungen lebt das Ospedale della Pietà. Die Anlässe für die Spenden sind vielfältig, manchmal kurios. Erst vor Kurzem hatte ein Patrizier in seinem Testament verfügt, er würde jeden seiner Söhne enterben, der sich der ihm verhassten, aus Frankreich hereindringenden Mode ergäbe, gepuderte Perücken und rote Kniestrümpfe über weißen Schuhen zu tragen. Einer seiner Söhne hatte sich trotz des väterlichen Verdikts zu dieser Mode bekannt und musste nach einem Rechtsstreit mit der Pietà sechstausend Dukaten aus seinem Erbe an die wohltätige Anstalt abtreten.

Benedetto fährt nach seiner missglückten Einleitung mit Schwung fort und kündigt den Titel von Annas Auftritt an: eine Arie aus seinem Bühnenwerk *Arianna,* das er demnächst an seiner Oper, dem Teatro Sant'Angelo, produzieren wird.

Er setzt sich ans Cembalo und schlägt die einleitenden Akkorde an. Anna hat zunächst Schwierigkeiten, ihre Stimme in den tiefen Lagen zu finden, aber wird zusehends sicherer und steigert sich bei der ersten Koloratur in einen Rausch hinein, der seine Wirkung auf das verwöhnte Publikum nicht verfehlt. Von Perfektion kann keine Rede sein; es ist vor allem das Selbstbewusstsein ihres Vortrags, das die Zuhörer für sie einnimmt – eine seltsame Mischung aus Lässigkeit und Zuversicht. Der Beifall geht rasch in ein allgemeines Aufstehen und Schwatzen über. Wesentlich deutlicher fallen der Beifall und die Da-Capo-Rufe aus, die vom Kanal her durch die offenen Fenstertüren hereindringen. Im Salon werden Snacks und Getränke serviert.

Überrascht blickt Anna auf das Präsent, das ihr ein livrierter Diener überreicht: einen Beutel aus Samt, in dem es klimpert, als sie ihn in ihrer Hand wiegt.

»Von einem Verehrer, der nicht genannt werden will«, flüstert der Überbringer.

Sie bedankt sich mit einem Knicks und gibt den Beutel an ihre Schwester weiter.

Benedetto geht mit zwei Gläsern Schaumwein auf sie zu, um anzustoßen.

»Auf Ihre große Zukunft an der Oper! An meiner Oper!«

Anna nippt tapfer an dem Getränk, das sie nicht kennt und das ihr auch nicht schmeckt. Benedetto nimmt sie am Arm und geleitet sie auf die Terrasse.

Auf dem Kanal haben sich, durch Annas Gesang angezogen, mehrere Gondeln vor dem Palazzo versammelt, in Keilform aneinandergereiht. Als die Insassen Anna am Arm von Marcello sehen, überschütten die Gondolieri und deren Passagiere sie mit »Bravo«-Rufen. Anna ist überwältigt und winkt ihnen zu.

»Nur drei Worte«, sagt Benedetto leise. »Es ist nicht nur Ihre Stimme, die mich im Innersten ergreift!«

»Das waren mehr als drei Worte.« Anna ist selbst erstaunt über ihre Frechheit und lacht Marcello an.

»Ein rasches Mundwerk, Signorina!«, gibt Benedetto leicht gekränkt zurück und fährt in geschäftsmäßigem Tonfall fort.

»Gut, ich engagiere Sie. Sie werden die *primadonna* in meiner neuen Oper sein.«

Anna blickt ihn halb ungläubig, halb geschmeichelt an.

»Ich muss aber erst fragen«, sagt sie.

»Falls es dabei um die Zustimmung der Priora geht: Sie ist einverstanden.«

»Aber ich meine gar nicht die Priora.«

»Sie werden bitte nicht Vivaldi fragen!«, fährt Benedetto auf. »Ich habe meine Erfahrung mit seinem *Orlando finto pazzo* gemacht. Ein glamouröser Reinfall! Dieser Mann wird nie eine erfolgreiche Oper schreiben.«

Mit einem vielversprechenden Lächeln wendet Anna sich von ihm ab und sucht ihre Schwester.

25

Während die Schwestern sich auf den Heimweg machen, steht Vivaldi immer noch am Pult seines Studios vor einem Stapel Notenblätter. Vom nahen Ufer hört er Trommelgeräusche und Gesänge in slowenischer, türkischer und griechischer Sprache. Ohne ein einziges Mal innezuhalten, wirft er eine Arie auf ein Notenblatt und trägt unter die Noten der Singstimme den Text ein. Er unterbricht seine Arbeit erst, als sich alberne kichernde Mädchenstimmen mit den anderen Geräuschen vermischen. Unten an der Anlegestelle sind soeben Anna und Paolina aus einer Gondel ausgestiegen. Vivaldi entzündet ein Windlicht, greift nach dem Notenblatt und eilt nach draußen. Vor dem Portal zur Pietà stößt er mit den beiden fast zusammen.

»Maestro! Was machen Sie hier so spät in der Nacht!«, bringt Anna hervor.

Sie ist leicht beschwipst, stolpert und hält sich an Vivaldi fest. Da ist wieder diese unwillkürliche Berührung, die Vivaldi lieber vermeiden möchte. Ärgerlich hilft er Anna auf und wirft einen tadelnden Blick auf ihren Ausschnitt.

»Und ihr? Wo kommt ihr her?«

»Vom schönsten Palast in Venedig«, kichert sie.

»Von den vornehmsten Männern in der Stadt!«, fällt Paolina ein. »Einer will Anna sogar heiraten!«

Die beiden Schwestern können sich nicht mehr halten und prusten los. Vivaldi gerät immer mehr in Wut. Im Schein des Windlichts hält er Anna sein Notenblatt vor die Augen und fährt mit dem Zeigefinger über die erste Zeile.

»Hier, sing das!«

Irritiert blickt Anna auf das Blatt. »Jetzt und hier? Was ist das?«

»Eine Arie aus meiner Oper *L'Olimpiade.*«

»Ich kann die Noten nicht lesen!«

»Doch, du kannst! Sing!«

Anna singt halblaut, dann mit wachsender Sicherheit die ersten Takte der Melodie, die ihr Vivaldi Note für Note mit dem Zeigefinger vorgibt.

»*Tra le follie diverse / de quai ripieno è il mondo / chi può negar che la follia maggiore / in ciascuno, non sia quella d'amore?*« (Unter den vielen Torheiten / die unser Herz bewegen / wer kann leugnen, dass die Liebe / von allen die größte ist?)

»Gut, jetzt hast du es, weiter, weiter!«

Aber Anna will nicht weitermachen, das Drängen und das heftige Atmen des verehrten Lehrers sind ihr unheimlich. Die Kirchenglocke der Pietà, die elfmal schlägt, kommt ihr zu Hilfe. Noch bevor der letzte Glockenschlag verhallt, wird Vivaldi von einem Hustenanfall heimgesucht und setzt sich auf eine Mole.

»Geht es Ihnen gut, Maestro?«, fragt Paolina besorgt. »Dürfen wir Sie nach Hause begleiten?«

Mit einer heftigen Armbewegung weist Vivaldi sie zurück.

»Schon gut, kümmere dich lieber um deine Schwester«, bringt er keuchend hervor.

»Nimm die Noten mit und übe sie!«, sagt er, als er wieder zu sich kommt. Und fährt, nun wieder ganz der strenge Lehrer, fort. »Beim nächsten Unterricht will ich die ganze Arie hören – fehlerlos!«

Immer noch besorgt bleiben die Schwestern bei ihm stehen. Aber Vivaldi scheucht sie davon.

»Ab mit euch, in die Betten!«

26

Ihren ersten Auftritt in der großen Öffentlichkeit hat Anna am Teatro Sant'Angelo mit einer Oper von Albinoni, die von Vivaldi produziert wird. Diesmal muss sich der Impresario nicht nur um das Bühnenbild, den Chor, das Orchester und die teuren Stars kümmern, sondern zudem um eine Anfängerin, die bei ihm Unterricht nimmt.

Er hat viel mit Anna geprobt, herrisch und unduldsam, aber auch einfühlend, sie lobend, um ihre Hingabe werbend. Was die technischen Anforderungen angeht, die die Barockoper von einer Solistin verlangt, kann er ihr nicht viel beibringen. In dieser Hinsicht ist er auf den Unterricht durch die Lehrerinnen angewiesen – durchweg ehemalige *figlie privilegiate,* die an der Pietà geblieben sind. Er kann Anna korrigieren, ihr die Arien und die Koloraturen auf der Geige vorspielen, aber nicht vorsingen – einige Kritiker werfen ihm vor, er habe Kadenzen aus seinen Violinkonzerten einfach in Koloraturen übertragen, ohne Rücksicht auf das Atemvermögen der Sängerinnen zu nehmen. Was die Finessen angeht, kann er sich auf die

Hilfe einer ehemaligen Schülerin der Pietà verlassen, die inzwischen ihr Glück als Opernsängerin gemacht hat.

Was Vivaldi Anna jedoch besser als jeder andere Lehrer mitteilen kann, ist das Gefühl für den Aufbau und die innere Gestalt einer Arie, für den Verlust eines Gefühls, für das neue Herantasten, das Suchen und die Explosion in einem dramatischen Höhepunkt. Für lange Koloraturen fehlt Anna der Atem; in den hohen Lagen kippt ihre Stimme ins Schrille. Er versucht, ihr die Angst zu nehmen, und sagt ihr, dass sie alles kann, können wird – das Zarte und auch das Wildeste. Wenn es im Barock einen Experten für extreme Gefühlsausschläge gibt, so ist es Maestro Vivaldi.

Er spürt, er weiß, dass er mit seinen Forderungen Annas Temperament entgegenkommt; sie liebt das Dramatische und übertreibt. Aber lieber zu viel als zu wenig. Annas Auftritt muss gelingen, genauer, sie muss das Publikum mitreißen. Vivaldi kann nicht riskieren, dass Anna die Uraufführung ruiniert – mit all den Folgen, die ein Misserfolg für das Prestige und die Kasse des Impresarios nach sich zieht.

Aber Anna hält dem Druck der Premiere stand und erweist sich als ein geborener Star.

Venedigs Gazetten überschlagen sich vor Begeisterung über die neue Entdeckung; der Abbé Antonio Conti, kein Freund von Vivaldi, rühmt »ihre Darstellungskunst«; der serbische Botschafter Zuane Zanucci findet sie »unvergleichlich«.

Hat Vivaldi im Bann des frisch geborenen Stars seine *Vier Jahreszeiten* komponiert, genauer die vier ersten Konzerte aus seinem Opus 8 *Il cimento dell'armonia e dell'invenzione* (Versuch über Harmonie und Erfindung)? Den zahllosen

Verehrern dieses Werks fällt die Vorstellung schwer, diese Liebeserklärung an das Leben, diese Feier von Frühlingsgefühlen, könne dem Komponisten ohne die Begeisterung für eine irdische Adressatin aus der Feder geflossen sein.

Einige Musikologen behaupten, dieses Werk könne nur in Mantua entstanden sein. Denn in Mantua habe der Komponist zum ersten Mal die Natur im Wechsel der Jahreszeiten erlebt, das Erwachen der Vögel und der Bäche im Frühling, die sengende Hitze im Sommer, die Jagd des Prinzen Philipp im Herbst und den Krieg der Winde im Winter. Und in Mantua, nicht in Venedig, so geht diese Erzählung weiter, sei Vivaldi der jungen Sängerin Anna Girò zum ersten Mal begegnet und habe im Zustand der Verzauberung sein schönstes Stück geschrieben.

Doch diese Deutungsvariante wurde inzwischen durch die Vivaldi-Forschung widerlegt. Zwar lebten Vivaldi und die in Mantua geborene Anna etwa zweieinhalb Jahre lang in derselben Stadt – in Mantua. Dort könnte Anna dem venezianischen Hofkapellmeister des Prinzen Philipp – vielleicht dank eines Kontakts ihres Vaters, des Perückenmachers – vorgestellt worden sein. Doch damals war sie tatsächlich noch ein Kind. Der Vivaldi-Experte Gastone Vio hat eine Urkunde entdeckt, die Annas Heirat im Jahre 1748 – sieben Jahre nach Vivaldis Tod – mit dem Grafen Zanardi Landi bezeugt. In diesem Dokument wird das Alter von Anna Girò mit achtunddreißig Jahren angegeben. Wenn das stimmt, war Anna nicht etwa zwanzig, sondern zweiunddreißig Jahre jünger als Vivaldi. Wäre sie ihm in Mantua begegnet, wäre sie damals acht bis zehn Jahre alt gewesen, Vivaldi Anfang vierzig. Anna war noch ein Kind und keine junge Frau. Kaum eine Inspiration für den Autor der *Vier Jahreszeiten,* es sei denn, man wollte ihn zu einem Pionier der Kinderliebe ernennen. Hinweise auf eine pädophile Neigung Vivaldis finden sich nirgends.

Im Übrigen sind die *Vier Jahreszeiten* ein Instrumentalwerk. Es gibt darin keine Stimme für einen Mezzosopran.

Natürlich kann man sich vorstellen, dass die Diva Anna, die sich längst aus dem Opernbetrieb zurückgezogen hatte, ihr Alter bei der Heirat mit dem Grafen geschönt hat. Italienische Notare nahmen es mit Altersangaben und mit der Schreibweise von Namen ohnehin nicht allzu genau. Mag sein, dass ein neues Dokument, z. B. ein kirchlicher Vermerk über den Tod Anna Giròs, auftaucht, das Annas Angaben in ihrer Heiratsurkunde widerspricht.

Bis dahin gilt, dass Anna vierzehn Jahre alt war, als sie ihren ersten Auftritt im Teatro Sant'Angelo hatte.

Tatsächlich sind die *Vier Jahreszeiten* wohl erst nach Vivaldis Rückkehr aus Mantua in Venedig entstanden – bevor er Anna begegnete. Ohnehin ist es naiv, ein musikalisches Meisterwerk aus den Umständen erklären zu wollen, die den Komponisten bei seiner Entstehung umgaben. Vivaldi musste nicht an einer Jagd teilnehmen, um die Jagdszenen im »Herbst« seiner *Vier Jahreszeiten* schreiben zu können, er musste nicht am Kampf in Korfu teilnehmen, um den Sieg über die Türken in seiner *Juditha triumphans* feiern zu können, und er ist nicht durch ein Praktikum im Himmel zu seiner *musica sacra* inspiriert worden. Einer wie er hätte diese Stücke wohl auch in der Isolation einer Gefängniszelle komponieren können, etwa wenn er in das berüchtigte Gefängnis unter dem Dach des Dogenpalastes geraten wäre, in dem Casanova zwanzig Jahre später einsaß.

Wie er es fertigbrachte, im ersten Konzert seiner *Vier Jahreszeiten* eine der schönsten Liebeserklärungen an die Welt, an das erwachende Leben, an eine Geliebte, die er selber nicht kennt, zu verfassen, bleibt sein Geheimnis.

Eine von Gastone Vio veröffentlichte Polizeiakte aus dem Juni 1725 wirft ein Licht auf die prekären Familienverhältnisse der beiden Halbschwestern Anna und Paolina. Daraus geht hervor, dass deren Mutter das gemeinsame Haus in Venedig tatsächlich mit unbekannter Adresse verlassen hat. Als »liebende und gehorsame Töchter« bezeugen Anna und Paolina bei der Polizei ihren Respekt gegenüber ihrer Mutter und bitten sie inständig, zurückzukommen. Von ihrem Vater, dem Perückenmacher, ist in diesem Dokument nicht die Rede; offenbar hat er das gemeinsame Haus schon vorher verlassen. Die Adresse der Mutter wird von der Polizei ermittelt; sie wohnt inzwischen bei einem anderen Mann namens Francesco Cavalarizzo. Doch es bleibt unklar, ob sie der Bitte ihrer Kinder entsprochen hat. Ihrem Auszug ging ein Streit mit den Töchtern voraus. Offenbar wollte die Mutter nach Mantua zurückkehren, die Schwestern hatten sich jedoch entschieden, in Venedig zu bleiben – die damals vierzehnjährige Anna traute sich bereits zu, Unterhalt und Miete für sich und ihre Schwester aus ihren Opernengagements zu bestreiten.

Für den Wunsch der beiden Halbschwestern, in Venedig zu bleiben, spricht ein gewichtiger Grund, der in dem Dokument nicht genannt wird. Annas Förderer, der oben erwähnte Duca di Massa Carrara, hatte Paolina mit der Aufsicht über Anna betraut und seine Zuwendungen an die Bedingung geknüpft, dass Anna in Venedig eine musikalische Ausbildung erhielt.

27

Unzweifelhaft stellen die *Vier Jahreszeiten* im Werk Vivaldis einen Sonderfall dar. Das Weltpublikum des 20. und 21. Jahrhunderts, das diese vier Konzerte aus Vivaldis Opus 8 zum meistzitierten Stück der gesamten klassischen Musikgeschichte erkoren hat, liegt nicht ganz falsch. Zwar handelt es sich um eine schon zu Vivaldis Zeiten belächelte Musikgattung: um Programmmusik – in diesem Fall um den Versuch, eine Landschaft und die typischen Laute der Natur in einem Konzert hörbar zu machen. Gleichzeitig ist dieses Werk ein Geniestreich, ein damals neues, noch nie in Tönen erzähltes Gefühlsdrama, das dank endloser Wiederholung zum Tinnitus der postindustriellen Gesellschaft geworden ist und inzwischen fast einen Abwehrreflex erzeugt.

Die vier Konzerte sind im Jahre 1725 als Block zusammen mit weiteren Violinkonzerten – die fast niemand kennt, weil es eben nur vier Jahreszeiten gibt – beinahe gleichzeitig in Paris und Amsterdam gedruckt worden und erst drei Jahre später in Paris zur Uraufführung gelangt. Einige Musikologen geben das Jahr 1723 als Entstehungsjahr an. Andere verweisen darauf, dass Kopien einzelner Stücke schon vor ihrer Veröffentlichung kursierten – womöglich hat Vivaldi die *Vier Jahreszeiten* gar nicht hintereinander weg und in der »richtigen« Reihenfolge komponiert. Sicher ist, dass er eine Vorliebe für großformatige Überschriften und entsprechende musikalische Gemälde hatte wie *Il mare, La tempesta di mare, Il sospetto, La caccia, L'inquietudine.* In einem Brief aus Wien, den er kurz vor seinem Tod geschrieben hat, gibt er an, er habe sechs Konzerte mit Titeln wie *La Francia, L'Inghilterra, L'Olanda, La Spagna, La Germania* und *L'Italia* verfasst.

Mit den Ländernamen waren nicht etwa musikalische Porträts dieser Länder gemeint, sondern Abbildungen ihrer musikalischen Stile und Ausdrucksformen. Dank des europaweiten Austauschs von musikalischen Werken im Barock konnte ein Kenner den französischen Stil vom italienischen, deutschen oder spanischen durchaus unterscheiden – die Staaten Deutschland und Italien gab es damals noch nicht. Die genannten Konzerte sind, wenn sie denn je geschrieben worden sind, verloren gegangen.

Jedem der Konzerte in den *Vier Jahreszeiten* hat Vivaldi vier Sonette beigefügt, deren Motive er an den entsprechenden Stellen der Partitur den Noten zugeordnet hat. Ob er die Sonette nun selber geschrieben, sie vorgefunden oder in Auftrag gegeben hat – es handelt sich nicht gerade um Meisterwerke der Dichtkunst. Inzwischen ist sicher, dass er diese Verse erst nachträglich der Partitur beigefügt hat. Es handelt sich dabei eher um eine nachträgliche Umdichtung von Musik in Verse als um Anweisungen für die Komposition.

Das erste Konzert fängt mit einem heiteren Allegro an, das das Erwachen der Natur mit dem Zwitschern von

Vögeln ankündigt, dazu gesellt sich das Murmeln der anschwellenden Bäche, das unter den Donnerschlägen eines plötzlich hereinbrechenden Sturmes erstirbt. Der Sturm verzieht sich so schnell, wie er gekommen ist, bis nur noch das Rascheln von Blättern im Wind zu hören ist, und schon gewinnen die Laute des Frühlings wieder die Oberhand. Von Anfang an werden diese Szenen von einer Sologeige überstrahlt, die dem Solisten sein ganzes Können abverlangt.

Der »Sommer« kommt in g-Moll daher, einer düsteren Tonart, die man eher mit Novembernebeln als mit dem Monat Juli assoziiert. Das Stück beginnt mit flachen, kaum aufsteigenden Klängen, die das Ächzen allen Lebens unter einer sengenden Sonne abbilden. Man glaubt, das schwere Atmen einer ausgetrockneten Landschaft unter dem Gewicht der Mittagshitze zu hören. Gegen den Stillstand setzt sich die Solovioline mit einer furiosen Aufwärtsbewegung durch, sie könnte das plötzliche Aufflattern eines Vogelschwarms oder eine kurze Windbö andeuten, die durch die Platanen fährt. Aber ich höre hier keinen Kuckuck rufen, keine Taube gurren und keinen Distelfink anschlagen, wie mir die zweite Strophe des beigeordneten Sonetts suggeriert. Musikalisch wird die kurze Aufregung der Solovioline gleich wieder durch einen Rückfall in verzögernde Melodielinien gebremst, die gleichsam als unbeantwortete Fragen liegen bleiben und keine Auflösung finden. Es ist dieses Innehalten, dieses Abebben und Versiegen aller Energien, das Vivaldis Musik so rätselhaft modern in der Musik seiner Zeit dastehen lässt. Und natürlich fühlt man sich nur noch gestört durch den Hinweis des Sonetts auf einen weinenden Hirtenknaben, dem die Ruhe genommen ist, weil er in einer kurz aufstiebenden Windbö die Ankunft von Blitz und Donner erkennt. Zum Glück bricht dann tatsächlich ein ungeheures Gewitter herein, das das Orchester im Tutti entfesselt – Vivaldi erweist sich wieder einmal als Herr aller Stürme und Gewitter. Wie auch sonst in seiner Musik sind die Stürme das befreiende, das lebenspendende Element – sowohl eine Kraft der Zerstörung als auch wilder Lebensfreude.

Der »Herbst« beginnt – mit ähnlich tastenden, achromatischen Tonlinien, wie sie zu Beginn des »Sommers« zu hören sind. Dem Text nach sollen sie das Delirium von trunkenen Bauern nach einer glücklichen Ernte beschreiben. Wenn man sich lieber an die Person ihres Urhebers hält, drücken sie den Zustand einer inneren Lähmung aus – jene »Enge in der Brust«, von der Vivaldi immer wieder spricht, wenn er Worte für seine Krankheit sucht. Bei der bald einsetzenden Jagd, die mit dem Jagdthema zunächst nur die Freude der Jäger zelebriert, ergreift Vivaldi am Ende Partei für das davonstiebende Wild. Die atemlosen Läufe der Solovioline folgen den Fluchtbewegungen des verwundeten und umzingelten Wilds, das von den – durch das gezupfte Pizzicato der Streicher dargestellten – Schüssen der Jäger zu Fall gebracht wird und verröchelt.

Der »Winter« setzt mit metallischen, hart am Steg der Saiteninstrumente gespielten Klangfetzen ein, die vielleicht so etwas wie eisigen Wind und das Prasseln von Regen und Hagel auf Dächer und Fenster hörbar machen. Vergeblich sucht die Solovioline mit ihren Eskapaden dem durch die Bässe vorangetragenen Fortschritt des Verhängnisses zu entkommen: dem Sieg des Eises über das Leben. Wer will, mag in den Springbogen-Exerzitien der Sologeige – aus Respekt gegenüber der vierten Strophe des Sonetts – Zähneklappern erkennen und in dem darauf folgenden Aufruhr des Orchesters das wilde Umsichschlagen und Fußstampfen von halb Erfrorenen, die ihr Blut wieder in Wallung zu bringen versuchen. Wie immer bei Vivaldi ist es am Ende ein Sturmtief – ein gewaltiges, geradezu gewalttätiges Tutti –, das Erlösung bringt.

Die universale Wirkung von Vivaldis *Vier Jahreszeiten* lässt sich natürlich nicht durch eine geniale musikalische Abbildung der Naturlaute in den vier Jahreszeiten begründen. Mit der Berufung oder der Ausrede auf die vier Jahreszeiten ist es Vivaldi gelungen, für die widersprüchlichen Seelenzustände der menschlichen Natur – für den Ausbruch orgiastischer Lebensfreude wie für den Absturz in den Zustand vollkommener Verlassenheit – einen zwingenden musikalischen Ausdruck zu finden. Und es sind zuallererst Vivaldis höchst persönliche Euphorien und Bedrängungen, in deren musikalischer Gestaltung sich die Liebhaber dieser vier Stücke bis heute wiedererkennen.

Aber zurück zu den Sonetten, die Vivaldi nachträglich seiner Komposition beigefügt hat. Der Grund dafür könnte eine simple kaufmännische Überlegung gewesen sein. Einer der treuesten Käufer von Vivaldis Konzerten war der böhmische Graf Wenzel von Morzin, der eine eigene Kapelle unterhielt und Vivaldis Konzerte an seinem Hof regelmäßig aufführen ließ. Als Kammerherr von Kaiser Karl VI. war der Graf ein besonders einflussreicher Auftraggeber und Mittelsmann für künftige Aufträge. Deswegen war es Vivaldi wichtig, dem Grafen eine Partitur seiner *Vier Jahreszeiten* zukommen zu lassen. Da das Werk aber bereits gedruckt war, konnte er dem Grafen unmöglich eine wenn auch handgeschriebene Version der Konzerte als Original verkaufen. Nur durch eine einzigartige Beigabe konnte seine Sendung die Würde eines »Originals« erlangen: durch die fatalen vier Sonette. Vivaldi schickte eine handgeschriebene Kopie seines Opus zusammen mit den vier Sonetten an seinen Gönner mit der Anmerkung: »Sie sind eine genaue Erklärung der Ereignisse, die sich in der Musik entfalten.« Und fügte dem Paket eine umständliche Widmung mit einem Fortissimo seiner Ergebenheit hinzu:

»Hochverehrter Herr, wenn ich mich an die langen Jahre erinnere, in denen ich die unverdiente Ehre genoss, Euch als Musikmeister in Italien zu Diensten zu sein, erröte ich bei dem Bemühen, Euch diesen Versuch meiner tiefsten Verehrung … zu Füßen zu legen.«

Wer die Zeilen der Widmung belächelt, weiß nicht genug über die Zwänge im Musikbetrieb des Barock. Von Johann Sebastian Bach und Georg Friedrich Händel kennen wir ähnliche Widmungen, in denen allenfalls ein paar besonders überschwengliche italienische Wendungen fehlen. Die Päpste und Kardinäle, die Könige, die Fürsten und die reichen Adligen waren die Auftraggeber und Geldgeber der Künstler, die wir heute bewundern. Wer sich die Gunst der Mächtigen nicht zu verschaffen wusste, hatte kaum eine Chance, sein Talent zu entwickeln – und ist in aller Regel heute vergessen. Wie andere Künstler seiner Zeit hatte auch Vivaldi gelernt, solche bis zur Absurdität unterwürfigen Huldigungen zu verfassen. Offenbar wurden die noblen Adressaten, die jede dieser rituellen Verrenkungen bis zum Gähnen kannten, ihrer nie überdrüssig.

Inzwischen hat der Siegeszug der Demokratie in Europa für eine Umkehr der Machtverhältnisse gesorgt. Die meisten der seinerzeit allgewaltigen Auftraggeber sind heute nur noch dadurch bekannt, dass sie den einen oder anderen, inzwischen weltberühmten Künstler finanzierten. Ihre Schlösser und Paläste sind in Museen verwandelt worden und bis in den letzten Winkel mit den Werken ihrer einst »unterthänigsten Diener« vollgestellt. Ein engagierter und verdienstvoller Förderer wie Graf Wenzel von Morzin ist heute auch in der Fachwelt nur noch dadurch bekannt, dass Vivaldi ihm seine *Vier Jahreszeiten* – nach ihrem Erscheinen – gewidmet hat.

Aber diese gewaltige Aufwertung der Künstler hat nichts daran geändert, dass sie selber bis auf wenige Ausnahmen meist in Armut gestorben sind – unter ihnen Vivaldi.

28

Vivaldi hat an der Pietà und am Teatro Sant'Angelo gerade wieder Fuß gefasst, da wird er mit einer anonymen Schrift konfrontiert, die alle schon zu kennen scheinen – nur er nicht. Als er sich im Café Menegazzo mit Santurini trifft, merkt er, dass einige Gäste an den Nebentischen zu tuscheln beginnen. Eine elegante Dame fragt ihre Nachbarin nicht gerade im Flüsterton, ob der neue Gast tatsächlich Vivaldi sei, und bricht nach der Bestätigung in helles Lachen aus. Vivaldi, der nur seinen Namen gehört hat, deutet eine Verbeugung an – er steht auf der Höhe seines Ruhms und kann sich nichts anderes vorstellen, als dass die Dame eine Verehrerin von ihm sein muss. Wütend wirft Santurini ihr im venezianischen Dialekt ein Schimpfwort zu und rückt seinen Stuhl dicht neben den von Vivaldi.

»Weißt du wirklich nicht, worüber sie alle reden?«

»Was meinst du?«

»Du hast nie« – an dieser Stelle verfällt Santurini seinerseits ins Flüstern – »von dem Titel *Teatro alla moda* gehört?«

»Warum sollte ich?«

»Es ist eine Satire. Und sie handelt vor allem von dir!«

Santurini steht auf und zieht den *prete* ins Innere des Cafés. Dort holt er eine Broschüre hervor, in der es von Santurinis Unterstreichungen und Anmerkungen an den Seitenrändern nur so wimmelt. Der sarkastische Untertitel verspricht eine »sichere und leicht anzuwendende Methode, italienische Opern im modernen Stil auszuführen«. Schon das Titelbild enthält unübersehbare Anspielungen auf Vivaldi. Im Heck einer Barke ist ein Bootsführer mit Priesterhut zu sehen, hinter dem ein kleiner Geige spielender Engel steht. Vor dem rudernden Priester liegen ein großes Weinfass und ein paar Säcke, in denen man Proviant oder auch Goldstücke vermuten kann. Der Bär mit Mantel und einer Allonge-Perücke im Bug der Barke spielt auf den Impresario des Teatro San Moisè an, einen Kollegen von Vivaldi. *Orso* bedeutet Bär – diesen Hinweis kann jeder venezianische Theatergänger zu dem Klarnamen des Impresarios Orsatti vervollständigen. Eine süffisante Anmerkung am unteren Ende des Titelblatts verspricht, das Buch werde jedes Jahr durch aktuelle Ergänzungen aufgefrischt und nachgedruckt.

Zögernd blättert Vivaldi in dem Pamphlet und beschränkt sich auf die von Santurini markierten Stellen. Im Kapitel »Anweisungen für den Opernkomponisten« liest er: »Der moderne Opernkomponist darf nicht die geringste Kunde von den Regeln des guten Satzes besitzen … Keinen Begriff habe er von den musikalischen Zahlenverhältnissen … keine Ahnung von der Art und Anzahl der Töne, keine von den Gesetzen ihrer Teilung und von der Eigenart einer jeden. Seine Wissenschaft expliziere er folgendermaßen: Es gibt nur zwei Tonarten, nämlich Dur und Moll – Dur mit der großen und Moll mit der kleinen Terz. Was die Alten unter großen und kleinen Tönen verstanden, das ist ihm ganz gleichgültig … Wohl aber schüttele er all ihre Tonelemente in einer einzigen *canzonetta* willkürlich zusammen, um durch einen solchen modernen Mischmasch sich recht gründlich von den alten Meistern zu entfernen.«

Vivaldi steigt das Blut in die Stirn, vergeblich versucht er, den anfangs aufgesetzten uninteressierten Gesichtsausdruck beizubehalten. Seine Hand mit der Broschüre zittert, als er weiterliest:

»Im Übrigen ist's nicht uneben, wenn der moderne Meister eine lange Reihe von Jahren Geiger oder Bratschist oder auch Kopist bei irgendeinem Komponisten von Ruf gewesen ist. Er hebe sich Opern- und Serenaden-Autographe von diesem auf, um aus ihnen, wie auch aus anderen Partituren, Motive für Ritornelle, Overtüren, Arien, Rezitative, Variationen über die Folia und Chöre zu stehlen.«

Vivaldi knallt die Broschüre auf den Tisch, während Santurini sich kaum Mühe gibt, seinen Spaß an dem Vorgelesenen zu verbergen.

»Wer ist dieser Schmierfink!«, zischt Vivaldi ihn an, »er hat mich einen Dieb genannt. Ich werde ihn verklagen!«

»Wen willst du bitte verklagen? Der Autor ist anonym! Und kannst du beweisen, dass der Spott dir gilt? Warum fühlst du dich überhaupt gemeint?«

»Wie viele Geiger gibt es in Venedig, die Opern schreiben? Und das Titelbild mit dem Priesterhut?«

»Genau darin besteht die Kunst einer gut geschriebenen Satire«, belehrt ihn der prozesserfahrene Santurini und bestellt eine edle Flasche aus dem Veneto. »Der Spott bleibt vieldeutig, aber jeder weiß, wem er gilt! Und dass er hin und wieder etwas trifft, kannst du nicht leugnen. Hier, lies diese Stelle!«

Santurini deutet auf eine weitere von ihm unterstrichene Passage. Da Vivaldi sich weigert, sie vorzulesen, trägt Santurini sie, durchaus mit schauspielerischer Lust, selber vor: »Der Komponist achte ferner darauf, dass seine Arien, eine um die andere, bis zum Ende der Oper abwechselnd *lebhaft* oder *pathetisch* sind, ohne irgendwelche Rücksicht auf den Sinn des Textes, auf den Charakter der Tonart und auf die Forderungen der Handlung. Kommen in der Arie Hauptwörter vor, z. B. *padre, impero, amore* … oder Umstandswörter wie *no, senza, già,* so wählt sie der moderne Komponist als Träger von recht langen Koloraturen, z. B. *paaaa … impeeee … amoooo … noooo … seeee … giàaaa …* usw.«

Santurini klopft sich vor Vergnügen auf die Schenkel.

»Und das«, führt Santurini seine Lektüre fort, »›um vom alten Gebrauch abzuweichen, der Koloraturen auf Haupt- und Umstandswörtern scheute, vielmehr sie einzig auf Wörtern anbrachte, die einen Affekt oder eine Bewegung bezeichnen, wie *dolore, cantare, volare, cadere* und dergleichen.‹ Gib zu«, schließt Santurini und legt die Broschüre aus der Hand, »so etwas haben wir beide bei gewissen Arien auch schon gedacht, aber nie gesagt.«

»Von welchen Arien sprichst du?«

Santurini legt begütigend seine Hand auf Vivaldis Arm.

»Wir wissen beide, wen wir meinen.«

»Und du hast wirklich keine Ahnung, wer der Verfasser ist?«

»Ich habe Vermutungen, aber ich kann sie nicht beweisen. Überleg doch selber: Wer könnte ein Interesse daran haben, dich und die moderne Oper in den Dreck zu ziehen?«

Vivaldi sprudelt eine lange Liste von Verdächtigen heraus: den Nuntius, eine Sängerin, der er das letzte Drittel ihrer Gage schuldig blieb, einen Governatore bei der Pietà, der ihm bei jeder Abstimmung seine Stimme verweigert hat. Wenn er richtig überlegt, hat er unendlich viele Feinde.

»Und all diese Leute hältst du für fähig«, fragt Santurini, »eine geschliffene Satire wie diese zu verfassen? Kann denn auch nur einer der von dir Genannten zwischen Dur und Moll unterscheiden? Geschweige denn eine Terz von einer Quart? Du musst schon einen Fachmann in den Kreis der Verdächtigen einbeziehen, wenn du fündig werden willst, einen fähigen, einen sachkundigen Feind …«

»Einen Kritiker, einen Komponisten?«

»Vergiss die Kritiker! Sie verstehen nicht genug vom Handwerk!«

»Also ein Komponist?«

Bei diesem Stichwort gewittert es in Vivaldis Hirn. Es gibt etwa fünfundzwanzig Komponisten in Venedig, die die sieben Opern der Stadt jede Saison mit neuen Werken eindecken. Er kennt sie nicht alle beim Namen, geschweige denn ihre Werke, er weiß nur, dass er der Beste ist. Unter denen, die in einem Atemzug mit ihm genannt werden, bleiben immerhin zwei Namen: Tomaso Albinoni und Benedetto Marcello. Dem Spielkartenhersteller Albinoni, der das Geschäft seines Vaters weitergeführt und erst spät zur Musik gefunden hat – er weist sich selber als »venezianischer Dilettant« aus –, traut er die Gemeinheit dieser Satire nicht zu. Bleibt der andere. Der zwanzig Jahre jüngere, mit einem goldenen Löffel im Mund in eine Patrizierfamilie hineingeborene Advokat, der es zum Mitglied des Rats der Vierzig gebracht hat und neben seinen Opern und Oratorien auch noch Sonette schreibt – der Besitzer des Teatro Sant'Angelo.

»*Maledetto* Marcello«, sagt Vivaldi und dehnt die Silben. »An dessen Theater wir arbeiten?«

»Kein anderer!«, bestätigt Santurini. »Als Besitzer ist er selbstverständlich an den Einnahmen seines Theaters interessiert. Gleichzeitig ist er ein ehrgeiziger, mäßig erfolgreicher Komponist, der über die moderne Oper und das ungebildete Publikum im Parterre die Nase rümpft. Am liebsten möchte er sein Theater für sich und seine Patrizier-Freunde reservieren! Das allerdings wäre dann sein Bankrott.«

In Vivaldi tobt es. In seinem Kopf türmen sich Racheszenarien. Eine Oper schreiben, in der Judith bei einem Abendschmaus dem Nuntius den Kopf von Marcello serviert? Einen Artikel in einer Gazette lancieren, in der Marcello als impotenter Komponist verhöhnt wird, der Schmähungen schreibt, weil sich ihm die Musen der Musik verweigern? Eine Karikatur inspirieren, in der ein Theaterbesitzer mit einem Hammer – »*Martello*!« – sein eigenes Theater zertrümmert und das Publikum aus dem Parkett vertreibt?

Santurini redet ihm all diese Einfälle aus. In einem solchen Krieg könne Vivaldi nur verlieren. Und natürlich habe er recht. Berühmter Geiger und Komponist hin oder her. Aber in den Augen der Klasse, der Marcello angehöre, werde ein Mann wie Vivaldi immer noch dem Handwerkerstand zugerechnet. Und als ein Priester, der nicht die Messe lese, stehe er ganz oben auf der Liste des Nuntius, dessen Ohr Marcello habe.

»Es gibt nur ein Mittel, dich zu rächen!«, rät Santurini ihm. »Wenn du einen Rückschlag erleidest, wenn die Gazetten bereits deinen künstlerischen Tod verkünden, und das Publikum dich verhöhnt, musst du sie alle durch eine neue und geniale Oper zwingen, vor dir auf die Knie zu fallen!«

29

Vivaldi befolgt Santurinis Rat und schreibt in fieberhafter Eile eine neue Oper, die er am Teatro Sant'Angelo produzieren will. Nicht einmal Benedetto Marcello, der Besitzer des Theaters, prophezeit Santurini, kann sich die Verhinderung einer neuen Vivaldi-Oper in der beginnenden Karnevalszeit leisten und riskieren, dass sie in einem anderen Haus Premiere hat.

Die Proben am Sant'Angelo sind bereits im Gange, die heimliche Rache an Marcello ist in bester Vorbereitung, da erkennt Vivaldi, dass er die Wirkung des Pamphlets unterschätzt hat. Venedigs Karneval greift die Karikatur begierig auf und erweist sich als eine stadtweite Echowand des Schmähs. Auf dem Canale Grande fahren Boote mit Vivaldi-Doppelgängern vorbei, die exakt der Zeichnung auf dem Titelbild von Marcellos Schrift entsprechen. Aber auch in den Straßen und Gassen Venedigs setzt der Spuk sich fort. Da ist der Geige spielende Engel mit dem Priesterhut in einer Barke auf Rädern. Mit falsch gekratzten Motiven von Vivaldi-Stücken treibt er einen rothaarigen Priester mit Ruderstümpfen in den Händen vor sich her. In einer anderen Zeichnung ist der Priester mit dickem Bauch dargestellt, der vergeblich versucht, die Goldstücke aufzulesen, die ihm aus der Soutane fallen. Den größten Erfolg hat ein Paar, das »Aldiviva« zeigt, wie er mit seinem Bogen einem halbwüchsigen Chormädchen zwischen die Beine sticht.

Vivaldi traut sich nicht mehr auf die Straße. In seiner Aufregung betrachtet er sein Konterfei im Spiegel und hat Schwierigkeiten, sich zu erkennen – Spiegel aller Art hat er zeit seines Lebens vermieden. Die lange leicht gekrümmte Nase, die dünnen Lippen, die hohe Stirn waren noch nie ein Grund für ihn, länger hinzuschauen. Nur die roten Haare, sein ganzer Stolz, bestätigen ihm, dass es Vivaldi ist, den er da sieht. Hastig legt er die Soutane ab, verbirgt seine Haare unter einer Perücke und holt ein Gewand aus dem Schrank, das sein Vater dort verstaut hat.

Da trifft es sich schlecht, dass Anna pünktlich zum Unterricht erscheint und in seine Umkleide-Bemühungen hereinplatzt.

»Maestro«, ruft sie und bemüht sich vergeblich, ein Lachen zu unterdrücken. »Was ist passiert? Wollen Sie sich etwa als Barbier verkleiden?«

»Siehst du nicht, was draußen los ist?«, herrscht Vivaldi sie an, lässt es sich aber gefallen, dass sie die Knöpfe seiner Weste richtet, die er in der falschen Reihenfolge zugeknöpft hat. »Ich kann ja nicht einmal vor die Tür gehen, ohne dass das Karnevalsgesindel auf mich zeigt und brüllt: ›Da, da ist er: Aldiviva!‹«

»Aldiviva? Wer soll das sein?«

Es stellt sich heraus, dass Anna Marcellos Schmähschrift gar nicht kennt und zwischen den überall nachinszenierten Bildern vom Priester in der Barke und ihrem verehrten Maestro keine Beziehung hergestellt hat. Vivaldi zeigt ihr Marcellos Pamphlet und die von Santurini unterstrichenen Stellen. Dann folgt er mit seinem überlangen Zeigefinger den Zeilen, die Anna zu gelten scheinen.

»Die moderne Sängerin soll die Opernbühne unbedingt betreten, bevor sie dreizehn ist. Beim Singen soll sie so häufig wie möglich den Fächer von einer Hand in die andere gleiten lassen und den Kopf schief halten. Es schadet nicht, wenn sie mit dem Komponisten in wilder Ehe lebt, ganz im Gegenteil …«

Anna reißt ihm das Pamphlet aus der Hand, liest mit sich überschlagender Stimme weiter und steigert sich in eine Wutkoloratur hinein, die sie bis zum hohen C führt. »Und Sie sind sicher, dass Benedetto Marcello das geschrieben hat?«

Sie wartet seine Antwort nicht ab und stürmt mit dem Schriftstück aus der Wohnung.

30

Anna nimmt eine Gondel zu Marcellos Palast. Die Gondel hat noch gar nicht angelegt, da ruft sie dem Diener schon zu, sie möchte den Herrn des Hauses unverzüglich sprechen: »In einer Herzensangelegenheit!« Es dauert nicht lange, bis der Diener zur Anlegestelle zurückkehrt und Anna bittet, ihm zu folgen.

Wie ein Sturmwind rauscht Anna in den Salon des Palazzo. Benedetto scheint entzückt zu sein über die unerwartete Begegnung.

»Hoher Besuch! Die Dame meines Herzens!«, ruft er und hebt beide Arme, als wolle er sich im Voraus ergeben. »Darf ich Ihnen etwas anbieten?«

Anna wirft ihm die Broschüre an den Kopf.

»Sie sind ein Feigling, Benedetto, ein Schmierant«, sagt Anna ihm ins Gesicht. »Sie ziehen über einen Künstler her, dem Sie nicht das Wasser reichen können!«

»Ich reiche meinen Künstlern niemals Wasser, sondern besten Cognac und viel zu hohe Gagen!«

Benedetto schenkt ihr ein Glas ein, trinkt es dann aber lieber selber aus, bevor Anna es ihm aus der Hand schlagen kann.

»Sie unterstellen mir, dass ich mit Vivaldi in wilder Ehe lebe und beim Singen nichts zu bieten habe als die Kunst, den Fächer von der linken Hand in die rechte zu nehmen! Geben Sie es doch zu, das haben Sie geschrieben!«

Benedetto schüttelt den Kopf und sinkt aufs Knie.

»Teuerste, wie konnten Sie auch nur einen Augenblick glauben, dass ich der Autor dieser Schmähschrift bin? Ich kenne den Verfasser. Es handelt sich um einen heruntergekommenen Librettisten, der allerdings, das sollten Sie wissen, in höherem Auftrag handelt.«

»Geben Sie mir den Namen! Ich hasse Andeutungen.«

Benedetto klingelt nach dem Diener und lässt Eis und Schokolade servieren.

»Sie müssen die Dinge«, sagt Benedetto, nachdem Anna endlich Platz genommen hat, »in einem größeren Zusammenhang sehen. Der Wind in Venedig hat sich gedreht. Es gibt einflussreiche Männer im Rat der Zehn und in der Kirche, die eine große, geistige Wende herbeiführen wollen – eine moralische Revolution. Sie wollen die Integrität des Priesteramts wiederherstellen und den sakralen Auftrag der Musik erneuern. Selbstverständlich ist Vivaldi diesen Leuten ein Dorn im Auge. Ein Priester, der nicht die Messe liest und mit zwei unverheirateten Frauen zusammenlebt.«

»Nichtswürdige Verleumdungen!«

»Davon bin ich überzeugt«, stimmt Benedetto zu. »Welche Sängerin von Schönheit und Talent würde sich von den Fingern eines uralten Priesters begrabschen lassen! Ich gebe nur wieder, was man sich in gewissen Kreisen erzählt, und sage Ihnen: Der Maestro ist in Gefahr, in höchster Gefahr! Sie sind die Einzige, die ihn retten kann!«

»Ich, Vivaldi retten? Wie denn, wovor denn?«

Benedetto erhebt sich und baut sich vor Anna auf.

»Vivaldi muss Venedig verlassen, sofort! Hier hat er zu viele Feinde und kann jederzeit verhaftet werden.«

Er habe, fährt Benedetto in verschwörerischem Tonfall fort, einen Plan für Vivaldis Rettung. Man müsse eine Einladung an Vivaldi nach Rom auf den Weg bringen.

»Nach Rom? In die Hauptstadt der Inquisition?«

Benedetto setzt ein nachsichtiges Lächeln auf. Rom sei nicht Rom. Es komme ganz darauf an, von wem eine Einladung nach Rom ausgehe. Er habe beste Beziehungen zu der Prinzessin Maria Livia Spinola Borghese. Wenn die Prinzessin ihre Hand über Vivaldi halte, sei er in Rom so sicher wie in Abrahams Schoß.

Benedetto zeigt Anna ein Schriftstück, das er, Annas Zustimmung vorausgesetzt, sofort nach Rom aufgeben will.

»Hocherhabene und gnädigste Prinzessin!

Ich halte es für meine untertänigste Pflicht, Eure Hoheit mit einem Mann bekannt zu machen, den ich besonders schätze und dem ich ewige Dankbarkeit schulde. Es handelt sich um den berühmten Lehrer und Geigenvirtuosen Antonio Vivaldi, der sich während der Karnevalszeit in Rom aufhalten wird. Mit der Versicherung meiner Ergebenheit möchte ich Euch bitten, diesen tüchtigen Musikus in den Schatten Eurer mächtigen Fürsorge zu stellen …«

Anna ist verwirrt, aber auch beeindruckt; sie weiß nicht, was sie denken oder sagen soll. Wieso erfragt Benedetto überhaupt die Zustimmung von ihr, der Fünfzehnjährigen, zu einem Empfehlungsschreiben an eine Prinzessin, von der sie nie gehört hat? Sie wittert eine Intrige; gleichzeitig fragt sie sich, welche Rolle sie in diesem Spiel hat. Natürlich ist es gut, wenn Vivaldi in Rom die Protektion einer mächtigen Prinzessin genießt. Aber warum ist Benedetto so erpicht darauf, Vivaldi nach Rom abzuschieben?

Benedetto nimmt ihre Ratlosigkeit als Zustimmung; er reicht den Brief seinem Diener mit dem Befehl, ihn umgehend auf die Post zu geben. Am Ende hänge Vivaldis Rettung ganz von ihr ab, sagt Benedetto. Anna müsse ihren Maestro davon überzeugen, der Einladung nach Rom zu folgen, denn in Venedig habe er keine Zukunft mehr, ein Haftbefehl gegen ihn sei längst ausgestellt. Und natürlich dürfe sie nicht eine Silbe über das Gespräch mit ihm, Benedetto, verlauten lassen.

Beim Abschied ergibt sich Anna eine Sekunde lang Benedetto, als er sie auf die linke und die rechte Wange küsst und dann mitten auf den Mund. Sie weist ihn zurück, als er weitergehen will.

»Wir hatten ausgemacht«, ruft er ihr nach, als sie in die Gondel steigt, »dass Sie in meiner Oper *Arianna* singen. In einer Woche fange ich mit den Proben an!«

Auf dem Weg zurück ist Anna entschlossen, ihren Maestro vor der bevorstehenden Verhaftung zu warnen und auf seine sofortige Abreise nach Rom zu dringen. Aber auf wen sollte sie sich dabei berufen, etwa auf Vivaldis Feind Benedetto? Sie traut diesem Mann nicht; vor allem weiß sie nicht, was das alles mit ihr zu tun hat. Sie beschließt, Vivaldi nur von der ersten Hälfte ihrer Begegnung mit Benedetto zu berichten: wie sie ihm die Schmähschrift an den Kopf geworfen und ihn als deren Verfasser demaskiert habe.

Das oben zitierte Empfehlungsschreiben an die Prinzessin Maria Livia Spinola Borghese gibt es tatsächlich. Allerdings ist es nicht von Benedetto, sondern von dessen acht Jahre älterem Bruder Alessandro unterzeichnet worden. Bis heute rätselt die Fachwelt darüber, was Benedettos Bruder dazu bewogen haben könnte, sich für Vivaldi auf diese Weise zu verwenden.

Alessandro, ein Jurist und Komponist wie sein jüngerer Bruder Benedetto, hatte Mathematik und Philosophie in Padua studiert. Sein bekanntestes Werk ist ein Konzert für Oboe und Orchester, das Johann Sebastian Bach für würdig hielt, es für den Kielflügel zu adaptieren. Zweifellos war Alessandro über die Polemik seines Bruders gegen Vivaldi im Bilde. Welchen Grund hatte er, das oben genannte Empfehlungsschreiben für Vivaldi zu verfassen? Gehorchte er damit einem Wunsch seines jüngeren Bruders Benedetto, den lästigen Emporkömmling für eine Weile loszuwerden und von Venedig fernzuhalten? Oder war es umgekehrt? Wollte er sich von Benedettos Pamphlet distanzieren, weil er Vivaldi schätzte und fand, dass ihm Unrecht geschehen war?

31

Vivaldi, der nichts von diesen Verwicklungen weiß, fühlt sich von der Prinzessin eingeladen und nimmt die Kutsche nach Rom. Es ist die letzte große Reise, die er ohne Anna und Paolina antritt. Vielleicht hätte es der Fürsorge der Prinzessin Maria Livia gar nicht bedurft, um ihn in Rom bekannt zu machen. Denn an Roms schönster Oper, der Capranica, haben sich inzwischen zwei frühere Schüler Vivaldis durchgesetzt, die ihm nun einen festlichen Empfang bereiten.

Wer ihm am Capranica nicht gerade wohl will, ist sein früherer Chef am Ospedale della Pietà, Francesco Gasparini. Seit seinem vermeintlich temporären Rückzug aus dem Ospedale hat Gasparini mit seinen Opern am Theater Capranica eine lange Reihe von Erfolgen gefeiert. Aber Gasparini hält nicht viel von Vivaldis Musik, besonders wenig von seinen Konzerten. Wie Benedetto Marcello verteidigt er die Tradition der Bologneser Schule, die mit ihrer Satzfolge »Adagio – Allegro – Adagio« an ihrer Herkunft aus der Kirchenmusik festhält. Vivaldi dagegen hat die alte Satzfolge in »Schnell – Langsam – Schnell« umgekehrt. Außerdem sieht Gasparini in seinem jüngeren Kollegen den Protagonisten eines effekthascherischen neuen Stils, der den Kontrapunkt vernachlässigt und das Virtuosentum der Solisten feiert. Besonders verhasst ist Gasparini die neue nasale Gesangstechnik, für die Vivaldi nichts kann. Dabei schicken die Stars ihre Stimme in den hohen Lagen verstärkt durch die Nase – ein Trick, der Atem spart und die Tragfähigkeit der Stimme erweitert.

Während Vivaldis Aufenthalt in Rom entsteht die berühmte Karikatur von Pier Leone Ghezzi. Sie zeigt Vivaldis Gesicht von der Seite, das durch ein prominentes Detail bestimmt wird: durch eine gewaltige, gekrümmte Nase. Ob sich das in zeitgenössischen Spottgedichten beliebte Kürzel *Il Naso* nun tatsächlich auf das von Ghezzi verewigte Riechorgan von Vivaldi bezieht oder allgemein auf Opernstars, die durch die Nase singen, bleibt ein Gegenstand von Spekulationen.

In Rom produziert Vivaldi im Capranica und im Alibert gleich drei seiner Opern, darunter *Il Giustino* und *Ercole sul Termodonte.* Das Publikum feiert die Abenteuer des Herkules, vor allem aber die Begegnung von Herkules mit den Amazonen.

Il Naso wird mit Einladungen überschüttet. Noch am Abend der Premiere wird Vivaldi von Venedigs Botschafter in Rom zu einem großen Empfang eingeladen, auf dem sich die gesamte Schickeria der Stadt die Ehre gibt – Kardinäle, Botschafter, Fürsten. Und alle fachsimpeln über ein bestimmtes Stilelement in Vivaldis Musik: den lombardischen Rhythmus.

Der sächsische Flötist und Musikreporter Johann Joa-

chim Quantz, der viele Vivaldi-Partituren an die Hofkapelle des Kurfürsten von Sachsen gebracht hat, trifft erst
einige Wochen nach Vivaldis Triumph in Rom ein. Ganz
besonders interessiert ihn, was ihm römische Ohrenzeu-
gen mit Händen und Füßen vergeblich zu erklären suchen.
»Das Neueste und Merkwürdigste was Quantz bisher in
Rom gehört hatte«, schreibt Quantz' zeitgenössischer Bio-
graph Johann Adam Hiller, »war der so genannte lombardische Geschmack, welchen Vivaldi, kurz vorher, durch eine
seiner Opern, dahin gebracht, und die Einwohner derge-
stalt dadurch eingenommen hatte, daß sie fast nichts hören
mochten, was diesem Geschmacke nicht ähnlich war.«

Quantz nimmt das neue Stilelement fachgerecht auseinander. Er erklärt die Technik damit, dass man *von zwo
oder drey kurzen Noten die anschlagende kurz machet, und
hinter die durchgehende einen Punct setzet«.*

Der entscheidende Punkt von Vivaldis Neuerung ist
damit wohl doch nicht ausreichend beschrieben. Während bei der Punktierung (Verlängerung des Notenwerts
um die Hälfte) gewöhnlich die längere Note betont wird,
verhält es sich beim lombardischen Rhythmus umgekehrt:
Die »anschlagende« kurze Note wird betont, die folgende
punktierte Note dagegen bleibt unbetont und erhält damit
einen leichten, fast nebensächlichen Charakter. Im Noten-
bild ähnelt die Technik einer üblichen Synkope, die den
Takt von Fall zu Fall verändert. Als Methode für ein ganzes
Stück durchgehalten, erzeugte der lombardische Rhythmus damals ein ungewohntes Musikerlebnis. Die Melodie
schien ständig aus dem Takt herauszufallen – das Orchester
schien immer ein oder zwei Achtel der Melodie vorauszuei-
len. Die das Thema tragenden punktierten Noten schienen

immer zu spät zu kommen und teilten dem Stück durch die Verzögerung eine beschwingte Leichtigkeit mit, etwas Tänzerisches. Viele von Vivaldis Nachfolgern, darunter auch W. A. Mozart, haben sich den lombardischen Rhythmus zu eigen gemacht.

Für die für jede Neuerung aufgeschlossenen Ohren des verwöhnten römischen Publikums war Vivaldis Trick offenbar eine Sensation.

32

Durch die Vermittlung der Prinzessin Maria Livia Spinola Borghese kommt es zu einer privaten Audienz bei Papst Benedikt XIII. – unter der Bedingung, dass Vivaldi seine Geige mitbringe. Am Eingang in der Via del Vaticano nennt er seinen Namen und wird eingelassen. Am Fuß der prachtvollen, von Antonio da Sangallo und Gian Lorenzo Bernini gestalteten Wendeltreppe sieht Vivaldi das Reiterstandbild Konstantins des Großen, der das Christentum zur Staatsreligion erhoben hat. Beklommen blickt er zu dem Standbild auf. Als Priester kennt er die Legenden um den Kaiser, weiß, dass Konstantin vor der Entscheidungsschlacht das Kreuz in den Nebeln über Rom gesehen und darin das Vorzeichen für den Sieg erkannt hat. Aus Zeichnungen und Skizzen kennt Vivaldi auch die riesige Anlage mit den zahllosen Innenhöfen und Treppen, aber er weiß nicht, wohin er sich wenden soll. Er klammert sich an seinen Violinkasten; am liebsten würde er hier und jetzt auf die Knie fallen und beten. Da bemerkt er einen uniformierten Diener am Fuß einer langen Treppe, der ihm zuwinkt. Vivaldi setzt sich in Bewegung und folgt dem Diener, der ihn nicht weiter begrüßt und die Treppe hinaufgeht. Aber der Diener nimmt die Stufen zu schnell, Vivaldi muss immer wieder innehalten und seinen Atem beruhigen. Was würde er jetzt dafür geben, die hilfreiche Paolina an seiner Seite zu haben.

Was ihm zu schaffen macht, ist nicht nur die schier endlose Zahl der Treppenstufen, es sind die Ängste und Hoffnungen, die ihn bedrängen, seit er von der Einladung erfahren hat. Für den einfachen Priester aus der Bragora ist der Empfang durch den Papst eine schier unvorstellbare Ehre, die höchste Auszeichnung, die ihm widerfahren kann. Gleichzeitig plagt ihn die Angst, dass der Papst alle seine Sünden erkennt, wenn er nur seinen berühmten durchdringenden Blick auf ihn richtet. Ganz zu schweigen von Vivaldis Weigerung, die Messe zu lesen. Wenn einer die Zahl der Tage kennt, an denen Vivaldi die Messe nicht mehr gelesen hat, ist es der Papst, dem ein Heer von Inquisitoren untersteht.

Ganz sicher sind dem Heiligen Vater auch die Gerüchte über eine angebliche *convivenza* mit *Annina del prete rosso* bekannt; vor allem aber sieht der Papst, wenn er Vivaldi nur in die Augen schaut, wie oft er sein Keuschheitsgelübde gebrochen hat, auch wenn es nur in Gedanken war.

Aber können es wirklich Vivaldis Verfehlungen sein, die Benedikt bewogen haben, Vivaldi zu einer Audienz zu empfangen und ihn zu bitten, seine Geige mitzubringen? Nein, er will nicht den Sünder sehen und hören, sondern den Virtuosen und Komponisten. Und der einzige Violinist, dem ein anderer Papst, nämlich Alexander VIII., diese Ehre je erwiesen hat, ist Vivaldis Vorgänger Arcangelo

Corelli. Übrigens selber kein Kind von Traurigkeit, dieser kinderlose und unverheiratete Corelli, dem sein ganzes Leben lang das Gerücht anhing, dass ihn mit seinem Schüler Matteo Fornari nicht nur musikalische Leidenschaften verbanden. Vivaldi fasst sich, er richtet sich auf und nimmt die letzten Stufen.

Er tritt in einen großen, offenbar für private Empfänge gedachten Raum. Der Papst sitzt, halb zusammengesunken, auf einem einfachen goldverzierten Sessel. Um ihn herum sieht Vivaldi in Gruppen einige Kardinäle und Berater stehen, an den Wänden Gemälde, die wiederum Kaiser Konstantin feiern, Konstantin in einem Kampfgetümmel. »312 Schlacht an der Milvischen Brücke«, »Sieg des Christentums« – diese in seinem Gedächtnis eingebrannten Merkwörter aus dem Priesterseminar schießen Vivaldi durch den Kopf, als müsse er gleich die entsprechenden Fragen des Heiligen Vaters beantworten.

Mit eher abweisendem Interesse blicken die Würdenträger dem Gast in seiner einfachen Soutane entgegen. Sie bilden eine Schneise, als er, einer kaum merklichen Handbewegung von Benedikt folgend, näher tritt. Vivaldi beugt sich zum Marmorboden und drückt seine Lippen auf den mit Silberfäden bestickten roten Pantoffel des Papstes. Der macht eine segnende Bewegung über Vivaldis Kopf und lässt seine Hand kurz auf dessen rotem Schopf ruhen.

»Hier habe ich also den Grund für den Namen *prete rosso* in der Hand?«, fragt Benedikt mit einer Kopfwendung zu seinen Beratern. »Aber ich denke, er hat mehr zu bieten als seine roten Haare. Sonst hätten wir ihn wohl kaum zu uns eingeladen.«

Die Angesprochenen nicken.

»Lass uns etwas hören von deiner Kunst, mein Sohn. Aber bitte keine *musica sacra*. Ich habe gerade meine Siesta hinter mir und möchte nicht gleich wieder einschlafen!«

Vivaldi erhebt sich, öffnet den Geigenkasten und stimmt sein Instrument.

»*La follia*!«, sagt er mit belegter Stimme.

»Ist das nicht dieser tückische Ohrwurm von Corelli?«, fragt der Heilige Vater, »den man drei Tage lang nicht aus dem Kopf herausbekommt?«

»Wenn Eure Heiligkeit erlauben, spiele ich das Stück in der Version von Antonio Vivaldi!«

Und schon setzt er mit dem berühmten getragenen Thema ein, das nur aus acht Takten besteht und in dem hohen Raum gewaltig widerhallt.

Das Stück *La follia* (der Wahnsinn) rechtfertigt seinen Namen dadurch, dass es ein und dasselbe Thema, mal andante, mal prestissimo, in immer neuen Variationen umkreist und zu ihm zurückkehrt. Beide, der Virtuose wie der Zuhörer, können dem Thema nicht entkommen. Der Virtuose hat es scheinbar darauf abgesehen, sich durch schroffe Wechsel der Lagen und des Tempos so weit wie möglich von der Ausgangsmelodie zu entfernen, um dann doch, als werde er durch eine unwiderstehliche Anziehungskraft gebannt, in sie zurückzufallen. So spielt er sich und den Zuhörer in einen Rausch hinein, der der raffiniert verfremdeten Wiederholung des immer Gleichen geschuldet ist – ein Verfahren, das erst im Free Jazz und in der Popmusik seine Massenwirksamkeit entfaltet hat. Die Follia gestattet keinen zweiten oder dritten Satz, kein neues Thema – sie schwört das Publikum mithilfe der abseitigsten Variationen auf diese eine Grundmelodie ein, bis auch der Hörer in der letzten Reihe auf sie einschwingt und nichts anderes mehr hören will.

Dieses Suchtstück der barocken Musik stammt weder von Corelli noch von Vivaldi, sondern ist im 16. Jahrhundert, wahrscheinlich in Portugal, erfunden worden. Ursprünglich bezeichnet dieser Titel einen von Kastagnetten begleiteten feurig-schnellen Tanz des 16. Jahrhunderts, bei dem Männer mit ihren Frauen auf den Schultern auf einen Platz oder auf eine Bühne hereintanzten. Nach einer, zwei oder drei Preludien setzten sie die Frauen ab und vollführten mit ihnen wilde Tanzfiguren. Wegen seines ungezügelten Charakters soll der Follia-Tanz immer wieder verboten worden sein. Erst durch die Versionen von Jean-Baptiste Lully und Arcangelo Corelli ist das Stück hoffähig und zu einer Art Matrix der Barockmusik geworden. Nachdem der Bazillus einmal um sich gegriffen hatte, hat kaum ein Meister des Barock und der Klassik – Scarlatti, Händel, Bach, Salieri, um nur einige zu nennen – der Versuchung widerstanden, ihn mit einer eigenen Version weiterzuverbreiten. Im 19. Jahrhundert haben dann Komponisten wie Franz Schubert, Ludwig van Beethoven, Franz Liszt, Sergei Rachmaninow dem Follia-Wahnsinn Referenz erwiesen. Und natürlich gab und gibt es kaum ein berühmtes Orchester, kaum einen Virtuosen gleich welchen Instruments, der nicht versucht hätte, jeden seiner Vorgänger mit einer unerhörten Variation auf dieses eine Thema von acht Takten zu übertreffen.

Mit Erleichterung nimmt Vivaldi wahr, dass der Papst den Rhythmen von Vivaldis Varianten, die er teils mit dem Springbogen, teils in getragenen Akkorden auf den unteren Saiten, dann wieder in nie gehörten Höhenlagen am Steg zu Gehör bringt, unwillkürlich mit dem Pantoffel folgt. Und Vivaldi macht es Spaß, den heiligen Pantoffel durch wilde Tempi-Wechsel aus dem Takt zu bringen.

Als er mit einer delirierenden Kadenz geendet hat, trommelt Benedikt mit beiden Pantoffeln auf den Boden. Die Kardinäle schneuzen sich vernehmlich und hüsteln ausführlich.

»Alexander VIII., Gott habe ihn selig, hat den unsterblichen Corelli in diesen Gemächern gehört«, sagt Benedikt XIII. »Ich begrüße seinen würdigen Nachfolger, Antonio Vivaldi.«

Vivaldi lächelt wie in Trance.

»Wir bewundern deine Kunst …«, fährt der Papst fort und bricht plötzlich ab, weil ein hinter ihm stehender Kardinal ihm etwas ins Ohr flüstert. Jetzt kommt es, denkt Vivaldi, jetzt wird das Wort *messa* oder *convivenza* dem heiligen Mund entfahren.

»… aber noch mehr bewundern wir deine Arbeit mit den Waisenmädchen von der Pietà! Komm wieder – und bring die Mädchen mit.«

Mit einer kaum wahrnehmbaren Handbewegung gibt der Papst zu erkennen, dass die Audienz beendet ist. Unter vielen Verbeugungen und Dankesbekundungen verabschiedet sich Vivaldi.

Gleichzeitig spürt er, dass er noch nicht entlassen ist. Der Papst bewegt sachte seine Arme, aber es ist keine segnende Bewegung, er hüstelt, schiebt erst den einen, dann den anderen Pantoffel zu ihm hin und sieht Vivaldi mit einem Blick an, der ihm den Atem nimmt. Vivaldi blickt in die entsetzten Augen der Kardinäle und Berater, aber weiß nicht, was er ihnen und seiner Heiligkeit noch schuldig ist.

Dann fällt es ihm plötzlich ein – wie das Stichwort von der Schlacht an der Milvischen Brücke. Vivaldi hat das Wichtigste vergessen, etwas wie das Amen nach dem Vaterunser, und die Erkenntnis dieses Versäumnisses wirft ihn mit der Wucht eines Blitzschlags zu Boden. Er kann, er darf nicht gehen, ohne nochmals den Pantoffel des Heiligen Vaters geküsst zu haben. Vivaldi findet Halt auf seinen Knien, senkt den Kopf und drückt seine Lippen fest auf den ihm zugeschobenen Pantoffel, der von der Spucke von unendlich vielen Gläubigen getränkt ist. Ein kurzer Blick hinauf zu dem bedrohlich nahen, ihm zugeneigten Gesicht Benedikts bestätigt ihn darin, dass er seine Pflicht erfüllt hat.

Tief erleichtert richtet Vivaldi sich auf und geht unter Verbeugungen rückwärts, den Papst, der sich nun nach hinten lehnt, fest im Blick. Er weiß, dass die Darbietung seiner Künste im Gedächtnis des Vatikans keine Minute lang überleben würde, hätte er dem roten Pantoffel nicht die Ehre erwiesen.

33

In Venedig hat es sich herumgesprochen, dass Vivaldi das Publikum in Rom für den lombardischen Rhythmus begeistert hat. Was jedoch alle Gerüchte überstrahlt, ist die Nachricht, dass er sich mit seinem Auftritt vor Benedikt XIII. mit dem großen Corelli auf eine Stufe gestellt hat – mit *il nostro,* dem Unsrigen. Marcellos Schmähschrift scheint vergessen.

Und Vivaldi selber? Er hat die Audienz beim Papst als eine ungeheure Ehre und im Stillen auch als eine Absolution erlebt. Er fühlt sich so frei und unbeschwert wie nie. Das alles hat er schließlich nicht geträumt: Der Papst hat ihn empfangen, der Papst hat alle ihm bekannten und unbekannten Sünden Vivaldis über der Follia vergessen, der Papst hat ihn gesegnet – und am Ende hat Vivaldi gerade noch rechtzeitig den Pantoffel geküsst.

Inzwischen werden seine Opern in allen großen Städten Italiens gespielt, er erhält Einladungen nach Prag und Amsterdam. Sein Opus 8 mit den *Vier Jahreszeiten* wird im Jahr 1725 in Amsterdam und Paris gedruckt. Er schreibt eine Oper nach der anderen und nimmt, kaum ist er nach Venedig zurückgekehrt, eine Produktion am Teatro Sant'Angelo in Angriff, die ein Lieblingsthema von ihm aufgreift: *L'inganno trionfante in amore* (Der Triumph der Täuschung in der Liebe).

Was ist mit Anna? Hat er ihr in der Zeit seiner Abwesenheit geschrieben, ihr wenigstens ein paar Notenblätter mit einer neuen Arie geschickt?

Falls es zwischen den beiden einen schriftlichen Austausch gegeben hat, so ist er nicht erhalten. In dem Dokumentenband von Micky White, *Antonio Vivaldi – A Life in Documents,* das alle bisher aufgefundenen von Vivaldi verfassten Schriftstücke versammelt hat, findet sich kaum ein persönliches Wort des Komponisten, geschweige denn ein Liebesbrief. Die von Vivaldi gezeichneten Schriftstücke sind entweder untertänigste Widmungen bzw. Danksagungen an Kaiser, Fürsten, Kardinäle, Hoheiten aller Provenienzen, manchmal auch an deren Neffen oder Nichten; oder es sind Briefe an Geschäftspartner: an Produzenten, Instrumentenhändler, Rechtsanwälte, ehemalige Mitarbeiter, in denen es vor allem um eines geht – ums liebe Geld.

Anna hat die lange Abwesenheit ihres Lehrers genutzt. Nach ihrem ersten Erfolg am Teatro San Moisè mit Albinonis *Laodice* hat sie verschiedene Engagements in kleineren Städten wahrgenommen. In Venedig genießt sie den Status einer jungen Sängerin, der man nachsagt, dass sie das Zeug dazu hat, eine Diva zu werden. Auf den Festen der Patrizier reißt man sich um eine Darbietung von ihr, bei den Premieren in den Opern sieht man sie in den Logen – mit wechselnden Begleitern. Die Einladungen in den Palazzo von Benedetto Marcello allerdings schlägt sie aus, sie will seinem Besitzer nicht mehr begegnen. Längst hat sich Vivaldis und ihr Verdacht, dass kein anderer als Benedetto Marcello der Verfasser der Schmähschrift sei, zur Gewissheit verfestigt. Und sein verlogenes Spiel mit ihr hat sie ihm nie verziehen. In den Künstlerkreisen Venedigs zweifelt kaum jemand an der Autorschaft Marcellos; allerdings gehen die Meinungen über den Wert seiner Satire stark auseinander. Was die einen für eine nichtswürdige Gemeinheit halten, gilt den anderen als geistreicher Spott, der in einer freien Stadt wie Venedig erlaubt sein müsse. Anna beteiligt sich nicht an diesen Debatten und zeigt jedem Kavalier, der sich nach ihrem Humor erkundigt, brüsk die kalte Schulter.

Als sie an einem frühen Herbstabend in einem Kleopatrakostüm ein prachtvolles Fest verlässt, auf dem sie gerade unter großem Beifall eine Vivaldi-Arie gesungen hat, nähert sich ihr an der Anlegestelle ein maskierter Mann in einem schwarzen Umhang.

»Darf ich Ihnen meine Gondel anbieten, schöne Frau? Und wenn Sie bis ans Ende der Welt fahren möchten, ich würde Sie dorthin geleiten.«

»Und was kostet mich das?«

»Das Privileg, Sie zu begleiten, wäre mir Lohn genug.«

Anna kennt keine Angst, und ein Flirt in der Karnevalszeit hat sie noch nie gestört. Sie folgt dem Maskierten zu seiner Gondel – einem prachtvollen Exemplar dieser Gattung mit vergoldeten Schnäbeln und samtbezogenen Sitzen.

»Kennen wir uns?«

»Die Schönste aller Schönen verrät sich durch ihren Gang. Und durch ihre Stimme – auch wenn sie nur das Wort Knoblauch sagt. Ich würde Sie immer und überall erkennen.«

Galant hilft ihr der Maskierte in sein Gefährt und stößt sich mit kraftvollen Schlägen von der Anlegestelle ab.

»Dann muss ich mich ja nicht vorstellen. Und mit wem habe ich das Vergnügen?«

»Mit einem Sünder, der das Wort Gott in seinen Gebeten durch Ihren Vornamen ersetzt. Mit einem Verehrer Ihres großen Talents, der Ihnen nur dieses alberne Klimpern mit den Wimpern austreiben möchte. Das haben Sie doch nicht nötig!«

Anna reißt dem Gondoliere die Maske vom Gesicht.

»Benedetto Marcello!«

Benedetto versucht, sie zu küssen. Sie wehrt ihn so heftig ab, dass beide Gefahr laufen, in der heftig schaukelnden Gondel das Gleichgewicht zu verlieren. Um nicht ins Wasser zu fallen, müssen sie sich aneinander festhalten. In diesem Augenblick zieht Benedetto eine zierliche, mit Elfenbein beschlagene Pistole aus seinem Gewand und spannt den Hahn.

»Machen Sie sich nicht lächerlich!«, schreit Anna ihn an. »Mir machen Sie keine Angst!«

Dann sieht sie, dass Benedetto die Waffe nicht gegen sie, sondern gegen die eigene Schläfe richtet.

»Sie haben jetzt mein und Ihr Schicksal in der Hand!«, flüstert Benedetto Marcello. »Heiraten Sie mich! Oder sagen Sie mir, dass es für mich nie und nimmer einen Platz in Ihrem Herzen geben wird.«

Anna erschrickt, gleichzeitig kann sie einen Lachreiz nicht unterdrücken. Die Szene erinnert sie an eine schlechte Oper, aber sie findet nicht auf einer Bühne, sondern in einer gefährlich schaukelnden Gondel statt, die jetzt auf eine Barkasse zutreibt.

»Was erzählen Sie da! Sie wissen doch selber, dass Sie mich gar nicht heiraten können – mich, die Tochter eines Perückenmachers. Ihre Familie würde Sie enterben und aus Ihrem Palazzo jagen!«

»Da kennen Sie mich schlecht, Teuerste. Sie werden sich wundern, zu welchen Opfern für meine Liebe ich fähig bin!«

Benedettos Antwort geht im Alarmgeläut der Barkasse unter, die immer näher kommt. Anna greift nach dem Ruder und drückt es Benedetto gebieterisch in die Hand.

»Tun Sie das Nächstliegende und retten Sie uns vor dem Zusammenstoß. Erschießen können Sie sich später.«

Vielleicht war es der letzte Versuch von Benedetto Marcello, das Objekt seiner Begierde zu gewinnen. Mit ihrem Vorwurf jedoch, Benedetto schwindle ihr seine Heiratsabsichten nur vor, hat Anna Benedetto Marcello wahrscheinlich unrecht getan. Kein Zweifel, dies war die Überlebensregel des Adels im tausendjährigen Reich der Serenissima: Ein Nobile, der ein bürgerliches Mädchen heiratet, verliert alle Privilegien seines Standes und wird von seiner Familie verstoßen.

Kurioserweise wird sich gerade Benedetto Marcello als ein Rebell erweisen, der diese Regel durchbricht. Nach dem gescheiterten Antrag an Anna ist er seiner gefährlichen Neigung treu geblieben, sich Hals über Kopf in Mädchen niederen Standes zu verlieben. Einige Jahre später vernarrt er sich in eine schöne Wäscherin namens Rosanna Scalfi. Er kauft ihr ein Haus auf dem Land, um sich ungestört mit ihr treffen zu können. Auf Rosannas Drängen nimmt er dort auch deren Mutter auf, die das Liebesnest gemeinsam mit ihrer Tochter in Ordnung hält. Ein solches Arrangement stellt nach den Gepflogenheiten der venezianischen Aristokratie keineswegs einen Skandal dar – es war geradezu der Normalfall in einer Patrizierehe. Aber dann entschließt sich Marcello dazu, eine heimliche Hochzeit mit seiner geliebten Wäscherin zu arrangieren. Nachdem bindende Verträge zur absoluten Verschwiegenheit ausgehandelt worden sind, findet die Hochzeit in einem abgeschiedenen Jesuitenkloster in den Bergen statt. Die einzigen Zeugen der Zeremonie sind zwei Jesuiten. Offenbar haben sich die beiden frommen Trauzeugen sehr lange – aber eben nicht bis zu ihrem Tode – an ihren Schwur gehalten. Auf unbekannten Wegen gelangt das Gerücht über Marcellos heimliche Hochzeit nach Venedig und wird zum Gespräch der Stadt.

Über das weitere Glück dieser Verbindung und Rosannas Schicksal ist nichts bekannt; eine Enterbung Benedetto Marcellos und eine Verstoßung aus dem Adelsstand haben wohl nicht stattgefunden. Bekannt ist nur, dass der tapfere Liebhaber Benedetto Marcello, der es gewagt hatte, gegen die Regeln seines Stands zu verstoßen, sich später immer mehr in die Sphären geistlicher Musik zurückgezogen und die Musikgeschichte mit einer viel gerühmten Vertonung der fünfzig Psalmen Davids bereichert hat.

34

Bei seiner Rückkehr aus Rom findet Vivaldi eine gereifte Anna vor, die ihre ersten Erfolge hinter sich hat. Inzwischen sind die Schwestern wieder in ihre alte Wohnung in der Contrada Santa Maria Formosa eingezogen; die Mutter war zu ihren Töchtern zurückgekehrt, aber nur für kurze Zeit. Dort, im Haus der Schwestern, nimmt Vivaldi seinen Unterricht mit Anna wieder auf. Im Auftrag von Annas Sponsor, des Herzogs von Massa Carrara, besorgt er ein Cembalo – ein enormes Privileg für eine so junge Debütantin. Aus der Vermittlung und dem Kauf des Instruments entsteht ein Gerichtsstreit, der Vivaldi, nicht zum ersten Mal, den Ruf eines allzu geschäftstüchtigen Priesters einträgt.

Der Verkäufer des Cembalos beklagt sich, Vivaldi habe ihm durch einen Mittelsmann namens Gallo dreißig Zechinen für das Cembalo bezahlt und fünf Zechinen davon als Kommission für sich einbehalten. Inzwischen habe er, der Verkäufer, jedoch erfahren, dass nicht Vivaldi, sondern der Herzog von Massa Carrara der eigentliche Käufer des Instruments sei. Der Beauftragte des Herzogs habe Vivaldi aber sechzig und nicht etwa dreißig Zechinen für den Kauf des Cembalos ausgehändigt.

Eine peinliche Geschichte für Vivaldi.

Er verteidigt sich mit einer Schärfe, die er bei jeder seiner vielen zukünftigen Streitigkeiten aufbieten wird. Durchaus, der Beauftragte des Herzogs habe ihm sechzig und nicht dreißig Zechinen gegeben, und er habe diese Summe sofort und vollständig seiner Schülerin Anna übergeben. Denn das Stipendium des Herzogs sei keineswegs nur für das Instrument bestimmt gewesen, sondern auch für den Unterhalt von Anna, die dann persönlich die Bezahlung des Cembalos durch einen Mittelsmann namens Gallo abgewickelt habe. Selbstverständlich habe er keinerlei Kommission genommen, die einem Priester auch gar nicht zustehe.

Man kann vermuten, dass Vivaldi sich mit Anna über die Verwendung der herzoglichen Spende abgesprochen hat. Was weiß ein Herzog schon über die Kosten eines Cembalos? Wenn jemand etwas von Instrumenten und vom Herunterhandeln versteht, so ist es Vivaldi. Und wenn nach dem Kauf des Cembalos noch eine hübsche Summe für Anna – und ein hübsches Handgeld für Vivaldi – übrig bleibt, so hat dies sicher nicht ganz außerhalb der Absichten des Herzogs gelegen. Natürlich kann Vivaldis Version der Dinge vor dem Gericht nur unter der Voraussetzung bestehen, dass Anna seine zuverlässige Komplizin ist.

Wozu braucht Anna ein Cembalo? Kann sie es denn überhaupt spielen? Wahrscheinlich hat sie den elementaren Umgang mit dem Instrument, der in der Pietà zur Grundausbildung der *figlie privilegiate* gehörte, erst mithilfe von Vivaldi gelernt, nachdem sie das Instrument im Haus hatte.

Die Episode zeigt, wie nah sich die beiden schon ein paar

Monate nach Vivaldis Rückkehr wieder waren. In der Wiederaufnahme von *Orlando furioso,* seiner zweiten und erfolgreichen Fassung des Orlando-Stoffes, vertraut er Anna die Rolle der Zauberin Alcina an. Nach den Worten des Librettos besitzt diese die Gabe, in allen Protagonisten des Dramas »das Feuer der Liebe« zu entzünden. Dass zu den »Entzündeten« wohl auch der Impresario der Oper gehört, gilt im Ensemble als ausgemacht.

35

In den folgenden Wochen und Monaten werden Vivaldi, Anna und Paolina ein Team, das bis zum Tod des Komponisten zusammenhält. In neunzehn von seinen Opern hat Vivaldi eine Hauptrolle für seine *primadonna assoluta,* wie er sie nennt, vorgesehen. Den rituellen Auftritt zu dritt erklärt Vivaldi bei allen Reisen mit einer Formel, die zur Routine wird: Paolina – seine Krankenschwester; Anna – seine *primadonna* und Muse.

In Wirklichkeit fallen den beiden Schwestern noch ganz andere Arbeiten zu. Paolina ist nicht nur für die Gesundheit des Maestro zuständig, sondern auch für die Buchhaltung der Künstlerfamilie. Anna wiederum wird später sogar als Vertreterin von Vivaldi agieren und in seinem Namen Verträge abschließen.

Die Verbindung des Trios bringt für Anna berufliche Sicherheit, aber auch gewisse Nachteile mit sich. Die junge Sängerin bekommt in einer Vivaldi-Produktion mit Sicherheit nicht die hohen Gagen, die Vivaldi sonst für eine Primadonna aufzubringen hat. Die Stars des Gewerbes verdienen in der Regel – nicht anders als heute – das Drei- oder

Vierfache der Summe, die ein Komponist für eine Oper von seinem Auftraggeber erhält. Falls Vivaldi solche hohen Gagen an Anna gezahlt hat, um sie gegenüber ihren Kolleginnen nicht abzuwerten, dürfte ein guter Teil davon in die Rücklagen des Trios zurückgekehrt sein.

Nach außen tritt das Trio als geschlossene Kampfeinheit auf. Kein falsches Wort, keine Antwort auf anzügliche Fragen. Die Schwestern wissen, was auf dem Spiel steht, wenn eine von beiden auch nur ein unbedachtes Wort verlauten ließe, das die prekäre Existenz der Künstlerfamilie gefährden würde.

Die Binnen-Beziehungen der Gruppe lassen sich nicht so einfach regeln. Natürlich kommt es zu Machtkämpfen und Eifersuchtsdramen zwischen den Schwestern.

– »Wer hat dir diese Halskette gekauft?« – »Ich selber, *cara mia,* von meinem letzten Opernhonorar!« – »Lüge nicht, der Maestro hat sie dir geschenkt!« – »Der Maestro schenkt nie etwas, du weißt doch, wie geizig er ist!« – »Aber bei dir macht er eine Ausnahme!« – »Ach, frag ihn doch selber!« –

Und Vivaldi? Sagt gar nichts und zupft auf seiner Geige ein Motiv, das ihm gerade eingefallen ist.

Anlass und Wurzel aller Streitigkeiten ist die Rollenverteilung im Innern des Trios. Paolina, die zwanzig Jahre ältere Halbschwester, könnte dem Alter nach Vivaldis Frau sein; Anna Vivaldis Tochter. Aber die Gefühle und Hierarchien in dieser Konstellation gehorchen nicht einer Logik des Alters. Anna ist Vivaldis *primadonna assoluta;* Paolina muss sich mit der Rolle einer Assistentin und Krankenschwester abfinden.

Auf unschuldige Weise passen die kindliche Diva und

der ältere Priester besser zusammen, als die Lästerer und Verehrer ahnen. Die jugendliche Anna wird schnell gemerkt haben, dass sie den berühmten Mann bezaubert hat. Mit der Unschuld und Raffinesse eines frühreifen Stars testet sie die Schutzreflexe des Priesters gegenüber weiblicher Verführung. Von der Schwester, die sich immer noch als Erziehungsberechtigte geriert, lässt sie sich immer weniger sagen. Und Maestro Vivaldi, der sich aus jedem Streit der beiden heraushält, reizt ihren Trotz noch mehr. Sie spürt, dass er mehr von ihr will, als er ihr und sich eingesteht. Aber wie weit wird er gehen, wo setzt er die Grenze? Von ihren Partys kennt sie die Tricks, mit denen die Damen der besseren Gesellschaft in Venedig mit der Männerwelt kommunizieren, ohne auch nur ein Wort zu sagen: das Schönheitspflästerchen auf der Nase, das Frechheit signalisiert; den kleinen schwarzen Fleck am Augenwinkel, der Pathos und Leidenschaftlichkeit verrät; den Punkt auf der Oberlippe oder dem Wangengrübchen, der die Bereitschaft zum Flirt anzeigt. Sie beherrscht die Sprache der Fächer – die spezielle Bewegung, die dem Gegenüber Interesse verheißt, die andere, die Gleichgültigkeit oder Ablehnung bedeutet, die dritte, die offene Bewunderung ausdrückt.

Aber Vivaldi kennt all diese stummen Wege der Mitteilung nicht oder will sie nicht kennen – im Gegenteil, sie verärgern ihn. Er hört die kleinste Unsauberkeit bei der Intonation eines Solos – in der buchstabenreichen Zeichensprache der Geschlechter ist er ein Analphabet. Anna ahnt, dass in Vivaldis Unverständnis oder Verweigerung Kräfte am Werk sind, die sie nicht beeinflussen kann – das Keuschheitsgelübde, der Fluch der Kirche, der gute Ruf eines berühmten Mannes. Aber soll sie deswegen auf ihre

Rechte verzichten? Zu oft hat sie in ihrer kurzen Opernkarriere erlebt, dass Männer, die ihr begegnen, die Stimme senken und ihr zu lange in die Augen schauen. Und dieser magersüchtige Priester, der ihrem Blick ausweicht, will gar nichts von ihr? In einer scharfen Kurve lehnt sie sich an ihn, sitzt plötzlich auf seinem Schoß – aber von Vivaldi kommt nichts, kein Zittern, kein Atem in ihrem Nacken, kein befreiendes Auflachen, der alte Kerl reagiert einfach nicht, er hält sie nicht eine Sekunde zu lang fest.

Für Vivaldi liegen die Dinge komplizierter. Wahrscheinlich ist Anna für den umschwärmten Lehrer der Pietà die erste Schülerin, die mehr in ihm auslöst als den professionellen Wunsch, ihre Talente zu entwickeln. Aber er muss viel größere Sperren überwinden als Anna, um sich ein Gefühl, das über den pädagogischen Eros hinausgeht, einzugestehen. In dieser Hinsicht befinden sich beide, die Kindfrau und der mehr als erwachsene Priester, im Stadium der Pubertät. Was den Umgang mit erotischen Regungen angeht, ist Vivaldi mindestens so unerfahren wie Anna.

Kann, will, darf er der Anziehung zu Anna nachgeben? Er kennt die Strafen, die die Kirche für einen Geistlichen vorsieht, der das Keuschheitsgelübde bricht: Ausstoßung aus dem geistlichen Stand, Aberkennung aller Privilegien, ein Leben in Schande und Armut. Zumindest gilt das offiziell. Andererseits kann er in Venedig ein Dutzend Priester nennen, die nie eine Kanzel bestiegen haben, sich mit Knaben und / oder Huren vergnügen und illegale Kinder zeugen, die dann meistens in der *scafetta* der Pietà abgegeben werden. Im Unterschied zu Vivaldi stehen diese Kollegen jedoch nicht im Licht der Öffentlichkeit. Für einen Vorzeigemann wie ihn wäre eine Anklage, ja eine Vorladung wegen eines Verstoßes gegen das Keuschheitsgelübde der Ruin. Nicht nur in der Pietà, bei all seinen adligen und fürstlichen Gönnern und Auftraggebern wäre sein Name verbrannt.

Als Priesterzögling hat er vor Jahren gelernt, mit dem Drängen seines membrum virile umzugehen und nach der Erleichterung, die er sich mit schlechtem Gewissen verschafft hat, inbrünstig zu beichten. Einmal hat ihm ein milder Beichtvater angedeutet, dieses Drängen höre irgendwann ganz von selber auf. Nicht so bei ihm, wie er sich eingesteht. Aber inzwischen ist er kein Zögling mehr, er ist das Oberhaupt von zwei Familien. Und immer noch hilflos den Reizen einer begabten Schülerin ausgeliefert? Nein, hilflos ist er nicht. Ja, da ist immer noch dieses unwürdige, nicht bezähmbare Aufbäumen unter dem Gürtel. Für den erhabenen Rest seiner Gefühle hat er längst eine andere Form der Beichte gefunden – die Arien, die er für seine *primadonna assoluta* schreibt. Etwa seine Vertonung eines Liebesgedichts von einem unbekannten Verfasser, das Anna bei der Uraufführung von Vivaldis *L'Atenaide* in Florenz singen wird:

Di tua grata armonia grato concerto
Innalza al Ciel due mattutine Stelle,
Che il Ciglio tuo, de'cour dolce tormento
Come sol, col suo raggio orna, e fa belle

Non cosi par, che tra le fronde il vento,
Né così l'Usignol d'amor favelle,
Qual tocca ogni alma il tuo suove accento,
Che ha mille incanti e gentilezze nacelle.

Tu esalti due bei lumi, ed innamori
Co' lumi, e colla voce; onde Cupido
Prende in te doppia forza a ferir cuori;

E unito agli Occhi tuoi, sul Tosco Lido
Batte le penne, e il Coro degli Amori
In tua grazia, e virtù chiama a far nido.

(Zum Preis deiner Schönheit lasse ich ein Konzert
Von zwei jungfräulichen Sternen im Himmel aufsteigen,
Die deine Augen, erfüllt von unsäglichem Schmerz,
Bestrahlen und sich vor deren Schönheit verneigen.

Wie du vermag keine Nachtigall von Liebe zu singen
Der Wind mit seinem Geflüster in den Platanen
Er kennt nicht die Töne, die in meine Seele dringen
Und mich an meine Liebe zu dir gemahnen.

Das Licht deiner Augen besiegt das Strahlen der Sterne
Deine Stimme macht alle verliebt, sodass Cupido
Deren kalte Macht verbannt in unendliche Ferne.

Im Licht deiner Augen breitet er seine Flügel aus
Und steckt alle Liebenden an mit deiner Wärme
Bis alle in deiner Schönheit suchen ihr Haus.)

36

Inzwischen war meine letzte Drehbuchversion von einer neuen Firma gekauft worden. Sie hatte mir einen Hollywood-erfahrenen, durchaus sensiblen Drehbuchdoktor ins Haus geschickt, der dann doch sehr energisch verlangte, es müsse einmal im Film zu einem sexuellen Showdown zwischen Vivaldi und Anna kommen. Man könne dem internationalen Markt einen Vivaldifilm, der mit zweistelligen Millionen produziert werde, nicht zumuten, wenn es nicht wenigstens einmal zwischen den beiden zu einer intimen Begegnung käme.

Es war Zeit, Michael Ballhaus, den Initiator des Vivaldi-Projekts und den Kameramann von so vielen unvergesslichen Liebesszenen, zu diesem Punkt zu befragen.

Zu Beginn meiner Recherchen hatte er mir ein Film-Exposé über einen ebenso fröhlichen wie unersättlichen Priester namens Vivaldi vorgelegt, der in der Pietà von einem Mädchenbett ins nächste sprang. Ich sagte ihm damals, dass dieses Skript nach meiner rudimentären Kenntnis des Stoffs in den Müll gehöre. Er schien erleichtert zu sein, aber womöglich war er auch ein bisschen enttäuscht. In den

Gesprächen danach hatte die Frage, ob Vivaldi mit Anna etwas hatte oder nicht, kaum mehr eine Rolle gespielt.

Natürlich hatte ich mich in der Literatur umgesehen. Wie zu erwarten war, gab es keine zuverlässigen Hinweise zur Klärung dieser Frage. Einige Roman-Autoren gingen, als wären sie dabei gewesen, von einer durch keinerlei Skrupel getrübten, orgiastischen Beziehung zwischen dem *prete rosso* und seiner Annina aus. Die Historiker hielten sich bedeckt und verwiesen eine sexuelle Beziehung der beiden ins Reich der Spekulation. Was sie jedoch nicht hinderte, je nach akademischem Selbstverständnis und Temperament, eigene Vermutungen anzustellen – versehen mit einem Caveat: »Warum sollte er nicht«, oder: »Wer wollte ausschließen, dass …«

Nun hatten Ballhaus und ich nie einen Dokumentarfilm im Sinn, sondern ein üppiges Filmdrama, das der Riesenfigur Vivaldis und seinem unbekanntesten Werk – seiner Arbeit mit den Mädchen am Ospedale della Pietà – ein Denkmal setzen sollte. Die Frage, wie weit er mit Anna gegangen war, schien uns nicht vordringlich. Entscheidend war eine andere Überlegung: Passt es zur Figur von Vivaldi, dass er sich auf ein Sakrileg, auf den Bruch des Keuschheitsgelübdes, einlässt? Würde eine solche Szene unseren Helden stärker oder schwächer machen?

So etwa war der Stand unserer Gespräche, als ich Michael Ballhaus abholte. Sein Sehvermögen hatte seit dem Beginn unserer Zusammenarbeit immer weiter abgenommen. Seit einiger Zeit erwartete er mich, wenn wir uns verabredet hatten, nicht mehr in seiner Küche, wo er früher meist eine Pasta all'arrabiata vorbereitet hatte. Es sei zu mühsam geworden, alle Zutaten mit der erforderlichen

Genauigkeit zurechtzuschneiden und die richtigen Knöpfe am Herd zu finden. Nicht, dass es ihm an Hilfen gefehlt hätte, aber seine Pasta wollte er nun einmal selber inszenieren. So stand er denn ausgehfertig im Flur.

Als ich ihn zu meinem Cabrio führte, bat er mich, das Verdeck offen zu lassen. Das Gefühl, dass einem der Wind bei der Fahrt durch die Haare fährt, habe er zu lange entbehrt, sagte er. Es erinnere ihn an seine Zeit in Los Angeles und an das wunderschöne Haus, das er eben habe verkaufen müssen.

Wir fuhren zu seinem Lieblingsitaliener »um die Ecke«. Tatsächlich waren es viele Ecken. Aber Michael, der mich zwischendurch fragte, in welcher Straße wir gerade wären, hatte ein Rhythmusgefühl für die Strecke. Sekundengenau wies er mich an, wann wir in welche Richtung abbiegen mussten.

Wir hatten seit Langem nicht mehr über das Vivaldi-Projekt geredet und längst andere Anlässe für unsere Gespräche gefunden. Anfangs hatten diese Gespräche von unseren Entwürfen über das schwierige Paar Vivaldi und Anna ihren Ausgang genommen. Aber dann hatten sich die Rückbezüge auf unser eigenes Liebesleben mehr und mehr verselbständigt und zu einem Genre sui generis entwickelt. Hätte sich unsere Freundschaft auf das Vivaldi-Projekt gegründet, wäre sie uns längst abhandengekommen.

Diesmal erzählte ich Michael von dem »Knall« zwischen Vivaldi und Anna, der nach Meinung meines Drehbuchdoktors unbedingt passieren musste.

Michael war entsetzt.

Sein Entsetzen wurde größer, als ich ihm gestand, dass ich eine solche Szene bereits entworfen hatte. Wenn überhaupt, könne und müsse es sich um eine extreme, ja gotteslästerliche Szene handeln. Zum Beispiel vor dem Altar in Vivaldis Taufkirche – derartige Skandale seien zu Dutzenden in den Annalen der Kirchen verzeichnet!

»Und wie käme man aus einer solchen Szene wieder heraus?«, fragte Michael. »Gibt es nicht eine Liebe, die sich nie erfüllt, die aber auch nicht platonisch ist? Eine Liebe, die sich von versehentlichen oder absichtlichen Berührungen ernährt, von einer schüchternen, gleich wieder abgebrochenen Begegnung der Augen? Von der gemeinsamen Leidenschaft für die Musik? Und gerade in dieser Begrenzung eine gewaltige Kraft entfaltet?«

Sicher sei ein Film, der die Erotik zwischen Vivaldi und seiner Schülerin nicht zum Thema mache, eine Totgeburt. Man könne und müsse die Spannung zwischen Vivaldi und Anna allen Einwänden der Moralisten und der politischen correctness zum Trotz voll ausspielen – aber dabei in der Möglichkeitsform bleiben. Selbstverständlich müsse der Film zeigen, dass es zwischen Vivaldi und Anna auf den langen Reisen in der holpernden Kutsche immer wieder zu intimen Situationen komme – zu unerwarteter körperlicher Nähe, zu versehentlichen oder auch absichtlichen Berührungen, die die Beherrschung sekundenlang außer Kraft setzen.

»Ob Vivaldi will oder nicht – er bemerkt das Flimmern des leichten Haarflaums auf Annas Oberlippe, wenn sie lacht und ihm das Gesicht zuwendet; das Aufleuchten einer Haarsträhne, die gerade von einem Sonnenstrahl erfasst wird; das Schimmern eines Lichts auf ihrem Oberarm, wenn sie den Hängeärmel zurückstreift; die schöne Linie ihrer Brust, wenn sie sich bückt und ihren Fächer vom Boden aufhebt. Und es entgeht ihm nicht, dass sie seinen Blick bemerkt und ihn mit einem Aufglitzern in ihren schwarzen Augen erwidert.«

»Und weiter?«

»Nichts weiter!«

Wenn er Vivaldi höre, sei der Schöpfer dieser Musik für ihn der sinnlichste Mensch auf der Welt; keine Seelenregung und keine Lust sei ihm fremd gewesen. Ob er es irgendwann mit seiner Anna tatsächlich getrieben habe, interessiere ihn nicht. Im Übrigen lebe jeder Liebesfilm von der Kunst der Andeutung und des Vorspiels; die Beobachtung des Liebesakts, die ein Paar in allen erwünschten und unerwünschten Details ablichte, sei – von ganz wenigen glorreichen Ausnahmen abgesehen – immer ein Killer.

Das Drehbuch wanderte schließlich zu einer dritten Produktionsfirma. Deren Regisseur überraschte mich mit einer Lesart der Geschichte, die der Skizze von Michael Ballhaus verblüffend nahekam: kein Sex, eher unendliche Sehnsucht. Das Problem war nur, dass dieser Regisseur eine große Liebesgeschichte im Kopf hatte, bei der die Kontrahenten – der alte Mann und die junge Anna – romantisch aufeinander fixiert sind. Eine Liebesgeschichte mit vielen Großaufnahmen, in denen man Vivaldis Augen auf die begabte und aufregende Anna gerichtet sieht, die sich erst allmählich des Begehrens ihres Lehrers bewusst wird und lernt, mit ihrer Macht umzugehen. Vivaldi als ein barocker Humbert Humbert, der sich in seiner Besessenheit für Annina-Lolita verzehrt und für nichts anderes mehr Augen und Ohren hat?

Die Verfallenheit an eine solche Liebe ist von einem Musik-Getriebenen wie Vivaldi, dem achthundert Werke zugeschrieben werden, nicht zu erwarten. Für eine verzehrende Sehnsucht, die ihm den Schlaf rauben würde, für einsame nächtliche Wanderungen durch Venedig, für leidenschaftliche Trennungen und Versöhnungen mit Anna hat Vivaldi weder Zeit noch Energie.

Als ich meinen Gewährsmann, den Archivar Giuseppe Ellero, fragte, welche Bedeutung Vivaldis Annina wohl für dessen Arbeit gehabt habe, drückte er seine Vorbehalte so aus: »Ebenso gut könnten Sie versuchen, die neunte Symphonie von Beethoven aus seinem Liebesleben zu erschließen.«

Aus einer Diskussion über Annas Alter ergab sich ein Streit mit meiner neuen Produktionsfirma. Es sei völlig unmöglich, sagte die Lektorin der Firma, in einen Film des 21. Jahrhunderts ein minderjähriges Mädchen als Opernstar einzuführen, das dann auch noch als Geliebte eines zweiunddreißig Jahre älteren Priesters in Erscheinung trete. Dies nach den skandalösen Enthüllungen über die sexuellen Vergehen katholischer Priester an Minderjährigen überall auf der Welt! Den amerikanischen Markt würde man mit einer solchen Protagonistin garantiert verlieren. Anna müsse im Film mindestens achtzehn sein.

Aber wenn es nun einmal so ist, fragte ich, dass Anna zur Zeit ihres Auftretens an der Oper und im Leben Vivaldis nach heutigen Begriffen minderjährig war? Bereits zwölfjährige Mädchen galten zu Vivaldis Zeit als heiratsfähig, dreizehn- und vierzehnjährige Stars finden sich in allen Besetzungslisten des Opern-Repertoires im Barock.

Dank der Aufklärung liegen diese Zeiten hinter uns, zumindest in Europa und in den USA. Aber auch in diesen

Ländern wurden die Rechte von Kindern und Frauen erst im 19. und 20. Jahrhundert erkämpft.

Wir einigten uns auf einen Kompromiss: Keine Figur im Film darf das Alter der Protagonistin Anna ansprechen. Man sieht einer jungen Schauspielerin ja nicht an, wie alt sie genau ist!

37

Ein Ausflug, auf den Vivaldi die Schwestern bestimmt nicht mitgenommen hat, ist seine Reise nach Triest. Kaiser Karl VI. ist samt Hofstaat und seiner Musikkapelle in der Stadt eingetroffen, um den neuen Hafen zu inspizieren, der dort gebaut wird, um den Export des Habsburgischen Reichs nach Italien zu befördern. Ein Projekt, das die Patrizier in Venedig sofort als einen feindlichen Akt verstehen, der das Quasi-Monopol des Hafens von Venedig brechen soll. Während sich Benedetto Marcello darüber Gedanken macht, wie man sich in diesem Handelskrieg aufstellen müsse, den man nur mit dem »Mut zu neuen und kühnen Initiativen gewinnen« könne, folgt sein »Aldiviva« einer Einladung des Kaisers nach Triest. Man kann sich vorstellen, wie der Verfasser des *Teatro alla moda* Vivaldis »Verrat« unter seinen Patrizierfreunden kommentiert hat.

Vivaldi sind derartige politische Erwägungen völlig fremd; er verfügt auch nicht über die nötige Übersicht. Seine Bestimmung ist es, Musik »ad maiorem Dei gloriam« (zum höheren Ruhm Gottes) zu schreiben und die Mächtigen bei Laune zu halten, die ihn für seine Musik bezahlen.

Seine lang gepflegte Beziehung zum Grafen Morzin, der ihm wahrscheinlich die Einladung nach Triest verschafft hat, hat sich ausgezahlt. Warum in aller Welt sollte er eine solche Gelegenheit ausschlagen? Schließlich sind nicht seine Konkurrenten Marcello und Albinoni vom Kaiser eingeladen worden, sondern er: Antonio Vivaldi.

In Triest gelingt es dem Komponisten, dem Kaiser inmitten eines dicht gedrängten Terminkalenders, der mit Messen, Ansprachen, Pferdeshows, Serenaden und kaiserlichen Festessen gespickt ist, eine Sammlung von zwölf Violinkonzerten namens *La cetra* zu verehren – mit einer gebührenden Widmung. Der Titel der Sammlung spielt auf ein traditionelles Instrument und Symbol der Habsburger an: auf die Zither. Vivaldi hat die Konzerte noch rechtzeitig kopieren lassen, weil die Druckfassung von seinem Verleger in Amsterdam nicht rechtzeitig ausgeliefert wird.

Karl VI. bedankt sich mit einer stattlichen Börse, mit einer Halskette, einer Medaille aus Gold und schlägt Vivaldi zum Ritter.

Der Kaiser habe sich lange mit Vivaldi über Musik unterhalten, berichtet ein Eingeweihter; er habe mit ihm »in zwei Wochen länger gesprochen als mit seinen Ministern«. Offenbar kommt es Vivaldi nicht in den Sinn, dass seine Auszeichnung durch den Kaiser von patriotischen Kollegen in Venedig und besonders von Benedetto Marcello als Anbiederei an den Feind verzeichnet wird.

»Ritter Vivaldi« hat jetzt einen Lauf.

Denn nun werden auch in London, der Wirkungsstätte Händels, sechs Violinkonzerte von Vivaldi publiziert; es folgen weitere englische Editionen seiner in Amsterdam und Venedig veröffentlichten Werke. Die Zeitung *Mer-*

cure de France berichtet im Februar 1728, in Paris seien die *Vier Jahreszeiten* aufgeführt worden – mit so großem Erfolg, dass der französische König den »Frühling« im Herbst dieses Jahres von seiner Hofkapelle nachspielen lasse.

Vivaldis Ruhm veranlasst die Pietà dazu, sein Honorar zu erhöhen. Nun erhält er sechsundfünfzig Dukaten für zwei Konzerte pro Monat, mit einer abgemilderten Verpflichtung, diese Konzerte auch mit den Mädchen einzuüben. Vivaldi wird nach Florenz, nach Prag, nach Wien und in andere Städte mit eben erst gegründeten Opern eingeladen und folgt den meisten dieser Einladungen in Begleitung von Anna und Paolina.

Wann immer der Berühmte nach Venedig zurückkommt, empfängt ihn die Familie, die von ihm lebt, mit einem Festessen. Wer allerdings am großen Tisch seit einiger Zeit fehlt, ist die Frau, die nicht nur die längst erwachsenen Esser – Vivaldis Schwestern Zanetta Anna, Margarita Gabriela und Cecilia Maria –, sondern auch seine drei Brüder, die nicht mit am Tisch sitzen, und seine zwei früh verstorbenen Geschwister zur Welt gebracht hat: Mutter Camilla. Sie liegt mit Fieber im Bett und leidet an einer langen, unerklärlichen Krankheit.

Nach einer ausgedehnten Mahlzeit am Familientisch sitzt Vivaldi im Dämmerlicht am schmalen Bett seiner Mutter, das fast das ganze Zimmer einnimmt, und fächert ihr Luft zu. Die grünen Fensterläden sind geschlossen, eine große Stille beherrscht den Raum. Die Mutter dämmert im Halbschlaf vor sich hin, sie scheint ihren Sohn gar nicht wahrzunehmen.

Mit den Augen verfolgt Vivaldi einen Gecko an der Decke, der sich an ein Insekt heranschleicht, es mit einem geräuschlosen Sprung schnappt und verschlingt. Er ergreift Camillas Hand. Schließlich, kaum hörbar, ein Satz von Camilla.

»Du warst zu lange weg, Antò!«

»Aber jetzt wird doch alles gut. Ich bringe dir die besten Ärzte von Venedig.«

»Ich brauche keine Ärzte. Diese Schande bringt mich um.«

»Schande? Welche Schande?«

Camilla dreht ihm ihr Gesicht nicht zu, es ist, als würde sie zu einem anderen sprechen.

»Stimmt es, dass diese Sängerin und ihre Schwester dich auf deinen Reisen begleiten?«

Vivaldi unterdrückt eine Aufwallung von Wut.

»Selbstverständlich tun sie das! Anna ist meine *prima donna,* Paolina meine Krankenschwester. Ohne sie wäre ich gar nicht mehr am Leben!«

»Ist es wahr, dass du im Haus der Schwestern schläfst?«

»Warum glaubst du alles, was die Leute reden?«

Camilla richtet sich im Bett auf und wirkt plötzlich wie eine drohende Gottheit.

»Wage es nicht, und vergiss es nie! Du und ich, wir würden gar nicht leben, hätte ich dem Allmächtigen nicht geschworen …«

Vivaldi wischt ihr mit einem Tuch den Schweiß von der Stirn, küsst sie und spricht ein Gebet. Dann verlässt er den Raum.

Aus dem Dunkel des Flurs tritt ihm Giambattista entgegen und umarmt seinen Sohn.

»Die Gerüchte haben sie sehr mitgenommen …«

Vivaldi hat keine Geduld mehr, nicht mit den Gerüchten und auch nicht mit seinem Vater.

»Warum verteidigst du mich nicht, Giambà?«

Der Vater sieht ihn bewegt an, einen Augenblick scheint es, als wolle er sich rechtfertigen. Aber dann bringt er einen ganz anderen Satz heraus.

»Hauptsache, dass du nicht im Haus der Schwestern schläfst. Niemals, hörst du!«

Kurz darauf stirbt Camilla. Das Begräbnis findet in der kleinen Kirche von Santa Marina statt. Im Sterberegister der Kirche ist neben dem Kreuz-Zeichen vermerkt: »La Signora Camilla, Gemahlin des Signor Giovanni Battista Vivaldi, ungefähr 73 Jahre alt.«

Es ist nicht der einzige Verlust, den Vivaldi in der Zeit seiner größten Erfolge zu verkraften hat. Im Mai 1729 ergeht das Urteil gegen seinen jüngsten Bruder Iseppo Gaetano. Er wird wegen einer Messerstecherei auf den Stufen der Rialto-Brücke schuldig gesprochen, bei der er den Laufburschen einer Drogerie schwer verwundet hatte.

Was hat es auf sich mit Vivaldi und seinen männlichen Geschwistern? Er, der so vielen Mädchen von der Pietà Vertrauen in ihr Talent gegeben hat, hat seinen Brüdern nicht helfen können. Der Einzige von ihnen, der nicht scheitert, ist der drittgeborene Francesco Gaetano. Der hat den Erstberuf des Vaters ergriffen und sich eine bescheidene Existenz in der Calle dell'Oca (Gansstraße) aufgebaut: als Barbier und Perückenmacher.

Im Jahre 1730 bezieht Vivaldi eine neue Wohnung in der Calle di Sant'Antonio. Es ist ein stattliches Haus mit zwei Etagen, für das er dem adligen Vermieter eine jährliche Miete von 136 Dukaten bezahlt – fast das Dreifache des Gehalts, das er von der Pietà erhält. Vivaldi ist Anfang fünfzig und kann sich endlich ein Haus mit Blick auf den Canale Grande leisten. Er zieht dort mit einer stark reduzierten Zahl von Familienmitgliedern ein, die nach wie vor von ihm abhängen – mit seinem stark gealterten Vater und seinen zwei unverheirateten Schwestern. Seine Schwester Cecilia hat mit ihrem Mann und den zwei Kindern einen eigenen Hausstand gegründet. In dem neuen Haus wird Vivaldi wohnen bis zu seiner Flucht nach Wien.

38

Auf ihrem Weg nach Hause fällt Paolina seit einigen Tagen ein Mann in einem langen dunklen Mantel auf, den sie zuvor nie im Viertel gesehen hat. Ein paarmal hat sie ihn auf dem kleinen Platz vor der Wohnung der Schwestern herumstehen sehen, ohne dass erkennbar gewesen wäre, welchem Geschäft er nachging. Einmal hat sie Vivaldi diesen Mann beschrieben und ihn gefragt, ob er ihn kenne. Der Maestro hat ihr nicht richtig zugehört und sie mit der Antwort beschieden: Falls jemand die Schwestern oder ihn ausspionieren sollte, so würde er, Vivaldi, es dank seiner Beziehungen zu den Inquisitoren wissen.

Eines Tages jedoch wird Paolina nicht ganz zufällig Zeugin eines Gesprächs, das der Unbekannte mit dem Goldschmied führt. In Erwartung seiner Kundschaft steht er vor seinem Laden und scheint eine Frage des Mannes im dunklen Umhang zu beantworten. Im Vorbeigehen schnappt sie die Worte *prete rosso* auf. Paolina bleibt stehen und gibt vor, sich für die Auslagen im Schaufenster des Goldschmieds zu interessieren – schließlich betritt sie den Laden. Der Goldschmied, der sie vom Sehen kennt, bittet sie um einen

Augenblick Geduld, und setzt das Gespräch mit dem Unbekannten fort. Dicht hinter der Ladentür bleibt Paolina stehen und hört eine Frage, die den verdächtigen Mann eindeutig als einen Spion der Inquisition kenntlich zu machen scheint: was der allseits verehrte *prete rosso* im Haus der beiden Schwestern denn so treibe.

»Er bringt Anna zum Singen«, erwidert der Goldschmied mit einem anspielungsreichen Lächeln. »Und wie sie singt!«

»Schläft er in dem Haus?«

»Woher soll ich das wissen?«

»Hast du ihn schon einmal am frühen Morgen aus dem Haus kommen sehen?«

»Am frühen Morgen sitze ich mit einer Lupe über meiner Arbeit und schaue nicht aus dem Fenster!«

Der Spion drückt dem Goldschmied eine Münze in die Hand.

»Hab ein Auge auf ihn! Es soll dein Schaden nicht sein!«, hört Paolina noch, als sie in der Pose einer vernachlässigten Kundin den Laden verlässt.

»*A la prossima!*«, ruft sie dem Goldschmied zu.

Auch dieser alarmierende Bericht von Paolina löst bei Vivaldi keine ernste Besorgnis aus. »Mag sein, dass die Kirche irgendwelche Intrigen schmiedet«, beruhigt er die Schwestern, »die Serenissima ist mit Abstand der freieste Staat in Europa, weil die kirchliche Inquisition der Gewalt des Dogen unterworfen ist.« Die *sbirri* der Staatsinquisition seien zwar durchaus zu fürchten, aber patriotisch eingestellt und samt und sonders Opernliebhaber – vielen von ihnen habe er mehr als einmal freien Eintritt ins Teatro Sant'Angelo gewährt. Im Zweifelsfall seien sie Fans von Vivaldi.

Vivaldi bricht in ein gekünsteltes Lachen aus und wundert sich, dass die Schwestern nicht mitlachen. Paolina findet seine Reaktion opportunistisch, und Anna hat Marcellos Warnung nicht vergessen: »Vivaldi ist in Gefahr.«

Vivaldi ignoriert die Warnung. Vor allem will er nichts davon wissen, dass die Leuchtkraft seines Namens abnimmt, jedenfalls in seiner Heimatstadt.

Während sich sein Ruhm in Europa weiter ausbreitet, ist Vivaldi in seiner Heimatstadt immer weniger gefragt. Neue Komponisten erobern die Bühnen: Nicola Antonio Porpora und dessen Schüler, der Sachse Johann Adolph Hasse, der in Neapel seine ersten Triumphe feiert. Der junge Hasse, den die Italiener mit dem Titel *Il divino Sassone* (der göttliche Sachse) schmücken, verdankt seine Karriere nicht nur seiner Musik, sondern auch seiner Heirat mit Faustina Bordoni, dem Superstar unter Italiens Sängerinnen. Die 1697 geborene Diva, die vor ihrer Heirat mit Hasse die Geliebte von Alessandro Marcello – des Bruders von Benedetto Marcello – war, hatte einen Teil ihrer Ausbildung an der Pietà genossen – zu einer Zeit, als Gasparini ihr Maestro war. Der »göttliche Sachse« trat mit seiner Oper *Cleofide* sogar an der Hofoper von Dresden auf, die auch Johann Sebastian Bach mit seinem Sohn Wilhelm Friedemann besuchte. Der Thomaskantor scheint von Hasses Künsten nicht sonderlich beeindruckt gewesen zu sein. Man sei zu Hasses Premiere in der Hofoper gegangen, um »hübsche Liederchen« zu hören, soll Bach gesagt haben. Ein Urteil, mit dem sich Bach deutlich vom europäischen Musikgeschmack seiner Zeit absetzt. Denn Hasse feiert mit seinen von Faustina gesungenen »Liederchen« in München, Wien und in London unter Händels Leitung Triumphe.

In den Jahren seines europäischen Ruhms, in denen Venedig Vivaldi bereits die kalte Schulter zeigt, entschließt sich das Vivaldi-Team, sein Glück im Ausland zu versuchen. Giambattista beantragt bei der Cappella Ducale von San Marco einen einjährigen Urlaub, um »einen seiner Söhne nach Germania« begleiten zu können. Mit »Germania« ist in diesem Schreiben wahrscheinlich Wien gemeint und mit »einem seiner Söhne« sein Ältester: Antonio Vivaldi. Giambattistas Bitte wird stattgegeben, und es spricht einiges dafür, dass die beiden Vivaldis mit Anna und Paolina tatsächlich die Reise nach »Germania« angetreten haben. Aber bis Wien sind sie nie gekommen – offenbar haben Vivaldis Verbindungen zu Karl VI. nichts bewirkt; die ganze Truppe macht auf halbem Wege kehrt und reist nach Venedig zurück.

Vivaldi geht mit der Pietà ein neues Engagement ein. Zwar erkennt das Institut die Verpflichtungen an, die sich aus Vivaldis vielfältigen Unternehmungen außerhalb der Pietà ergeben, und räumt ein, dass er ihnen nachgehen darf. Was wohl heißt: ohne die Garantie eines täglichen Unterrichts und regelmäßiger Proben. Aber gleichzeitig stellt der Vertrag eine Art Warnung an Vivaldi dar. Der Verwaltungsrat findet sich vorläufig damit ab, dass von Vivaldi eine regelmäßige Betreuung der Mädchen nicht zu erwarten ist, aber eigentlich ist genau das erwünscht.

39

Im selben Jahr – fünf Jahre nach seiner letzten Produktion am Teatro Sant'Angelo – kehrt Vivaldi auch an diese Wirkungsstätte zurück. In Santurinis Büro breitet er seine Noten aus.

»Meine neue Oper spielt in der Neuen Welt – in Amerika. Es geht um die Begegnung zwischen dem spanischen Eroberer Hernán Cortés und dem Aztekenkaiser Motezuma in Mexiko.«

Santurini sieht den alten Mitstreiter ungläubig an.

»Bist du verrückt? Willst du wirklich halbnackte Indianer in Kriegsbemalung und mit Federbüschen auf den Köpfen Vivaldi-Arien singen lassen? Und das alles mit Violinbegleitung?«

»Und mit Posaunen und Trompeten! Aber die wichtigste Figur ist eine Indianerin: Mitrena, Motezumas Frau, die Verteidigerin der Neuen Welt.«

»Ein Mezzosopran namens Girò, nehme ich an.«

Vivaldi stimmt in Santurinis Lachen ein.

»Kennst du eine Bessere?«

Es herrscht Aufregung im Haus der Schwestern.

»An die Arbeit, Mädchen! Paolina, wir brauchen jede Menge Federbüsche, Speere, Lanzen, Pfeile und Bögen. Und für Anna ein Indianerkostüm, wie man es noch bei keinem Karneval gesehen hat.«

»Ein Indianerkostüm?«

Anna ist entsetzt.

»Ja, Annina, du bist die Kaiserin der Indianer. Mit einem Ring in der Nase!«

Was mag den *prete rosso* geritten haben, sich ausgerechnet mit dem Drama der Unterwerfung Mexikos durch den spanischen Eroberer Hernán Cortés zu beschäftigen? An Ausflügen zu fernen Schauplätzen fehlt es nicht in seinen Opern – ins alte Griechenland, ins Imperium Romanum, ins biblische Palästina und Ägypten. Es fehlt auch nicht an melodramatischen Konflikten zwischen seinen christlichen Helden und den Heiden, die meist der anderen großen Religion anhängen – dem Islam. Aber nun will er den Zusammenstoß des Abendlands mit einer kaum bekannten Zivilisation in Amerika in das Format einer Barockoper pressen – einer Zivilisation, die man damals in Europa nur aus wenigen Quellen kannte?

Es spricht nichts dafür, dass Vivaldi die Aufzeichnungen von Bernal Díaz de Castillo, des Weggenossen von Hernán Cortés, kannte, oder die Zeugnisse des Franziskanermönchs Sahagun, der sich zwanzig Jahre nach Cortés nach Mexiko einschiffte, die Sprache der Einheimischen erlernte und ihre Erzählungen über den Massenmord aufzeichnete. Wahrscheinlich hat sich der inzwischen bühnensichere *prete rosso* zunächst nur für die exotischen Qualitäten des Dramas begeistert: Schlachten, Feuer, bizarre, nie gesehene Tempel, Götter mit unaussprechlichen Namen, Menschenopfer. Jedenfalls konnte er, als er sich an die Vertonung des Spektakels machte, noch nicht wissen, dass der Stoff in den kommenden Jahrzehnten, in der Dämmerung der Aufklärung, zahlreiche Liebhaber finden würde, darunter Friedrich II. Für den Preußenkönig war die Geschichte ein ideales Sujet, um seinen Hass auf das katholische Christentum in Verse zu fassen. Mit seinem Libretto hat er entscheidend zum Mythos des »edlen Wilden« beigetragen, der in Deutschland bis hin zu den heutigen Grünen gepflegt wird.

Vivaldis Oper ist die erste in einer langen Reihe von Adaptionen des Stoffes. Das Libretto stammt von Alvise Giusti, einem jungen Dichter, mit dem Vivaldi noch nie zusammengearbeitet hat. Offenbar war Giusti auf sein Sujet durch das Werk des spanischen Priesters Don Antonio de Solís, die *Historia della conquista de México,* gestoßen, das Ende des 17. Jahrhunderts in Spanien erschienen war und auf beiden Seiten des Atlantiks rasch populär wurde. Im Vorwort zu seinem Libretto rühmt Giusti die »bewundernswerten Beweise von Umsicht und Kühnheit« des Hernán Cortés und schließt mit einer Bemerkung, die wohl der Zensur geschuldet war: »Die Worte *Schicksal, Götter usw.* sind poetische Ausdrücke, die den katholischen Glauben des Autors keineswegs beleidigen.«

Wie in der Barockoper üblich, wird der historische Clash zwischen den spanischen Eroberern und dem Aztekenreich auf ein Familiendrama zurückgestutzt. Der religiös motivierte Eroberungszug der Spanier verschwindet in einem routinierten Arrangement von Wortgefechten, Intrigen und amourösen Verwicklungen zwischen den Protagonisten und deren Vertrauten. Der Herrscherfamilie, bestehend aus Motezuma, dessen Ehefrau Mitrena und der Tochter Teutile, steht das spanische Brüderpaar Fernando – der Cortés repräsentiert – und Ramiro gegenüber. Nicht Mitrena, sondern ihre Tochter Teutile, die sich prompt in Ramiro verliebt, kommt der historischen Gestalt Malinche nahe. Malinche, die zunächst als Übersetzerin und später als Geliebte von Hernán Cortés die Bühne der Geschichte betrat, war aber – anders als in Giustis Libretto – nicht mit Motezuma verwandt, sondern dessen erbitterte Feindin. Sie gehörte einem von den Azteken unterjochten Indianerstamm an und war deswegen hochmotiviert, die Spanier bei ihrem Eroberungszug zu unterstützen. Ohne die Hilfe der von den Azteken kolonisierten Indianerstämme hätte Cortés' wahnwitziges Unternehmen niemals gelingen können. Auf der Seite der Motezuma-Familie spielt in Giustis Libretto noch der General Asprano eine Rolle, eine kitschige Opernversion des aztekischen Generals Cuautémoc, der im Gegensatz zu dem verträumten aztekischen Kaiser Motezuma die ganze Dimension der spanischen Invasion begriff und den bewaffneten Widerstand gegen die spanischen Eroberer aufnahm.

Ansonsten bewegt sich das Geschehen auf der Bühne in den gewohnten Bahnen der Barockoper. Die aztekischen Protagonisten singen ihre Vivaldi-Arien so virtuos wie ihre spanischen Kontrahenten. Auch was die Instrumentierung angeht, hat sich der sonst für seine Neugier auf neue Instrumente und Klänge bekannte *prete rosso* nicht auf große Wagnisse eingelassen. Die Handlung wird von der Ausgangssituation bestimmt: Motezuma befindet sich bereits zu Beginn der Oper in den Händen der Spanier und ist zwischen Rachsucht und Ohnmacht hin- und hergerissen. Nur seine Frau Mitrena sieht den drohenden Untergang ihres Volkes voraus und zeigt Entschlossenheit. Ihre Tochter Teutile bleibt in dem Zwiespalt zwischen ihrer Liebe zu Ramiro und der Aufgabe, sich für ihr Volk zu opfern, gefangen. Zum Schluss lösen sich alle Widersprüche unter dem Zwang zum *finale lieto* (Happy End) auf: Teutile und Ramiro geben sich das Ja-Wort.

Die weibliche Hauptrolle, den Part von Motezumas Frau Mitrena, hat Vivaldi einmal mehr Anna Girò zugedacht. Sie verkörpert die interessanteste Figur des Dramas, weil sie im Gegensatz zu ihrem Mann die Spanier nicht für Götter, sondern für Mörder hält, die man mit der Waffe in der Hand bekämpfen muss. Aber sei es, dass sich Anna im Kostüm der Indianerkaiserin nicht wohlfühlt, sei es, dass Vivaldi ihr mit der wichtigsten Arie der Oper zu viel zugemutet hat, sie lässt es während einer Probe auf einen Streit ankommen.

Seit langem wird im Ensemble gemunkelt, dass Vivaldi seiner *primadonna assoluta* technisch anspruchsvolle Arien erspart, um ihr Können nicht zu überfordern. Bei einer entscheidenden Wendung in der Handlung, in der Mitrena sich von ihrem in Todesahnungen befangenen Mann abgrenzt und zu den Waffen ruft, scheint Vivaldi jedoch plötzlich alle Rücksichten auf Annas Schwächen vergessen zu haben. Nach einem dramatischen Rezitativ, in dem Mitrena die Götter zur Verteidigung der Azteken aufruft und ihnen tausend Menschenopfer verspricht, ruft sie das Volk zu den Waffen.

S'impugni la spada,
ci vegga il tiranno,
si mora, si cada,
ma sia il nostro fato
di gloria, d'onor.
O sposo adorato,
mi pesa il tuo affanno
e provo tormento
da questo dolor.

(Ergreift das Schwert / der Tyrann soll uns sehen / Auch wenn wir sterben und fallen / soll unser Schicksal / voll des Ruhmes und der Ehre sein. / Oh geliebter Gatte / dein Leid bedrückt mich / und deine Qualen / bereiten mir selber Schmerz.)

Es ist eine der schönsten und schwierigsten Vivaldi-Arien und stellt enorme Anforderungen an die Sängerin. Auf der Probe meistert Anna dieses Glanzstück – unter Auslassung der Koloraturen und einiger Tonsprünge – in einer stark vereinfachten Version. Und kompensiert ihre fehlende Technik durch ihre schauspielerischen Fähigkeiten, auf deren Wirkung sie sich immer verlassen konnte. Aber in diesem Fall bleibt Vivaldi unerbittlich.

»Noch einmal von vorn: ›*S'impugni la spada*‹. Und bitte, Anna! Lass das Geklimper mit den Wimpern! Lege das Gefühl in die Stimme. Das Publikum will dich nicht nur sehen, es will dich hören!«

Anna ist entrüstet. Hat sie richtig gehört? Es ist, als habe Vivaldi sich Marcellos Vorwürfe aus *Teatro alla moda* zu eigen gemacht. Will er sie etwa vor ihren Kollegen bloßstellen?

Trotzig verschränkt sie ihre Hände hinter dem Rücken und wiederholt die ersten Takte. Dabei singt sie so falsch wie möglich – plötzlich ist es, als falle sie in die kindlichen Unarten bei ihrem Prüfungsvortrag in der Pietà zurück.

Vivaldi sucht seine Beherrschung.

»Es ist die wichtigste Arie der Oper, Anna! Der Aufruf einer verzweifelten Frau zum Kampf, und es kommt auf jede Note an!«

»Ein Aufruf, der wie das Japsen einer Ertrinkenden klingt!«

Im Orchestergraben wird Gelächter laut, von dem niemand weiß, ob es Vivaldi gilt oder Anna. Und Anna liefert ihrem Maestro statt einer besseren Variante ihres Solos einen Wutausbruch.

»Diese Arie kann man gar nicht singen! Jede Sängerin würde sich im Gestrüpp dieser Noten verfangen. Und überhaupt: Was weiß ein Priester schon von den Gefühlen einer verzweifelten Frau!«

Anna stürmt in die Kulisse, Vivaldi bleibt sprachlos zurück. Die Sopranistin, eine elefantenähnliche Dame, die Fernando – den Hernán Cortés – singt, klatscht spontan Beifall und hört erst auf, als Vivaldi ihr einen vernichtenden Blick zuwirft.

Es ist nicht das erste Mal, dass Vivaldi und seine *primadonna* bei einer Probe aneinander geraten, aber dieses Mal geht der Streit weit über einen fachlichen Dissens hinaus. Aus Anna bricht alles heraus, was sich in Jahren an unerklärten Wünschen und Enttäuschungen in ihr aufgestaut hat. Und Vivaldi spürt plötzlich, was ihm fehlen würde, würde er Anna verlieren. Er ist kaum mehr imstande, die Probe zu einem halbwegs geordneten Ende zu führen – kann plötzlich seine Arme nicht mehr heben.

Die beiden treffen sich in der Dämmerung in der Nähe des Arsenals. Fetzen von Nebelschwaden wandern über die Lagune, zwischen denen hin und wieder die Fackeln einzelner Fischerboote und Gondeln aufleuchten.

Vivaldi versucht, Annas Hand zu nehmen.

»Als du mitten in unserem Streit gegangen bist«, sagt er, »wusste ich nicht mehr, wie die Szene sechzehn, erster Akt weitergeht. Hunderte von Noten waren aus meinem Gedächtnis gelöscht, als hätte ich sie nie geschrieben.«

Anna deutet in die Ferne.

»Sehen Sie die Boote dort im Nebel? Sie finden ihren Weg, weil sie ihr Ziel kennen. Aber wir, wir treiben dahin, von Stadt zu Stadt, von Oper zu Oper – welchem Ziel entgegen? Wir kennen nur das Ende unserer Fahrt.«

Vivaldi sucht abermals Annas Hand. Und bringt, von einem Hustenanfall unterbrochen, Worte hervor, die nach einer Liebeserklärung klingen. Aber Anna bittet ihn nicht um eine unmissverständliche Wiederholung seines Satzes.

»Haben Sie mir nicht erklärt«, fragt sie ihn, »dass Ihnen die Liebe zu einer Frau für immer verboten ist?«

»Das sagt die Kirche. Aber die Kirche ist nicht Gott.«

Anna blickt lange über die Bucht. Dann stimmt sie, erst in einer Art Sprechgesang, dann die Melodie aufnehmend, jene Arie an, die Vivaldi ihr vor dem Eingang der Pietà in die Hand gedrückt hat: »*Tra le follie diverse / de quai repieno è il mondo / chi può negar che la follia maggiore / in ciascuno non sia quella d'amore?*« (Unter den vielen Torheiten / die unser Herz bewegen / ist die Liebe nicht am Ende / die größte Torheit von allen?)

Vivaldi zieht Anna zu sich heran, so dicht, dass ein Spion darin eine Umarmung erkennen müsste.

»Wir lieben uns doch und werden uns immer lieben!«

Anna löst sich und geht zum Rand des Piers – ein Schritt weiter, und sie würde im brackigen Wasser der Lagune versinken.

»Wie soll ich das wissen?«, sagt sie, mit dem Rücken zu Vivaldi. »Nach so vielen Jahren, in denen ich Sie nicht lieben durfte? Treiben wir nicht schon seit Ewigkeiten Hand in Hand unter dem Eismeer dahin, wie die Verdammten in der *Divina Comedia*?«

Zur Uraufführung von *Motezuma* im Theater Sant'Angelo hat Vivaldi die schönste und schwierigste Arie der Oper umgeschrieben. Er hat sie durch eine neue Arie ersetzt, die Annas Stärken entgegenkommt: »*A svenare il mostro*« (Um dem Monster den Garaus zu machen). Die Musik zu dieser zweiten Version der Arie ist verschollen.

Die ursprüngliche Arie jedoch ist vor kaum zwanzig Jahren wieder aufgetaucht. In Kiew war das Archiv der Singakademie zu Berlin gefunden und im Jahre 2001 als »Beutekunst« zurückgegeben worden. Dazu gehörte auch eine Partitur von Vivaldis Oper *Motezuma,* die lange als verschollen galt. An den sensationellen Fund schloss sich ein kurioser Rechtsstreit an. Die Singakademie zu Berlin ließ eine in Düsseldorf geplante deutsche Erstaufführung gerichtlich untersagen, da sie als Besitzerin des unvollständigen Manuskripts urheberrechtliche Ansprüche auf die Oper habe. »Wem gehört *Motezuma*?«, fragte die Zeitung *Die Welt*. Das Oberlandesgericht Düsseldorf gab die Oper zur Aufführung frei.

40

Schon vor der Uraufführung von *Motezuma* hat sich
Giambattista aus allen Verpflichtungen an der Kapelle
von San Marco und am Teatro Sant'Angelo zurückgezogen. Im Studio eines Notars unterzeichnen Vater und Sohn
einen Akt, der üblicherweise direkt nach der Volljährigkeit
des Sohnes vollzogen wird: die Erklärung der vollständigen
Emanzipation von der väterlichen Autorität. Das Dokument hält fest, dass der Sohn ab sofort berechtigt ist, selbständig zu agieren, zu verhandeln, Verträge zu schließen,
Klage zu führen, Eigentum zu erwerben oder zu verkaufen
»und all die Geschäfte abzuschließen, die freie Menschen
ohne Einwilligung oder Einspruch des Vaters tätigen können«. Dass die beiden Vivaldis diesen Emanzipationsakt
erst so spät auf den Weg bringen, lässt sich als ein Zeichen
für die enge Bindung zwischen ihnen lesen. Gleichzeitig
macht das Dokument deutlich, dass der inzwischen fünf-
undfünfzigjährige Vivaldi praktisch keine Entscheidung
ohne Einwilligung seines Vaters treffen konnte.

Mit rührender Detailtreue zählt Vater Giambattista
dann das Wenige auf, das ihm gehört – nämlich sein Bett

und eine Bettdecke aus Damast. Alle anderen Möbel und Einrichtungsgegenstände des Hauses, erklärt er, auch diejenigen in den Zimmern von Vivaldis Geschwistern, habe sein Sohn erworben. Zum Schluss diktiert er dem Notar noch einen Zusatz in die Feder: »Seit zwanzig Jahren« habe sein Sohn nicht nur ihn, den Vater, ernährt, sondern ebenso seine sämtlichen Brüder und Schwestern.

Für Vivaldi bedeutet der Emanzipationsakt vor allem einen Verlust: Von nun an muss er ohne väterlichen Beistand auskommen.

Wenige Jahre danach stirbt der achtzigjährige Giambattista. Er hatte die letzten Jahre mit einer schweren Krankheit im Bett verbracht und wurde von seinen beiden unverheirateten Töchtern versorgt. Mit seinem Vater verliert Vivaldi nicht nur seinen ersten Lehrer, sondern auch seinen treuesten Begleiter, Coproduzenten und Ratgeber. Wohl auch einen Seelenfreund, der um den Lebensverzicht wusste, den er seinem Sohn mit der Priesterlaufbahn aufgebürdet hatte. Ob dieser Verzicht Vivaldi in seinem Schaffen behindert oder im Gegenteil sein gewaltiges Werk erst ermöglicht hat, wissen nur die Besserwisser. Sicher ist, dass Vivaldi die Pflicht zum Messelesen als eine Behinderung empfunden hat – wenn auch seine rituellen Klagen, er könne nach dem Aufstehen kaum einen Schritt vor den anderen setzen und die Messe wegen seiner angeborenen Atemnot nicht lesen, angesichts seiner zahllosen strapaziösen Reisen durch Europa nicht recht überzeugen. Als Mann des Theaters war Giambattista ein Experte für alle möglichen Vorwände und hat seinen Sohn gegen die Ansprüche der Kirche in Schutz genommen; wahrscheinlich hat er auch Annas Allgegenwart im Leben seines Sohnes –

auch im Haus Vivaldi – nicht nur geduldet, sondern unterstützt.

In den Vivaldi-Archiven ist Giambattista als Kopist mit dem Signum »scriba 4« erhalten – es war Usus in Italien, dass die Kopisten ihre Arbeiten signierten. Neben den von Vivaldi selbst gezeichneten Manuskripten taucht kein Signum so häufig auf wie das Signum »scriba 4«. Giambattista war der Wegweiser, der Ermutiger, und wenn es darauf ankam, auch der Komplize seines Sohnes. Für den bald sechzigjährigen Vivaldi ist der Verlust des Vaters der größte Schmerz seines Lebens. Ob er diesem Schmerz in seinem Spätwerk Ausdruck verliehen hat, bleibt ungewiss. Die Feier des Subjekts und seiner persönlichen Empfindungen war zu Vivaldis Zeit kein statthafter Gegenstand von Kunst.

Die einzige verbürgte Reaktion Vivaldis auf den Tod seines Vaters besteht in der Absage eines verabredeten Engagements für den Sommer in Lucca.

41

Für die Festtage von Christi Himmelfahrt – einer vorgezogenen zweiwöchigen Theatersaison – hat der adlige Theaterbesitzer Michele Grimani Vivaldi mit einem Opernprojekt beauftragt: *Griselda. Dramma per Musica. Da rappresentarsi nel Teatro Grimani di S. Samuel* steht auf dem Titelblatt des Plakats.

Es ist ein Auftrag, der Vivaldi Genugtuung bereitet. Denn die drei Brüder Grimani, die die beiden größten Theater Venedigs – das San Giovanni Grisostomo und das San Samuele – besitzen und leiten, haben sich bisher stets von ihm ferngehalten. Ursache war wohl ein Streit Vivaldis mit einem Verwalter der Grimani-Theater, der über zwanzig Jahre zurückliegt.

Der Stoff der Oper geht auf die zehnte Erzählung in Boccaccios *Decamerone* zurück. Das Libretto von Apostolo Zeno zu Boccaccios Vorlage hatte schon vor Vivaldi zahlreiche Komponisten des Barock inspiriert. Antonio Pollarolo, Alessandro Scarlatti, Tomaso Albinoni und andere hatten es bereits vertont, bevor Vivaldi den Auftrag von Grimani annahm. Zeno hatte Boccaccios Vorlage, die man durchaus als eine böse Kritik am Zynismus und der Allgewalt des Adels lesen konnte, stark verwässert und sie für die Nobili in den Rängen akzeptabel gemacht. Aber solche Bedenken dürften den Patrizier Michele Grimani kaum bewogen haben, Vivaldi einen damals noch jungen und unbekannten Stückeschreiber namens Carlo Goldoni ins Haus zu schicken. Der sollte Zenos kompliziertes Libretto – sozusagen in der Rolle eines Libretto-Doktors – kürzen und vereinfachen.

In Boccaccios Novelle sieht sich Gualtiero, der Markgraf von Saluzzo in Sizilien, sieht sich genötigt, sich endlich eine Frau zu suchen. Nachdem er sich vergeblich in seinem eigenen Ambiente umgesehen hat, fällt sein Blick auf Griseldis, die Tochter eines armen Schäfers. Gualtiero macht ihr Avancen und fragt sie, ob sie seine Frau werden und ihm unbedingt treu sein wolle. Was kann das arme Kind schon sagen außer »Ja!«? Es weiß noch nicht, dass »treu sein« in diesem bösen Märchen absoluten Gehorsam bedeutet.

Die erste Gehorsamsleistung besteht darin, dass Griseldis sich unter den Blicken der Untertanen des Markgrafen ausziehen und sich die Kleidung einer Edelfrau anlegen lassen muss. Unter den Glück- und Segenswünschen des Gefolges fährt das Brautpaar davon und zieht ein ins Schloss des Markgrafen in Saluzzo.

Dort denkt sich der Gatte immer neue Prüfungen für seine Frau aus. Nach der Geburt der ersten Tochter schickt er einen Diener, der ihr das Baby wegnimmt. Seine Untertanen, lässt Gualtiero ausrichten, würden nicht ertragen, dass ihr Gebieter sich mit einer Frau aus niedrigem Stande verbunden habe, und könnten einen Nachkommen aus dieser Verbindung niemals akzeptieren. Griseldis gehorcht, weil sie fürchtet, dass der Diener ihr Baby andernfalls töten werde. Die gleiche Erpressung wiederholt sich bei der Geburt des zweiten Kindes, eines Sohnes. Bei der dritten Prüfung teilt der Gemahl seiner Frau mit, dass er die Verbindung mit ihr lösen und eine standesgemäße Gemahlin wählen müsse – sein Volk würde ihn sonst davonjagen. Auch diese Prüfung besteht die treue Griseldis ohne Widerworte und willigt sogar darin ein, die Gemächer und das Ehebett für ihre Nachfolgerin selber herzurichten.

Nach all diesen Prüfungen folgt das notorische *finale lieto* – das Happy End.

Es stellt sich heraus, dass der Markgraf seine Kinder nicht umbringen, sondern bei Verwandten hat aufziehen lassen; die vermeintliche neue Ehefrau gibt sich als die gemeinsame dreizehnjährige Tochter zu erkennen und fällt ihrer Mutter in die Arme; der wackere Markgraf bittet Griseldis um Vergebung für all die Verletzungen, die er ihr zugemutet hat, und preist sich als den glücklichsten Mann auf Erden. Denn jetzt kann er sich einer Ehefrau rühmen, die aus Treue zu ihm all die unmenschlichen Prüfungen bestanden hat, die er ihr zugemutet hat. Durch ihre totale Unterwerfung hat Griseldis sich trotz ihrer niedrigen Herkunft als eine würdige Gattin des Markgrafen legitimiert.

Zeno hatte dieser grellen Geschichte von Boccaccio eine Wendung gegeben, die sie für das adlige Publikum Venedigs verdaulicher machte. Sein Libretto entlastet den grausamen Patriarchen Gualtiero, indem es ihn als einen umsichtigen Staatsmann darstellt, der im Namen des Staatswohls zu all diesen Grausamkeiten gezwungen ist und gar nicht anders handeln kann. Während Boccaccios Markgraf die furchtbaren Prüfungen seiner Frau samt und sonders selber erfindet und nur vorgibt, das Volk verlange von ihm deren Verstoßung ihrer niedrigen Herkunft wegen – tatsächlich rebelliert das Volk bei Boccaccio gegen Gualtieros Entschluss –, ist es bei Zeno das Volk, das von Gualtiero ultimativ die Auflösung seiner Ehe fordert.

Man konnte Boccaccios Geschichte schon zu Vivaldis Zeiten – ein halbes Jahrhundert vor der Französischen Revolution – als eine Kritik an der angemaßten Selbstherrlichkeit des Adels verstehen. Zenos vom Volk getriebener Tyrann dagegen handelt aus Verantwortung für den Zusammenhalt und das Überleben des Staates, wenn er seiner Frau die Kinder wegnimmt und deren Mutter zurück in die Armut schickt, bevor das Finale seine Gemeinheiten glättet.

Ohne Ankündigung schickt Michele Grimani Vivaldi einen damals noch unbekannten jungen Mann ins Haus. Der spätere Theaterrevolutionär Goldoni, knapp dreißig Jahre jünger als Vivaldi, hält nicht viel von der Tradition der antiken Stoffe und des Melodrams an der Oper – und ist in diesem Punkt mit Benedetto Marcellos Satire *Teatro alla moda* wahrscheinlich ganz einverstanden. Er will die Bühnen Italiens modernisieren und für zeitgenössische Charakter- und Sittengemälde öffnen. Davon weiß Vivaldi nichts, als er Grimanis Abgesandten begrüßt; und Goldoni hütet sich, Vivaldi mit seiner Theaterphilosophie zu verschrecken.

Trotz aller Reserven interessiert es Goldoni, den berühmten Mann in seinem eigenen Ambiente kennenzulernen. Er weiß, dass Vivaldi mit zwei Schwestern aus seiner Familie und womöglich noch mit zwei anderen Schwestern zusammenlebt, die in seinem Haus eigentlich nichts zu suchen haben. Tatsächlich fällt ihm im Hintergrund von Vivaldis

Studio eine junge Frau auf, die ihm nicht vorgestellt wird. Goldoni kennt sie, nicht nur aus den Gerüchten über die *Annina del prete rosso* – er hat sie auf der Bühne gesehen und gehört: Vivaldis *primadonna assoluta* Anna Girò.

Was spielt sich hier ab? Ist Vivaldis *primadonna* in einer Nebenrolle auch eine Assistentin, die seine Manuskripte ordnet, eine Beraterin, die alles mithört, wohnt sie etwa hier? Goldoni, der die Szene in seinen Memoiren festgehalten hat, beschreibt Anna Girò als eine nicht besonders schöne Frau, die vor allem durch ihre gute Figur gefällt – eine Charakterisierung, die wir schon von anderen männlichen Rezensenten kennen.

Vivaldi begrüßt den Gast mürrisch und gibt vor, von Goldoni und seinem Anliegen nichts zu wissen. Was ihm das Vergnügen des Besuchs verschaffe, fragt er förmlich.

Goldoni tut alles, um der Eitelkeit seines Gesprächspartners zu schmeicheln. Seine Exzellenz Grimani habe ihn damit beauftragt, die von Vivaldi gewünschten Änderungen an Zenos Libretto vorzunehmen. Er sei gekommen, um Vivaldis Wünsche zu erfahren. Goldoni stellt sich als eine Art Hilfsdramaturg vor, der Vivaldi dabei helfen will, nicht etwa Grimanis oder Goldonis Vorschläge, sondern die von Vivaldi selbst gewünschten Änderungen an Zenos Libretto umzusetzen.

»Ach so, wenn es das ist!«, erwidert Vivaldi mit halbem Interesse und erkundigt sich nach dem Schicksal eines gewissen Lalli, der früher für Grimani derartige Dienste versehen hatte. Diskret klärt Goldoni Vivaldi darüber auf, dass sich der erwähnte Lalli seit vielen Jahren aufs Altenteil zurückgezogen habe. Nun sei er es, Goldoni, der die Ehre habe, die Befehle des Herrn Vivaldi entgegenzunehmen.

»Wie war noch mal Ihr Name?«

»Carlo Goldoni!«

Die nochmalige Nennung des Namens bricht das Eis. Denn plötzlich erinnert sich Vivaldi, dass er ein Jahr zuvor ein Stück von Goldoni in Venedig gesehen hat, das immerhin zwei Wochen lang gespielt wurde.

»Sie haben zweifellos Talent für die Poesie«, erklärt Vivaldi dem jungen Mann. »Aber hier ist eine andere Fähigkeit gefordert. Man kann eine Tragödie, auch ein episches Gedicht verfassen, ohne im Geringsten zu wissen, wie man Verse für ein musikalisches Drama schreibt.«

Goldoni scheint nicht im Mindesten überrascht zu sein, er fühlt sich provoziert.

»Sie meinen eine ganz bestimmte Arie? Bitte zeigen Sie mir den Text!«

Tatsächlich kennt er Zenos Libretto gar nicht, oder hat es nur überflogen.

Vivaldi, den diese Aufforderung plötzlich zu beleben scheint, kramt in Stößen von losen Seiten, Partituren, Texten, die überall im Zimmer verteilt sind.

»Wo ist meine *Griselda* bloß geblieben, hier war sie doch«, fragt er die junge Frau im Hintergrund, die Goldoni nicht vorgestellt wurde, und wühlt weiter. »*Eccola*«, sagt er, als Anna ihm ein Notenblatt reicht. »Nehmen Sie diese Szene aus dem Schluss des ersten Aktes. Es ist die Szene, in der Griselda den Verlust ihres Sohnes betrauert – eine wunderbare, eine bewegende Szene. Zeno hat sie mit einer *aria patetica* abgeschlossen. Aber meine *primadonna* Anna Girò liebt dieses Genre nicht. Sie wünscht sich ein ausdrucksstarkes Stück, eine Arie, die Leidenschaft in all ihren Ausprägungen ausdrückt – mit halben Worten, von Seufzern unterbrochen, mit starken Bewegungen und Gesten – ich bin nicht sicher, ob Sie mich verstehen!«

Goldoni versteht nur eines: dass es sich bei Vivaldis Änderungswünschen um die Wünsche seiner Primadonna handelt. Und fasst sich ein Herz.

»Ich verstehe durchaus, Signore. Aber ich hatte bereits die Ehre, das Fräulein Girò auf der Bühne zu hören, und ich weiß, dass ihre Stimme nicht sehr stark ist …«

Vivaldi unterbricht ihn sofort.

»Sie unterstehen sich, meine Schülerin, die beste Sängerin von Venedig, zu beleidigen? Sie ist gut in allen Lagen und kann alles singen!«

»Sie haben natürlich recht«, lenkt Goldoni ein und hebt entschuldigend die Hände. »Geben Sie mir bitte den Text der Arie, über die wir sprechen. Und lassen Sie mich machen!«

»So geht das nicht, Signore! Ich kann Ihnen den Text nicht mitgeben, da ich ihn selber brauche. Außerdem bin ich jetzt zutiefst verstimmt.«

Goldoni merkt, dass er zu weit gegangen ist.

»Zeigen Sie mir den Text hier, wenn Sie ihn mir schon nicht mitgeben können – wenigstens für eine Minute. Und ich liefere Ihnen sofort eine Version, die Sie zufriedenstellen wird!«

»Was heißt sofort?«

»In fünf Minuten!«

Vivaldi will Goldonis Versprechen nicht glauben, aber der besteht auf seiner Wette. Wenn Vivaldi angeblich fünf Tage für eine ganze Oper brauche, dürfe er, Goldoni, wohl den Text einer Arie in höchstens fünf Minuten schreiben, oder? Misstrauisch messen sich die beiden Schnellschreiber.

Vivaldi reicht ihm eine abgebrochene Feder. Goldoni zieht ein zierliches Messer hervor und schnitzt sie zurecht.

»Papier, ich brauche ein Stück Papier!«

Vivaldi wühlt wieder in seinen Stapeln, zieht Dutzende von beschriebenen Notenblättern hervor, aber findet kein freies Blatt. Schließlich kramt er einen Brief hervor.

»Hier, das Dankschreiben eines deutschen Verehrers, dem ich gerade drei Konzerte verkauft habe. Wenn Sie es sich auf der Rückseite bequem machen wollen …«

Goldoni nimmt das Blatt und macht sich an die Arbeit. Vivaldi schaut Goldoni über die Schulter, während der an der neuen Arie für Griselda schreibt.

Ho il cor già lacero
Da mille affanni
Empi congiurano
Tutti a miei danni
Vorrei nascondermi
Fuggir vorrei.

(Das Herz ist mir schwer / Von tausend Sorgen / Böse Frevler haben sich / Gegen mich verschworen / Ich möchte mich verstecken / Fliehen möchte ich.)

Vivaldi formt die ersten Verse von Goldonis Text mit den Lippen nach, liest sie noch einmal, stößt dabei Laute der Zustimmung aus, schließlich einen Freudenschrei. Er ruft Anna zu sich, stellt sie endlich vor und reicht ihr Goldonis Text. Anna schüttelt nur den Kopf, als sie liest, was auf dem Blatt geschrieben steht.

»Was ist das?«

»Der neue Text für deine Arie!«

»*Gentile admirabile Maestro Vivaldi*«, liest Anna und beendet die Lektüre mit einem fröhlichen Lachen: »Baron von Uffenbach.«

»Du bist auf der falschen Seite. Dreh das Blatt um.«

Gespannt warten beide Männer auf die Reaktion der *primadonna*. Zunächst stumm, ohne ein Zeichen von Zustimmung oder Missbilligung, liest Anna Goldonis Zeilen. Dann hellt sich ihre Miene auf.

»Machen Sie weiter, junger Mann«, wirft sie Goldoni hin, »ich traue Ihnen zu, dass Sie diese Oper retten!« Und improvisiert zu den Versen halblaut eine Melodie, steigert sich kurz in eine Koloratur hinein und summt die letzten Zeilen.

Del cielo i fulmini
Mi fan tremar
Divengo stupida
Nel colpo attroce
Non ho più lacrime
Non ho più voce
Non posso piangere
Non so parlar

(Die Blitze des Himmels / Lassen mich zittern / Ich verlier den Verstand / nach dem schrecklichen Schlag / Hab keine Tränen mehr / Und keine Stimme / Kann nicht mehr weinen / Kann nicht mehr sprechen.)

Bei den letzten Versen stehen Anna Tränen in den Augen. Vivaldi umarmt den verdutzten Goldoni, bittet ihn um

Entschuldigung dafür, dass er ihn und sein Genie nicht gleich erkannt habe, und versichert ihm, dass er sich in Zukunft nie eines anderen Poeten bedienen werde als seines neuen Freundes Carlo Goldoni.

Goldoni hat die Beschreibung seines Besuchs bei Vivaldi mit vielen Details angereichert, die vor allem Vivaldis priesterlichen Gewohnheiten gelten. Er charakterisiert ihn als einen alten Mann in Soutane, der sein Brevier nie aus der Hand legt und bei allen möglichen und unmöglichen Gelegenheiten das Zeichen des Kreuzes in die Luft schreibt. Aber Goldoni ist eben auch ein begnadeter Spötter, der sich in seinen Memoiren immer der obersten Pflicht des Komödiendichters bewusst bleibt: Er muss sein Publikum unterhalten. Es ist nicht recht glaubwürdig, dass ihm derselbe Komponist, den er zunächst als verbohrten Mann der Kirche mit dem Brevier in der Hand vorstellt, plötzlich spontan um den Hals fällt, als er eine Arie nach Vivaldis, genauer nach Annas Geschmack umgeschrieben hat.

Und was ist mit Zenos schäbiger Begradigung der Boccaccio-Novelle zur Ehrenrettung des Adels?

Nichts spricht dafür, dass der *prete rosso* und der junge Theaterrevolutionär Goldoni daran Anstoß genommen haben.

Haben Vivaldi und Goldoni das Original von Boccaccio überhaupt gekannt? Wichtiger war für Vivaldi wohl, endlich an einem der großen Opernhäuser Venedigs aufzutreten und sich mit den Adaptionen von Zenos gefälligem Libretto durch die berühmten Vorgänger zu messen. Jedenfalls ist es Vivaldi dank Goldonis Versen gelungen, die Leiden der misshandelten Griselda musikalisch derart eindrücklich zu gestalten, dass sie gegenüber dem verlogenen *finale lieto* im Gedächtnis bleiben.

Die Uraufführung von *Griselda* im Teatro Samuele mit Anna Girò in der Hauptrolle wird ein spektakulärer Erfolg.

Glück für Vivaldi, dass Goldonis Memoiren erst nach Vivaldis Tod erschienen sind. Denn sie bezeugen, dass Anna Girò zur Zeit von Goldonis Besuch in Vivaldis Haus wohnte – oder jedenfalls zugegen war.

42

Noch einmal wird Vivaldi fest an der Pietà angestellt – diesmal als *maestro di concerti,* in einer herausgehobenen Position also, die sowohl die Leitung des Orchesters als auch des Chores einschließt. Allerdings enthält der Vertrag eine empfindliche Einschränkung: Er muss sich jenseits der Ablieferung von monatlich zwei Konzerten dazu verpflichten, sich »mit der erforderlichen Häufigkeit« in der Pietà einzustellen, um die Mädchen an den Instrumenten auszubilden und die bestmögliche Aufführung seiner Werke zu gewährleisten. Und dies, so heißt es weiter, »ohne die Stadt zu verlassen, wie er es in früheren Jahren so oft getan hat«.

Irritiert überfliegt Vivaldi den Vertrag; die Priora errät den Grund seiner Unruhe und deutet auf eine Zahl.

»Die Pietà gewährt Ihnen für Ihre Dienste ein Stipendium von einhundert Dukaten im Jahr.«

Das Reiseverbot hatte ihn bereits verärgert, aber was er jetzt hört, ist zu viel.

»Verzeihen Sie, Exzellenz. Einhundert Dukaten habe ich bekommen, als ich hier vor dreißig Jahren anfing! Allein mein Haus kostet mich zweihundert Dukaten!«

Die Priora lächelt verständnisvoll.

»Die Zeiten haben sich geändert, Maestro. Es ist gar nicht so wenig, wenn Sie bedenken, dass wir Ihr altes Studio wieder für Sie freigeräumt haben und Sie hier, wenn Sie es wollen, freie Kost und Logis haben.«

Vivaldi steht eine Weile wie erschlagen da. Schließlich unterschreibt er.

Die Zustimmung zum Vertrag durch den Verwaltungsrat ist alles andere als schmeichelhaft: drei Enthaltungen, zwei Gegenstimmen, acht Stimmen für ihn.

Es ist das erste Mal seit zwölf Jahren, dass Vivaldi den Mädchen von der Pietà wieder als festangestellter Lehrer gegenübertritt. Er spürt die große Erwartung, die ihm entgegenschlägt, als er seine Blicke über die Gesichter wandern lässt. Viele von ihnen kennt er noch, aber Rosalda und Maddalena del Soprano, Maria della Tromba und Magherita del Controalto sind verschwunden. Er entschließt sich zu einer kleinen Ansprache.

»*Figlie mie,* es ist lange her, dass ich euch in diesem Raum gegenübertrat. Als euer Lehrer und Komponist, als euer Freund und Quälgeist. Und viele von euch sehe ich heute zum ersten Mal. Ich bin in den letzten Jahren mehr als genug herumgekommen, habe in anderen Städten mit anderen Chören und Orchestern gearbeitet, habe hohe Herrschaften kennengelernt, dem Kaiser und dem Papst vorgespielt, habe viel Lob, aber auch reichlich Schimpf erfahren. Glaubt nicht, dass es leichter wird, eine Gemeinheit zu ertragen, wenn man berühmt ist: Sie schmerzt mich nicht weniger, als eine von euch eine Strafe im Karzer oder der Verlust eines Instrumentes schmerzt. Aber so ist es nun einmal mit unserer Kunst: per aspera ad astra! Ich möchte euch sagen, dass ich in den Jahren meiner Reisen immer etwas vermisst habe. Nicht den Verwaltungsrat der Pietà, der mich schlecht bezahlt, nicht die Kollegen, die mich verspotten, nicht den verehrten Nuntius …«

Vivaldis Ansprache wird von heftigem Gemurmel im Chor und Orchester unterbrochen. Er lächelt.

»Was ich vermisst habe«, fährt er fort, »sind meine Mädchen von der Pietà. Nicht weil ihr das beste Orchester und der beste Chor von der Welt seid – habe ich da eben Protest gehört? Sondern weil ihr Teil meines Lebens seid und mir das Komponieren ohne euch nur halb so viel Spaß macht!«

Heftiges Getrampel antwortet auf die Rede von Vivaldi. Maddalena del Violin gibt den Einsatz für den Eingangschor von *Juditha triumphans*. Vivaldi hört sichtlich ergriffen zu und beschränkt sich darauf, die Hände in seinem Schoß, mit zwei Fingern mitzudirigieren.

43

Mit einer Vertonung des Librettos *Catone in Utica* von
Metastasio, das von sieben Vorgängern, darunter
Hasse und Händel, verwendet worden war, will Vivaldi im
Teatro Sant'Angelo noch einmal Eindruck machen. Doch
die Uraufführung des neuen Werks wird vom Rat der Zehn
in Venedig verhindert. Nach einer privaten Lesung des Li-
brettos im Palazzo einer dem Rat nahestehenden Familie
haben die Stadtoberen entschieden, die Produktion der
Oper in sämtlichen Theatern Venedigs zu verbieten. In
Metastasios Text, so das Verdikt, würden »Dinge gesagt,
die sich mit der seit Jahren verfolgten politischen Linie in
Venedig nicht vertragen«.

Was hat Venedigs Machthaber an diesem Libretto so gestört? Darin geht es um den klassischen Konflikt zwischen
Freiheit und Unterwerfung, zwischen Moral und Anpassung:
Cato, der letzte Verteidiger der Römischen Republik, entscheidet sich in aussichtsloser Lage gegenüber Cäsars Truppen lieber für den Selbstmord, als sich mit dem siegreichen Diktator,
der Catos Moral ausdrücklich bewundert, zu arrangieren.

Angesichts dieses Verbotes weicht Vivaldi mit der Uraufführung nach Verona aus und feiert mit Anna Girò in der Hauptrolle einen Triumph.

Der Erfolg ist wohl weniger der demokratischen Botschaft von Metastasios Libretto zu verdanken als einem neuen Element, das Vivaldi zum ersten Mal einsetzt: den Auftritten von Tänzern und eines Balletts. Mit *Catone in Utica* lässt sich der Opern-Unternehmer Vivaldi zum ersten Mal auf die neuen Angebote des »Unterhaltungsbetriebs Oper« ein und erweist sich als einer ihrer Pioniere. Die zusätzlichen Kosten sind erheblich, aber bereits nach sechs Aufführungen eingespielt. »Hier (in Verona), gelobt sei Gott«, meldet Vivaldi seinem neuen Gönner, dem Markgrafen von Ferrara Bentivoglio, »reicht der Erfolg meiner Oper zu den Sternen.«

Mit Bentivoglios Hilfe hofft er, seine Oper von Verona nach Ferrara zu transferieren, und lockt den Grafen mit der Versicherung: »Ich habe mich in ähnlichen Fällen als ein beherzter Unternehmer erwiesen und gleiche etwaige Ausfälle aus meiner eigenen Börse aus – statt mit Schuldverschreibungen.«

Aber der Graf rät von Ferrara energisch ab und schlägt stattdessen Bologna vor. Vivaldi hört nicht auf ihn, hält an Ferrara fest und erbittet von Bentivoglio einen seltsamen Gefallen. Der Graf möge doch bitte einen Brief an die Staatsanwältin Foscarini schreiben, um zu verhindern, dass seine – Vivaldis – *prima ballerina* Margherita Coluzzi ausgerechnet zu der Zeit, da er sie unbedingt für die Premiere seiner Oper in Ferrara braucht, ihre Hochzeit mit einem Tänzer namens Pompeati feiert – »mit einem üblen Burschen, der zu jeder Übeltat und Gemeinheit fähig ist«. Wie auch immer es dazu kommt: Die Coluzzi verschiebt ihre Hochzeit, und Vivaldi kündigt dem Grafen dankbar an, er werde in den nächsten Tagen nach Ferrara aufbrechen.

44

Die Dinge scheinen sich endlich nach Vivaldis Wünschen zu entwickeln, da trifft ihn wie ein Blitz aus heiterem Himmel eine Aufforderung des Nuntius von Venedig, in der vatikanischen Botschaft zu erscheinen.

Der Nuntius sitzt auf einem barocken Thron und begrüßt Vivaldi mit dem Titel »Don Vivaldi«. Von seinem Sekretär lässt er sich ein offizielles Schriftstück reichen und entfaltet es umständlich.

»Zweifellos kennen Sie das Edikt meines Freundes, des Kardinals Tommaso Ruffo von Ferrara, zum Karneval?«

Vivaldi nickt, obwohl er keine Ahnung hat.

»Darin heißt es, ich zitiere: ›Wir ordnen an und befehlen allen Geistlichen jedweden Standes, sich des Tragens von Masken, der Teilnahme an Ausschweifungen aller Art, insbesondere an Bällen, Festen und Gelagen, gänzlich zu enthalten …‹«

»Ich gehe nie zu Bällen und Gelagen«, wirft Vivaldi ein.

»Ach kommen Sie, Padre. Das ganze Edikt liest sich, als wäre es zur Bestrafung eines gewissen *prete rosso* geschrieben worden! Tatsächlich hat der Kardinal in seinem

Begleitschreiben ganz ausdrücklich auf Sie Bezug genommen. – Was wollen Sie eigentlich in Ferrara?«

»Eine meiner Opern hat dort Premiere!«

Der Nuntius blättert, als müsse er sich des Wortlauts des Begleitschreibens vergewissern.

»Das können Sie sich aus dem Kopf schlagen. Kardinal Ruffo hat die Inquisitoren von Ferrara angewiesen, ›den Don Vivaldi, genannt ›prete rosso‹, mit allen Mitteln am Betreten der Stadt zu hindern …‹«

»Das kann nicht sein!«

Der Nuntius liest weiter.

»›… wegen seiner beharrlichen Weigerung, die Messe zu lesen, und wegen seiner *amicizia* zu der Sängerin Anna Girò.‹ Unter uns: Der Kardinal hätte statt *amicizia* zutreffenderweise auch *convivenza* schreiben können!«

Vivaldi ringt nach Luft, aber der Nuntius lässt sich nicht beeindrucken, als kenne er Vivaldis alten Trick zur Genüge.

»Steht in dem Edikt auch«, bringt Vivaldi, von Keuchen unterbrochen, hervor, »wir ordnen an und befehlen: Der päpstliche Nuntius hat sich bei Strafe der Exkommunikation des nächtlichen Besuchs von minderjährigen Zöglingen aus dem Ospedale della Pietà zu enthalten …«

Der Nuntius quittiert die Anklage mit einem Lächeln.

»Ich weiß, ich weiß, Sie haben dem Kaiser und sogar dem Heiligen Vater vorgegeigt, und bilden sich darauf mächtig etwas ein. Zu Recht. Aber ein Papst, das sollte ein einfacher Priester wie Sie wissen, hört nicht auf eine Geige, er hört auf seine Kardinäle!«

Vivaldi steht da wie betäubt.

»Worauf warten Sie, Don Vivaldi? Es hat sich ausgegeigt. Sie können gehen. Und ich warne Sie noch einmal davor, nach Ferrara zu reisen. Denn dort wartet nicht Ihr Freund, der Marchese Bentivoglio, auf Sie, sondern der Kerker!«

Mit aller Macht unterdrückt Vivaldi einen heftigen Hustenreflex. Auf keinen Fall will er dem Feind diesen Triumph gönnen und ihm seine angeborene Schwäche zeigen, die nur, wie schon einmal, eine verlogene Anteilnahme auslösen würde. Um Himmels willen nicht Luft holen jetzt, sondern die Luft anhalten und sie so langsam wie möglich aus der Lunge entlassen!

Mit angehaltenem Atem, die Hand auf den Mund gepresst, schleppt er sich zur Anlegestelle vor der Residenz des Nuntius und hält sich an einem der Pfähle fest. Wo ist Paolina? Sie hat ihm immer geholfen, indem sie ihn von hinten mit ihren starken Armen umfing und seine Brust zusammenpresste, um ihn am Luftholen zu hindern. Denn das Problem bei seiner Krankheit, hatte ihm Paolina erklärt, war ja nicht das Einatmen, sondern das Ausatmen – seine Not, die viel zu viele Luft in seiner Lunge loszuwerden.

Aber wie kommt es, dass jetzt Weihrauch aus dem grünen Wasser des Kanals aufsteigt? Plötzlich ist ihm, als stehe er wieder in der kleinen Kirche San Giovanni in Oleo vor dem Altar und müsse mit dem »Dominus vobiscum« beginnen. Nein, er muss jetzt keine Messe lesen, er muss einfach nur am Leben bleiben.

Vivaldi schickt ein Gebet zum Himmel, es sind gedachte, nicht ausgesprochene Wörter, Satzfetzen – Gott kümmert sich nicht um die Grammatik und versteht. Und allmählich kommt das Atmen wieder, genauer das Ausatmen, ein unendlich dünnes, langsames Aushauchen, es ist, als würde er die Luft durch einen Strohhalm stoßen. Endlich kann er auch ein vorsichtiges Einatmen wieder riskieren.

Als er in der Gondel auf dem Weg nach Hause sitzt, türmen sich die ungesagten Widerreden gegen den Nuntius in ihm auf. Ja, er hat seit über dreißig Jahren die Messe nicht mehr gelesen. Aber weiß Kardinal Ruffo nicht, dass das Messelesen nicht etwa eine Pflicht, sondern ein Privileg jedes Priesters ist, das er wahrnehmen kann oder nicht? Und hat Vivaldi nicht ein gutes Drittel seines Werks der *musica sacra* gewidmet – anders als etwa der Kollege Giuseppe Tartini, der ebenfalls die Priesterweihen empfangen und nicht eine einzige Messe geschrieben hat? Ja, Vivaldi ist vom Kaiser und vom Papst empfangen worden. Hat eine dieser Hoheiten von ihm verlangt, eine Messe zu lesen? Sie wollten die Geige des Virtuosen und seine Konzerte hören. Ja, seit vielen Jahren reist er mit Anna und Paolina durch Italien und halb Europa. Aber hat irgendjemand außer dem Kardinal Ruffo und ein paar Spionen daran Anstoß genommen? Hat er nicht durch sein von Gott verliehenes Talent die ganze Welt davon überzeugt, dass er zum Musiker bestimmt ist und nicht zu einem Priester, der nur Gekeuche zustande bringt, wenn er versucht, die Messe zu lesen? Was würde der Welt fehlen, wenn er sie, statt zu geigen und zu komponieren, mit seinen gehusteten Messen belästigen würde?

Oder geht es dem Kardinal Ruffo gar nicht um die Person Vivaldi und sein Talent? Hat er sich Vivaldi auserkoren, um an einem prominenten Fall ein Exempel zu statuieren? Nach dem Prinzip: Wenn nicht einmal der berühmte Vivaldi vor den Anklagen der Kirche und am Ende auch der Inquisition sicher ist, wie viel mehr haben andere Priester zu fürchten, die keinen Namen haben? Der letzte Fall einer

Verurteilung durch die Inquisition in der Republik Venedig liegt lange zurück. Aber das Institut der Inquisition ist im gesamten Machtbereich der katholischen Kirche noch in Kraft. Und in Ferrara könnte sie unter der Fuchtel eines radikalen Kardinals wieder auferstehen.

Als er in seinem Haus angekommen ist, verweigert Vivaldi jede Antwort auf die Fragen der Familie nach dem Ausgang seines »Gesprächs« mit dem Nuntius. Er schreibt einen Brief an seinen Gönner in Ferrara, den Grafen Bentivoglio.

In klaren Worten berichtet er ihm von seiner Einbestellung beim Nuntius von Venedig, von den Anschuldigungen durch den Kardinal Ruffo und dem Verbot, Ferrara zu betreten. Und kommt dabei zuallererst auf die Frage, die ihn am meisten bedrängt: zu den finanziellen Folgen des Verbots. »Nach einem derartigen Schlag kann sich Eure Exzellenz meine Lage vorstellen. Auf meinen Schultern lasten sechstausend Dukaten in Gestalt von Verträgen, die ich für diese Oper bereits gezeichnet habe. Und bis zu diesem Zeitpunkt habe ich bereits hundert *zecchini* vorgestreckt!«

Vivaldis Angaben über seine Ausgaben und Verpflichtungen sind in aller Regel übertrieben – siehe die Geschichte um das Klavichord für Anna. Von seiner gut gefüllten Börse, mit der er etwaige Ausfälle ausgleichen würde, ist plötzlich keine Rede mehr. Aber auch wenn man ein- oder zweitausend Dukaten von seiner Rechnung abzieht, bleibt angesichts eines Jahresgehalts von einhundert Dukaten von der Pietà eine Schuld, die für ihn kaum zu bewältigen ist.

Natürlich versucht er in seinem Brief an Bentivoglio auch die Vorwürfe hinsichtlich seines Verhältnisses zu Annina und Paolina zu entkräften. »Was mich am meisten empört«, schreibt er, »dass seine Eminenz Ruffo diesen armen Frauen Sünden zuschreibt, die die übrige Welt ihnen niemals angelastet hat. Seit vierzehn Jahren sind wir zusammen in zahllose Städte Europas gereist, und überall wurde ihre Ehrenhaftigkeit bewundert ... Alle acht Tage verrichten sie ihre *devozioni,* wie viele Zeugen bestätigen können. Im Übrigen halte ich mich niemals im Haus der Girò auf, die bösen Zungen mögen sagen, was sie wollen. Eure Exzellenz wissen, dass ich in Venedig mein eigenes Haus bewohne, für das ich zweihundert Dukaten bezahle, ein anderes, weit entferntes Haus ist das der Girò.«

Dann kommt er auf seine Krankheit zu sprechen. »Es ist bereits fünfundzwanzig Jahre her, dass ich die Messe nicht mehr lese wegen einer angeborenen Krankheit, die mich seit meiner Geburt bedrückt ... Es gibt keinen noblen Herrn, nicht einmal unseren Principe, der mich in sein Haus einlädt, weil alle um meine Krankheit wissen. Nach dem Frühstück bin ich zwar in der Lage, mich zu bewegen, aber nie zu Fuß!«

Nicht nur die Informanten des Kardinals Ruffo, sondern auch Vivaldis Freunde, darunter wahrscheinlich auch Bentivoglio, halten diese Klagen für »leicht übertrieben«.

Was den treuen Bentivoglio jedoch nicht hindert, den Kardinal Ruffo aufzusuchen, um doch noch eine Aufhebung des Verbots zu erwirken. Aber Ruffo zeigt sich kompromisslos.

Der Monsignore habe ihm versichert, schreibt Bentivoglio an Vivaldi, dass er an seiner Entscheidung festhalten werde – selbst für den Fall, dass der Papst ihn auffordern sollte, sie zurückzunehmen, und ihn bei Zuwiderhandlung seines Amtes entheben würde.

Schluss der Debatte und aller möglichen Freundschaftsdienste.

Um einen finanziellen Bankrott zu verhindern, will Vivaldi Anna und Paolina nach Ferrara schicken, um die Oper ohne ihn auf die Bühne zu bringen. »Ohne die Girò«, schreibt Vivaldi an Bentivoglio, sei die Oper nicht zu machen, »weil man nirgendwo auf der Welt eine ähnliche *primadonna* finden kann«.

Aber auch Anna Girò wird der Zutritt nach Ferrara verweigert. Der letzte Versuch, die Katastrophe doch noch abzuwenden, ist gescheitert.

Am Ende bleibt Vivaldi nichts anderes übrig, als seinen alten Freund und Mitarbeiter Franceso Picci mit der Produktion in Ferrara zu betrauen. Ein verzweifelter, ein kluger Schachzug. Um die Premiere noch zu verhindern, müsste der Kardinal zum äußersten Mittel greifen und sie verbieten. Mit dieser Entscheidung würde er Vivaldi allerdings aller finanziellen Verpflichtungen entbinden. Ein kirchliches Verbot gilt – wie ein Erdbeben – als höhere Gewalt, für die der Produzent nicht aufzukommen hat.

Böse Zungen, an denen es in Vivaldis Leben nie gefehlt hat, behaupten, der clevere *prete rosso* habe am Ende höchstselbst durch seinen Mittelsmann Bentivoglio auf ein endgültiges Verbot durch den Kardinal gedrungen.

45

Während es Vivaldi immer schwerer wird, seine Produktionen im eigenen Land zu realisieren, halten ihm seine europäischen Freunde und Verehrer die Treue. Das Theater Schouwburg lädt ihn ein, als Ehrengast am internationalen Festival der europäischen Musiker in Amsterdam teilzunehmen. Er soll zur Eröffnung des Festivals sein *Concerto grosso per dieci Strumenti* aufführen. Die Einladung aus der Stadt Amsterdam, die sich einen Ruf als Avantgarde der Musikszene in Europa erworben hat, ist eine große Auszeichnung für Vivaldi. Aber der Geehrte, sei es, weil er die Strapazen der Reise über die Alpen im Winter scheut, sei es, weil er sich an das Reiseverbot der Pietà halten will, erscheint nicht bei dem Festival und bleibt in Venedig.

Auch in Venedig spitzen sich die Dinge zu. Nach dem Tod von Papst Clemens XII. gewinnt der Aktivist der Gegenreformation, Tommaso Ruffo, immer größeren Einfluss. Wenn er einem Musiker wie Vivaldi den Zutritt zu seinem Erzbistum verweigert, hat das Folgen auch für Vivaldis

Stellung in Venedig. Zwar ist die Serenissima nicht den Urteilen des Erzbischofs von Ferrara unterworfen. Dennoch bleibt ein weithin sichtbarer Makel an Vivaldi hängen.

Nun gerät auch die bis dahin kaum gestörte *amicizia* zwischen Vivaldi und Anna unter Druck. Sie sind ein eingespieltes Paar. Gegenüber den Gerüchten und Klatschgeschichten haben sie Verteidigungsrituale ausgebildet, die einigermaßen funktionierten. Doch nach dem Verdikt des Kardinals Ruffo ist alles anders. Plötzlich hat sich die Beweislast umgekehrt: Nicht die Neider und Denunzianten müssen nachweisen, dass Vivaldi und Anna in Sünde leben, sondern sie, die nun offiziell Verdächtigten, müssen Sorge dafür tragen, dass ihnen nicht irgendeine unbedachte Geste, ja ein intimes Wort während der Probe als Indiz ausgelegt werden kann.

Unmöglich, dass Anna die eine oder andere Nacht unter Vivaldis Dach verbringt. Das Gleiche gilt für Vivaldis Besuche im Haus der Schwestern, von dem er in seiner Rechtfertigung gegenüber Bentivoglio gesagt hat, es liege »sehr weit entfernt« von seinem.

Nach außen hält Vivaldi mit unerschütterlicher Beharrlichkeit an seiner *primadonna* fest. Er sorgt dafür, dass die Girò überall die Hauptrolle singt, wo in diesen Jahren Vivaldi-Werke aufgeführt werden. Und auch Anna bleibt ihrem Maestro treu. Zwar lässt sie sich auch für Opern von Vivaldis Konkurrenten engagieren, aber sie tut dies in striktem Einvernehmen mit Antonio. Nie würde sie einem einträglicheren Angebot zuliebe ein Engagement von ihm ausschlagen.

Aber der *prete rosso* ist nicht mehr derselbe. Seit seinen Anfängen hat er nie einen so tiefen Fall erlebt wie mit dem

Ferrara-Projekt. Bei seiner ersten, katastrophalen Niederlage am Teatro Sant'Angelo war er jung und von der blöden, nahezu unzerstörbaren Hoffnung aller ehrgeizigen Anfänger erfüllt. Er hatte »Quecksilber in den Adern«, wie ein Zeitgenosse schrieb, und seinen Vater an der Seite. Inzwischen ist er ein alter Mann und hat das Gefühl, dass ihn das Glück verlassen hat. Giambattista ist tot, Anna singt irgendwo in Graz und Klagenfurt, demnächst vielleicht bei Händel in London. In Venedig hat er nur noch die Mädchen von der Pietà.

Von Anfang an ist er ein großes Wagnis eingegangen. Er ist einer der ersten freien Künstler Europas. Nur in der ersten Hälfte seines Lebens hat er in einem ständigen festen Dienstverhältnis bei der Pietà gestanden. Den großen Rest seines Einkommens hat er auf dem unsicheren Opernmarkt und beim musikbesessenen Adel eingesammelt – bei dessen Empfängen, Hochzeiten, Geburtstagsfeiern, Partys und durch den privaten Verkauf seiner Partituren. Sollte auch nur eine dieser Quellen plötzlich versiegen, stünde es schlecht um Vivaldis Haushalt. Und ganz schlecht, wenn alle Quellen auf einmal vertrockneten.

Zwei Jahre nach seiner neuen festen Bindung an die Pietà erreicht Vivaldi bei der Abstimmung über die Erneuerung seines Vertrags nur noch sieben Ja-Stimmen gegen vier Nein-Stimmen – und ist damit, nach den Regeln des Instituts, gekündigt.

»Mit großem Staunen«, notiert Präsident de Brosses, der französische Freund und Verehrer nach einem Besuch, habe er bemerkt, dass Vivaldi »nicht mehr die Wertschätzung genießt, die er verdient«.

Wie reagiert der angeschlagene Musiktitan Vivaldi – diese »Furie der Komposition« – auf die Tatsache, dass man in Venedig inzwischen lieber den *divino Sassone* Hasse als Vivaldi an den Opern spielt und die Pietà ihn nicht mehr haben will?

Nicht mit Zerknirschung, nicht mit Selbstzweifeln, schon gar nicht mit Nachdenken über sein Alter und eine womöglich nachlassende Schaffenskraft. Vivaldi tobt, er rast, er will sich rehabilitieren, sich rächen – und beschleunigt damit das Ende der Ära Vivaldi.

Eine vermeintliche Gelegenheit zur Rehabilitation bietet ihm ausgerechnet sein schlimmster Feind – der Kardinal Ruffo von Ferrara. Denn kaum zwei Jahre nach dem Einreise-Verbot für Vivaldi ist er zum Kardinalbischof von Porto und Santa Rufina und zum Kardinalsubdekan befördert worden – also zum stellvertretenden Vorsitzenden des Kardinalkollegiums, das den Papst wählt. Dieser Feind, sagt sich Vivaldi, hat jetzt höhere Sorgen als das Einreise-Verbot für einen angeblich pflichtvergessenen Priester aus Venedig. Ferrara ist frei – höchste Zeit, seine Opern *Siroe* und *Farnace* – mit einer schmeichelhaften Widmung für den neuen Kardinal von Ferrara – zur Aufführung zu bringen.

Bentivoglio ist wie immer hilfreich und die Sache scheint voranzugehen.

Was indessen auf das Desaster »Ferrara I« folgt, ist die Katastrophe »Ferrara II«.

Sie beginnt damit, dass Vivaldi sich nicht entschließen kann, selber nach Ferrara zu reisen, um die Produktion der beiden Opern ins Werk zu setzen. Vielleicht will er den neuen Kardinal nicht durch seine Anwesenheit reizen. Er schickt seinen Bühnenbildner Antonio Mauro in die Stadt; vor allem aber setzt er auf Anna, die die Emira in *Siroe* singen soll.

Trotz Mauro, trotz Anna und ohne eine erkennbare Einwirkung des Kardinals Ruffo gerät die Premiere zu einem krachenden Misserfolg.

Vivaldi braucht nicht lange, um den Hauptschuldigen zu benennen: einen gewissen Pietro Antonio Beretta, *maestro di cappella* des Doms von Ferrara, der am Cembalo die Rezitative begleitet hat. Weil Beretta sein Instrument nicht beherrsche, wütet Vivaldi, habe Beretta sowohl die Noten wie die Texte »seiner Bosheit und seiner Fähigkeit gemäß« abgeändert. »Die Sache liegt so, dass an einem Original von mir weder eine Note noch eine Nummer gestrichen werden darf, weder mit dem Messer noch mit der Feder!«

Seine Empörung über den Eingriff ändert jedoch nichts daran, dass der *commissario* der Oper in Ferrara Vivaldis zweite Oper sofort absagt.

»Exzellenz, ich bin verzweifelt«, schreibt Vivaldi an Bentivoglio, »ich kann nicht dulden, dass ein derartiger Dummkopf (gemeint ist Beretta) sein Glück durch die Vernichtung meines armen Namens macht. Ich flehe euch um der Barmherzigkeit willen an, mich nicht im Stich zu lassen, denn ich schwöre E. E., wenn ich entehrt bleibe, werde ich Unerhörtes tun, um mein Ansehen wiederherzustellen, denn wer mich meiner Ehre beraubt, mag mir gleich auch das Leben nehmen.«

Nicht nur Bentivoglio, auch der heutige Leser dieser Zeilen ist befremdet. Was hat Vivaldi im Sinn? Will er, in der Tradition eines entehrten Italieners, Beretta etwa mit dem Messer zu Leibe rücken, um seine Ehre zu verteidigen?

Der Graf versichert den Verzweifelten artig seiner Anteilnahme, aber macht deutlich, dass er sich mit dem *commissario* in dieser Sache nicht weiter einlassen will. Vivaldis ganzer Zorn entlädt sich nun gegen seinen alten Mitarbeiter Mauro, der ihm die Rechnung für das gescheiterte Unternehmen präsentiert. Vivaldi weigert sich, die Kosten für den Ausfall der Verträge mit den Musikern, Solisten, dem Chor und den Tänzern zu übernehmen. In einer notariellen Erklärung weist Mauro darauf hin, dass Vivaldi in vollem Umfange für diese Verträge und alle bereits getätigten Auslagen und Zahlungen verantwortlich sei; er, Mauro, habe sie in Vivaldis Auftrag bestätigt. Sollte Vivaldi anderer Meinung sein, werde er den Sachverhalt gerichtlich klären lassen.

Vivaldi schäumt. Wie schon bei früheren Streitfällen gehen sein Jähzorn, seine Arroganz und sein schier unerschöpfliches Talent im Erfinden von Verleumdungen mit ihm durch.

In einem ebenfalls notariell registrierten Schreiben hält er Mauro vor, er habe ihm auf dessen »dringende Bitten« einen Gefallen getan, indem er einen in Ferrara bereits tätigen, durchaus fähigen Impresario vertrieben habe, um ihm, Mauro, eine Stelle zu verschaffen und ihm »aus seinem allzu bekannten Elend« herauszuhelfen. Er habe Mauro sogar ein Adrienne-Kleid geliehen, damit der mit dem Pfandgeld für dieses Kleid die Reise nach Ferrara überhaupt antreten konnte. Ob Mauro etwa glaube, dass alle, die in Ferrara spielten und tanzten, inzwischen gestorben seien? Dass die Verträge mit diesen Künstlern, die er, Mauro, mit eigener Hand unterzeichnet habe, inzwischen vom Erdboden verschwunden seien? Es hätte Mauro mit seinem »verrenkten

Hals und den immer paraten Tränen« besser angestanden, einmal mehr um Mitleid zu flehen, als Vivaldi ein derart unverschämtes Schriftstück zu übersenden.

Als wäre es damit nicht genug, verweist Vivaldi noch auf einen Brief, in dem er Mauro geraten habe, auf das ganze Unternehmen zu verzichten. Mauro aber habe nicht auf ihn gehört, weil er mit seinen »maßlosen Forderungen« seinem eigenen Hausstand aufhelfen wollte. Mauro habe nicht nur sich und seine Neffen neu eingekleidet, er habe eine teure Halskette für seine neue Frau vom Pfandhaus eingelöst, fünfundzwanzig Dukaten für eine neue Treppe in seinem Haus ausgegeben, kostbare Schränke gekauft und Wein- und Mehlvorräte angelegt – dies alles sei »bekannt und könne bewiesen werden«. Mauros Verleumdungen und böse Betrügereien würden ihn allerdings niemals der Pflicht entheben, die Musiker, Tänzer und auch ihn, Vivaldi, zu bezahlen. »Erinnert euch«, schließt Vivaldi, nun ganz wieder ein Priester in seinem heiligen Zorn: »Gott sieht, Gott weiß und Gott urteilt …«

Mauro reagiert auf diese wilde Anklage mit einem eher besonnenen Schreiben, in dem er die meisten von Vivaldis Anschuldigungen entkräftet und auf seiner Grundforderung beharrt: Vivaldi muss für die Kosten des gescheiterten Unternehmens aufkommen.

Der Ausgang des Streitfalls ist nicht überliefert. Aber die Historiker haben wenig Zweifel daran, dass Vivaldi auf einem guten Teil seiner Schuldenlast sitzen blieb.

46

Anna hatte sich auf Vivaldis Auftrag in Ferrara gefreut. Sie sollte dort nicht nur singen, sondern an Vivaldis Stelle auch die Produktion der Oper beaufsichtigen – und sie hatte sich diese Rolle zugetraut. Schon seit Jahren schrieb sie mit und gegen Vivaldis Willen die für sie komponierten Arien und auch die Texte um, zeichnete in Vivaldis Namen Verträge, organisierte die Kopien für die Sänger und Sängerinnen, betreute das Bühnenbild und die Kostüme, entschied mit über die Plakate und das Budget. Ihr Auftritt in Ferrara sollte für sie beide – für Vivaldi und Anna – eine Art Rehabilitation sein. Dass der Kardinal Ruffo ihr den Zutritt nach Ferrara verweigert hatte, hatte sie auf die Rolle einer besseren Hure reduziert – auf eine Frau, die nur ein Talent hatte: einen Priester auf Abwege zu führen.

Aber der Auftritt in Ferrara war schiefgegangen, sei es, weil Mauro versagt hatte, sei es, weil Kardinal Ruffo Pfeifkonzerte organisiert, sei es, weil Anna ihre Stimme nicht gefunden hatte. Warum war Vivaldi nicht nach Ferrara gekommen?

Anna ist nicht mehr die Annina von Vivaldi, sondern

die Girò – eine gefragte Sängerin, der es weder an Engagements in ganz Europa noch an Verehrern fehlt. Mit neuer Wucht stellt sich ihr die Frage, die sie immer wieder beiseite geschoben hat: Wird sie durch ihre Bindung an Vivaldi nicht für immer auf Familie und Kinder verzichten und ewig die kleine Annina bleiben, der ein schmutziges Verhältnis mit einem pflichtvergessenen Priester nachgesagt wird? Eine Trennung von Vivaldi ist undenkbar, und dennoch: Ist sie es sich und ihrem Talent nicht schuldig, diese Möglichkeit zu erwägen?

In ihrer Verzweiflung ist sie auf einen Ausweg gekommen, der ihr selber Angst macht und den Vivaldi wahrscheinlich nicht mitgehen wird. Oder doch – aus Liebe zu ihr?

Sie treffen sich an der Mole vor dem Arsenal. Vor den bösen Zungen kann man sich nur schützen, wenn man die bösen Ohren meidet.

Vivaldi blickt sich mehrmals um, als er aus dem Schatten einer kleinen Kirche auf sie zutritt. Zwei Künstler, die ihr Schicksal auf Gedeih und Verderben miteinander teilen, begegnen sich in ihrer Stadt wie zwei Verbannte. Anna zeigt auf einen *burchiello,* der aus der Lagune herausfährt. Mit einem solchen Reiseboot ist Vivaldi vor einem halben Menschenalter nach Mantua gefahren. Das Kind Anna und ihre Familie haben es wenig später auf ihrem Weg nach Venedig in der umgekehrten Richtung benutzt.

»Wie schön wäre es«, sagt Anna, »wenn wir beide in diesem Boot sitzen und wegfahren würden, weg aus der Stadt, und weiter hinaus!«

»Wohin?«

»Ans Ende der Welt!«

Vivaldis Nicken gleicht einem Kopfschütteln.

»Vielleicht«, sagt er leise, »ist es besser für dich, für uns beide, wenn wir uns eine Weile lang nicht sehen und du deine eigenen Wege gehst.«

Anna ist einen Augenblick lang sprachlos. Hat der Maestro ihre Gedanken gelesen? Ja, sie hat erwogen, sich von ihm zu trennen, zu ihrem und zu seinem Besten – wenigstens eine Zeit lang. Aber dass sie ihre heimlichen Überlegungen nun aus seinem Mund hört, irritiert sie, ja empört sie.

»Lass uns in eine Stadt gehen«, sagt Anna, als würde sie diesen Satz nur ausprobieren, »in der die Gerüchte über uns keine Ohren finden, in eine Stadt, in die der Arm eines Kardinals Ruffo nicht reicht!«

»So eine Stadt gibt es nicht.«

»Im Land Martin Luthers, wo Priester heiraten und Kinder zeugen, gibt es solche Städte. Dresden zum Beispiel.«

Vivaldi ist überrascht, diese Möglichkeit hat er nie erwogen. Könnte er mit Anna im protestantischen Dresden leben? Anna gar heiraten und mit ihr eine Familie gründen? Vom katholischen Glauben abfallen und verleugnen, was er ein Leben lang im Namen seines Glaubens geschaffen hat – im Namen der Mädchen von der Pietà, im Namen seiner Eltern und Geschwister, im Namen seiner Freunde und Förderer? Was würde von ihm und seinem gottgegebenen Talent übrig bleiben?

Anna ist klar, was er denkt. »Niemand würde in Dresden von dir verlangen, dass du konvertierst«, sagt sie. »Lass uns einfach eine Weile dort leben und die Freiheit genießen! Du hast Freunde dort!«

In Vivaldi arbeitet es. Als Anna ihn um dieses Treffen bat, hatte er schon gefürchtet, sie wolle nach Graz, nach London gehen, wolle sich von ihm trennen. Jetzt scheint es ihm, dass es Anna um etwas ganz anderes geht, um ihre unmögliche Liebe, um die Chance, sich zu dieser Liebe zu bekennen. Anna bietet ihm ein neues Leben an – um einen hohen Preis! Sie will ihn umpflanzen, ihn, der von seiner Stadt lebt wie die kleine Kirche in der Bragora, in der er getauft wurde. Was wäre Vivaldi ohne Italien, ohne Venedig? Ja, er hat Freunde in Sachsen, den Monsieur Pisendel zum Beispiel, der viele Konzerte von ihm gekauft hat, einen gewissen Giovanni Sebastiano Bach, der Konzerte von ihm für das Klavichord und die Orgel umgeschrieben hat, den jungen Kurprinzen Friedrich Christian von Sachsen, der gerade in Venedig weilt und ein Konzert von Vivaldi an der Pietà besuchen will – der weiß noch nicht, dass Vivaldi entlassen ist.

Andere Namen und Termine gehen ihm durch den Kopf. Ferdinand von Bayern will sich im Teatro Sant'Angelo Vivaldis *Oracolo in Messenia* ansehen, der Botschafter von Neapel hat ihn und die Mädchen von der Pietà zu einem Konzert in seine Botschaft eingeladen und die Mädchen freuen sich auf diesen Auftritt. Ach so, die Pietà hat ihm doch noch einen Zeitvertrag angeboten: fünfunddreißig Dukaten für drei weitere Monate.

Anna kann sein Zögern nicht mehr ertragen.

»Merkst du nicht, dass es hier in Venedig vorbei ist?«, schreit sie ihn an. »Dass du hier nichts mehr giltst?«

Vivaldi holt Luft, er kann es nicht glauben, dass seine Anna fast im Ton des Nuntius zu ihm spricht: »Es hat sich ausgegeigt!«

»Du irrst dich«, bricht es aus ihm heraus. »Dies ist meine Stadt. Hier werde ich leben oder untergehen.«

Anna zieht ihren Schal tief ins Gesicht und lässt Vivaldi stehen. Es ist, als löse sich der Pier unter Vivaldis Füßen auf.

47

Es kommt noch einmal zu einem großen Musikereignis in Venedig, bei dem Vivaldi eine Rolle spielt. Anlässlich des Besuchs des achtzehnjährigen sächsischen Kurprinzen haben sich die vier Waisenhäuser in Venedig eine besondere Form der Huldigung ausgedacht. Zu Ehren des hohen Gastes wollen sie sich mit ihren Orchestern und Chören einem musikalischen Wettstreit stellen.

Das erste Waisenhaus, das sich präsentieren soll, ist die Pietà. Dabei tut sich das Institut mit einem Aufwand hervor, den es bisher nie aufgeboten hat. Der große Saal, von kerzentragenden Kristalllüstern und großen Fackeln beleuchtet, die sich in der Riva degli Schiavoni widerspiegeln, ist mit Goldbrokat und herabhängenden Fransen aus Damast ausgeschmückt. Im Saal drängen sich die Honoratioren der Stadt und ihre erlauchten Gäste aus dem Ausland, die an der Lieblingszerstreuung des jungen europäischen Adels teilnehmen – der »Grand Tour« durch Italiens Städte, deren Glanzpunkt ein langer Aufenthalt in Venedig ist. Alle tragen, wie es während der Karnevalszeit in Venedig obligat ist, Masken. Nur die Mädchen der Pietà, die bei dieser Gelegenheit in prächtigen roten Damastuniformen erscheinen, zeigen ausnahmsweise ihr Gesicht.

Die Huldigungs-Serenata wird auf einer eigens auf dem Wasser errichteten Bühne vor der Pietà aufgeführt. Mit dem Auftragswerk ist allerdings nicht Vivaldi, sondern Gennaro D'Alessandro, der neu eingestellte *maestro di choro*, beauftragt worden; ausgerechnet Vivaldis Freund Carlo Goldoni hat ihm dazu das Libretto geschrieben. Vivaldis Name taucht erst im Programm für das anschließende Festkonzert auf. Dort wird er mit drei Konzerten und einer »Symphonie für viele Instrumente« als *maestro de'concerti* ausgewiesen – in einer Stellung also, die er zu dieser Zeit bereits verloren hat. Und natürlich entgeht dem erfahrenen Vivaldi nicht, dass seine vier Stücke zusammen mit den Kompositionen anderer Autoren zum Rahmenprogramm des irrwitzig langen Festakts gehören, dessen Höhepunkt D'Alessandros Serenata darstellt.

Vergeblich versucht er, dem sächsischen Kurprinzen eine von ihm selbst gefertigte Dedikations-Handschrift seiner vier letzten Werke zu überreichen. Es gelingt ihm nicht, zu ihm durchzudringen.

Es ist die Szene eines Endes. Vivaldi, der Schöpfer eines Waisenorchesters, das europäischen Ruf genießt, muss zusehen, wie seine Mädchen mit gebannten Augen den Einsätzen eines jungen Nachfolgers folgen, den Vivaldi für einen Stümper hält.

Er steht am Rand der Veranstaltung mit dem Gesicht, das der Karikaturist Ghezzi verewigt hat: ein alter Mann mit spitzer Nase, die weiße Perücke jetzt unter einem schwarzen Hut verborgen.

Ob er geahnt hat, dass sein vielleicht größtes Werk – die

musikalische Erziehung seiner Waisenmädchen – im Gedächtnis der Menschheit bleiben wird?

Jedenfalls wird er nicht mehr erfahren, dass er mit der Geringschätzung seines Nachfolgers richtiglag: D'Alessandro wird schon ein Jahr nach seiner Anstellung von der Pietà gekündigt, weil er die geforderten zwei Konzerte pro Monat nicht liefert, oder die gelieferten für untauglich erachtet werden.

Da tritt Vivaldi aus dem Gewimmel der festlich gekleideten Besucher ein junger Mann entgegen, dessen Erscheinungsbild auffällt. Er trägt eine dunkle Kopfbedeckung, die an einen Turban erinnert, eine billige Maske, wie sie die Händler an der Rialtobrücke an Touristen verkaufen, eine zu eng gewickelte Halskrause; aber sein Jackett ist aus Seide.

»Entschuldigen Sie meine Unverfrorenheit, Grand Maître Vivaldi! Aber ich kann Venedig nicht verlassen, ohne dem größten Sohn dieser Stadt meine Aufwartung gemacht zu haben.«

Ein guter Anfang.

Der junge Mann stellt sich als Jean-Jacques Rousseau, Assistent des französischen Gesandten, vor. Die Erwähnung der französischen Gesandtschaft weckt bei Vivaldi Erinnerungen an opulente Soirées, an seinen französischen Verleger, an den französischen König, der einst befahl, zu seinem Vergnügen den »Frühling« aus den *Vier Jahreszeiten* bei Hofe zu spielen. Und im Hintergrund, nein, eher im Vordergrund dieser angenehmen Assoziationen meldet sich auch die Hoffnung auf einen neuen Auftrag.

»Ich bin ein Verehrer Ihrer Musik, und ganz besonders Ihrer *Vier Jahreszeiten*«, fährt Rousseau fort.

»Ein Werk, das von den Franzosen besonders gewürdigt wird!«, erwidert Vivaldi. »Woher kennen Sie es?«

»Ich kenne es nicht nur, ich liebe es! Und möchte Sie um die Erlaubnis bitten, dass ich es für die Traversflöte umschreibe.«

»Sie spielen selber dieses Instrument?«

Rousseau nickt mit einer Heftigkeit, die Vivaldi leicht irritiert.

»Das wird nicht ganz leicht sein«, gibt er zu bedenken. »Wenn ich nicht irre, muss ein Flötist hin und wieder atmen – eine Not, die er mit den Sängern teilt. Ein Geiger dagegen muss nicht Luft holen, um seine Töne hervorzubringen. Wenn er Talent hat, kann er sogar husten – und trotzdem weiterspielen.«

Rousseau lacht. »So einen Geiger möchte ich gern einmal sehen, genauer gesagt: hören! Aber ich schwöre Ihnen, ich kann Ihnen Ihren ganzen »Printemps« auf meiner Traversflöte vorspielen, ohne eine einzige Note zu verlieren!«

·Vivaldi winkt ab; er will nicht riskieren, dass sein Verehrer jetzt seine Querflöte aus der Tasche zieht.

»Besuchen Sie mich«, sagt Vivaldi und kritzelt seine Adresse auf ein gebrauchtes Notenblatt, »ich habe gerade ein neues Konzert für Flöte und Orchester geschrieben; vielleicht kommen wir ins Geschäft.«

Er wendet sich zum Gehen und ist jetzt schon sicher, dass aus dem Geschäft nichts wird. Er weiß, wie Leute aussehen und auftreten, die ein paar Zechinen in der Tasche haben, um ein Vivaldi-Konzert zu kaufen.

Aber der Franzose lässt sich nicht abwimmeln. Offenbar hat er noch etwas anderes auf dem Herzen. Ob es das Ungestüm des jungen Mannes ist, die Fahrigkeit seiner

Bewegungen, diese seltsame Mischung aus Frechheit und Schüchternheit – irgendetwas erinnert Vivaldi an den jungen Mann, der er selber einmal war.

»Ich bin viel gereist und habe vieles gesehen«, beginnt Rousseau. »Aber was Sie, verehrter Maestro, am Ospedale della Pietà zuwege bringen, ist genial – ein einzigartiger Versuch zur Verbesserung des Menschengeschlechts. Vielleicht war dies nie Ihre Absicht, aber genau das ist es, was Sie tun. Sie nehmen die vom Schicksal geschlagenen, die verworfenen und benachteiligten Kinder unter Ihre Fittiche und wecken Talente in ihnen, von denen sie gar nichts wussten. Und indem Sie in diesen Kindern die Leidenschaft für die Musik erwecken, erschaffen Sie eine andere, eine freundliche Umwelt, eine Art zweiter Natur, in der das Böse keinen Platz hat …«

Vivaldi unterbricht ihn ungeduldig.

»Wenn Sie meinen, dass es in der Pietà keine bösen Mädchen gibt, irren Sie sich gewaltig. Vielleicht sollten Sie sich einmal in unserem Gefängnis umsehen – es ist zu jeder Zeit des Jahres gut gefüllt. Ja, auch hinter den Mauern der Pietà gibt es Niedertracht, Diebstahl, Neid und auch körperliche Gewalt! Und es gibt Strafen aller Art – außer der Folter.«

»Aber Sie können doch gar nicht leugnen, dass Sie in diesen namenlosen Mädchen Begabungen geweckt und gefördert haben, die sie niemals hätten entwickeln können, wären sie als Straßenkinder in den Gassen von Venedig oder Paris aufgewachsen! Es heißt sogar, dass einige von Ihren Schülerinnen selber Konzerte komponieren, die Sie allerdings nie haben aufführen lassen!«

Vivaldi wehrt diese Spitze mit einer ärgerlichen Handbewegung ab.

»Nicht alles, Monsieur, was auf einem Notenblatt steht, verdient es, aufgeführt zu werden!«

»Aber beweist der Erfolg Ihrer Arbeit nicht, dass Talent nur eine Frage der Umstände ist? Einige Ihrer Schülerinnen singen heute als Stars an den Opern Europas, Ihre Annina zum Beispiel!«

»Anna Girò ist kein Waisenkind«, korrigiert ihn Vivaldi. »Ihre Eltern sind bekannt, wie schon ihr Familienname sagt.«

»Aber andere sind berühmte Geigerinnen geworden, die sogar mit Vivaldi verglichen werden. Ich habe von keinem Straßenkind gehört, das es so weit gebracht hätte!«

Vivaldi, dem das Gespräch lästig geworden ist, zögert mit seiner Antwort.

»Meine Schwierigkeit mit Ihren Ausführungen, junger Mann, besteht darin, dass Sie Ihr Idealbild für die Realität nehmen. Wir haben in der Pietà vielleicht vierhundert Waisen; draußen, in unseren Häusern auf dem Festland, sind es ein paar Hundert mehr. Aber nur zwanzig bis dreißig von ihnen sind fähig, in meinem Orchester zu spielen, noch einmal so viele eignen sich für den Chor. Nur fünf bis zehn haben das Talent, Solistinnen zu werden und das Herz von weitgereisten Besuchern wie Ihnen zu rühren. Der große Rest, Monsieur, wird bis ans Lebensende weiter nähen, weiter kochen, weiter spinnen …«

An dieser Stelle des Dialogs bin ich dem Leser ein Geständnis schuldig. Die Begegnung zwischen Vivaldi und Rousseau hat nie stattgefunden. Die beiden hätten sich begegnen können, wenn Vivaldi nicht kurz vor Rousseaus Ankunft in Venedig aus der Stadt verschwunden wäre. Zwar beschreibt Rousseau in seinen Memoiren, dass er viele Konzerte der Pietà besucht hat und vom Gesang der unsichtbaren Mädchen bezaubert war. Dass es ihm sogar gelang, einigen Sängerinnen der Pietà vorgestellt zu werden. Vivaldi selbst hat er um zwei Jahre verpasst und nie getroffen.

48

Nur Paolina und Vivaldis unverheiratete Schwestern kümmern sich in diesen Tagen noch um den Maestro. Seine *primadonna* lässt sich auf den Opernbühnen des Auslands feiern. Nicht nur in den Titelrollen von Vivaldis Opern, die immer noch gespielt werden, sondern immer öfter in den Werken seiner beliebteren Konkurrenten: Porpora, Hasse und Händel.

Vivaldi hat immer noch Pläne für die Zukunft, aber sie führen ihn alle aus Venedig heraus – nach Paris, nach Amsterdam, nach Wien. Was ist mit Graz, wo die Brüder Lingotti noch vor zwei Jahren seine *Adelaide* mit Erfolg aufgeführt haben, oder mit Prag, mit dessen Oper er seit Jahren Beziehungen unterhält? Oder tatsächlich mit Dresden? Die Namen der Städte und der Gönner, die er ein Leben lang mit seinen Konzerten und Dedikationen bedacht hat, verwirren sich in seinem Kopf. Sicher ist nur, er muss Venedig verlassen, und das heißt für einen Mann seines Alters: für immer.

Wo ist Anna?

Oft steht er jetzt am Fenster seines Studios in der zweiten Etage, die er noch vor ein paar Jahren mit seinem Vater geteilt hat. Er komponiert nicht mehr. Er gibt sich einer Zerstreuung hin, die er zeit seines Lebens verworfen hat: Er schaut aus dem Fenster, stundenlang. Blickt auf die vorbeifahrenden Gondeln und auf das Treiben der Händler und Touristen entlang des Canal Grande. Das alles gehört nicht mehr zu ihm, ist nicht mehr Teil seines Lebens.

Was ihn beschäftigt, worum er sich immer noch kümmert, ist der Verkauf des einzigen Besitzes, der ihm geblieben ist – seine Partituren. Der Verwaltungsrat der Pietà hat ihn für den 29. April einbestellt, um einen Teil der unzähligen Konzerte, die er für die Pietà geschrieben hat, zu erwerben. Die *governatori* wissen, dass das Institut auf den Besitz dieser Konzerte als Übungsmaterial angewiesen ist, um das Niveau des Orchesters und des Chors zu halten. Vivaldi hat eine Pauschal-Lösung vorgeschlagen, geradezu einen Ausverkauf: sämtliche Konzerte für eine Zechine pro Stück. Aber der Verwaltungsrat kann sich nicht darauf einigen, Vivaldi auch nur einen Teil der Konzerte für diesen Preis abzukaufen. Drei Enthaltungen, drei Gegenstimmen, vier Pro-Stimmen – das Geschäft ist gescheitert.

Gerade will er das Fenster zum Canal Grande schließen, da hört er durch den Lärm, der zu ihm heraufdringt, ein paar Takte eines Liedes, das ihm bekannt vorkommt. Nein, es ist gar kein Lied, sondern eine Arie. Hat er sie selber komponiert?

Wer singt da, ist es eine Touristin, die in einer Gondel vorbeifährt? Eine Verehrerin, die vor seinem Haus steht und beweisen will, dass sie sein Werk kennt? Er beugt sich weit aus dem Fenster, aber da ist keine Gondel, und falls eine Touristin vor seinem Haus steht, kann er sie nicht sehen.

Die Stimme wird lauter, jetzt kann er deutlich die Melodie und ein paar Wörter unterscheiden.

»Tra le follie diverse …«

Als die Stimme abbricht, summt er unwillkürlich weiter:

»de quai ripieno è il mondo …«

Da fällt es ihm ein. Es ist eine Arie aus einer seiner vierundneunzig Opern – waren es wirklich vierundneunzig? Jedenfalls ist es die erste Arie, die er für Anna, als sie noch seine Annina war, geschrieben hat, lange bevor er die Oper dazu komponiert hat. Und plötzlich hat er wieder alle Fehler im Ohr, die er Annina beim Üben in den ersten Unterrichtsstunden austreiben musste.

Vor seiner Tür setzt die Stimme mit größerem Volumen wieder ein – eine Stimme, die er liebt.

»Chi può negar que la follia maggiore
In ciascuno non sia quella d'amore?«

Anna und Vivaldi fallen sich in die Arme.

Als sich die Gerüchte verdichten, Vivaldi werde die Stadt verlassen, entscheidet sich der Verwaltungsrat, siebzig Dukaten und zwanzig Grossi für zwanzig Konzerte zu bewilligen. Es bleibt unklar, ob Vivaldi diese letzte Zahlung der Pietà noch kassiert hat.

Und das schöne Haus in unmittelbarer Nähe der Rialtobrücke, für das Vivaldi nach eigenem Bekunden zweihundert Dukaten Jahresmiete zahlt – in Wahrheit sind es, wie Micky White nachweist, einhundertsiebenunddreißig Dukaten gewesen? Seine Möbel, sein Schreibpult, sein Bett, sein Notenständer, seine Soutanen, seine Schreibfeder und Tinte bleiben an ihrem Ort.

Nur seine Geige und seine Partituren fehlen.

Ob er seine Heimatstadt endgültig verlassen wollte? Wahrscheinlicher ist, dass Vivaldi die Flucht vor seinen Gläubigern angetreten hat.

49

Es gibt in Vivaldis Biographie mehrere Lücken, die die Vivaldi-Forscher trotz immer neuer Entdeckungen bisher nicht aufklären konnten. Die interessanteste Lücke ist die zwischen Vivaldis Abreise aus Venedig zwischen dem 12. und 24. Mai 1740 und seiner Ankunft in Wien im Mai 1741.

Der Zeitraum für seine Abreise ergibt sich aus dem Datum der letzten Zahlungsbewilligung durch die Pietà und dem Tag, an dem ein Rechtsanwalt im Namen des Ensembles des Teatro Sant'Angelo ausstehende Zahlungen einforderte und von Vivaldis Nachbarn mit der Auskunft beschieden wurde, der Maestro weile nicht mehr in der Stadt. Seine Ankunft in Wien – fast ein Jahr später – lässt sich erschließen aus einem Schreiben Vivaldis vom 5. Mai 1741 an den Grafen Johann Karl Friedrich von Öttingen-Wallerstein, der am Wiener Hof eine Repräsentanz unterhielt.

Wo war Vivaldi zwischen dem Mai 1740 und dem Mai 1741?

Man brauchte zu Vivaldis Zeiten nicht ein Jahr, um von

Venedig nach Wien zu reisen. Die Postkutsche schaffte die Strecke in einer Woche.

Hat er Anna und Paolina auf seine letzte Reise mitgenommen?

Ich wünsche ihm, dass er sich mit den Schwestern im Sommer und Herbst dieses Jahres in den Hügeln des Veneto oder im südlichen Bergland vor Graz eine lange Auszeit genommen hat. In Dörfern und Herbergen, in denen ihn niemand kennt und erwartet. Vivaldi hat nichts mehr zu gewinnen und zu verlieren, er hat endlich Zeit. Sein einziges Gepäck sind seine Geige und die Partituren, die er noch zu verkaufen hofft.

Er geht mit den Schwestern spazieren, besucht Weingüter und Kirchen, betet gelegentlich, verschmäht die Beichte, betrinkt sich am Abend und steht früh auf, wie er es gewohnt ist – aber nicht, um die Mädchen an der Pietà zu unterrichten. Er will den Sonnenaufgang sehen, kleine Anhöhen ersteigen, dem allmählichen Erwachen der Landschaft und der Tiere zuhören. Und da erlebt er – vielleicht zum ersten Mal – die Naturgeräusche, den Regen, die Blitze und den Donner, all die Wetterereignisse und das große Schweigen danach, die er in seinen *Vier Jahreszeiten* musikalisch erfunden hat.

Die Zeilen der Sonette, die er dem Grafen Morzin geschickt hat, sind ihm nicht mehr im Ohr: »Der Frühling ist gekommen und freudig / begrüßen ihn die Vögel mit fröhlichem Gesang / Die Bächlein fließen zum Säuseln der Zephirwinde / mit sanftem Murmeln …« Was war das für ein Mist, Pennäler-Poesie!

Vivaldi bleibt plötzlich stehen, legt den Finger an die Lippen und lauscht. Seine Geste steckt Anna an, die versucht, ein Geräusch aus den Bäumen nachzuahmen. Zögernd erst, dann immer sicherer bildet sie das *Didudet* eines Distelfinks mit ihrer Stimme ab und gleich darauf das *Di-wet-wet di-wet-wet* von anderen Vögeln. Vergeblich wartet sie auf eine Erwiderung, bis Paolina Annas Rolle übernimmt und mit ihrem Lockruf eine vielstimmige Antwort auslöst.

»Ich wusste ja gar nicht, dass du so etwas kannst«, sagt Anna.

»Jetzt weißt du es.«

An einem anderen Tag geraten Vivaldi und Anna in einen Regensturz, dem ein gewaltiges Gewitter folgt. Völlig durchnässt suchen sie unter dem Dach eines verlassenen Stalls Schutz. Voller Staunen und Angst betrachten sie den von Blitzen zersplitterten Himmel und ducken sich unter den nachfolgenden Donnerschlägen zusammen. Anna wringt ihren Schal aus und trocknet sich damit die Haare; danach rubbelt sie Vivaldis graue Strähnen ab, in denen sich nur ein Schimmer von Rot erhalten hat, und wischt mit den Zipfeln des Tuchs die Tropfen aus seinen Augenbrauen. Vivaldi nimmt ihr das Tuch aus der Hand.

»Entschuldigen Sie, Maestro«, sagt Anna spöttisch. »Ich hatte schon wieder vergessen …«

»Hör auf damit. Was hast du vergessen?«

»Die Höllenstrafen, die auf Sie warten, wenn Sie eine Frau berühren. Oder wenn Sie sich von einer Frau berühren lassen. Dabei ist es ja nur ein Schal, der Sie berührt hat!«

Das Gespräch der beiden klingt wie ein abgenutzter Dialog, der allerdings nicht abgeschlossen ist.

»Sie glauben doch immer noch an die ewige Verdammnis, auch wenn Sie es leugnen!«, wirft Anna ihm hin, dreht sich weg, streift ihr Kleid über den Kopf und wringt es aus. Dabei blickt sie sich einmal kurz nach Vivaldi um. Will sie sich vergewissern, dass er wegschaut oder sie beobachtet?

Während sie das Kleid ausschlägt, es wieder zusammendreht, um es erneut auszuwringen, spricht sie einen Text vor sich hin: »Ein sanftes Lüftchen weht, doch zum Wettstreit / wird es gefordert vom nahen Nordwind. / Der Hirtenknabe weint, er fürchtet / den drohenden Sturm und sein Schicksal …«

»Was faselst du da?«

Anna fährt fort: »Seinen müden Gliedern ist die Ruh' genommen / weil er die Blitze und die wilden Donner fürchtet / und die Schwärme der Mücken und der Wespen! / Ach nur allzu wahr sind seine Ängste / der Himmel donnert und blitzt und der Hagel / bricht die Köpfe der Ähren und der stolzen Halme.«

»Welcher Kindskopf hat das geschrieben?«, fragt Vivaldi wütend.

Anna dreht sich um und steht nun vor ihm – eine junge Frau im nassen Unterkleid, eine betörend schöne Frau, die aus vollem Leibe lacht.

»Don Vivaldi hat das geschrieben, als er noch ein Hirtenjunge war. Paolina hat mir die Sonette herausgesucht, und ich habe mir erlaubt, die schönsten Zeilen auswendig zu lernen.«

Vivaldi fällt meckernd in Annas Lachen ein. Zumindest das Lachen konnten sie immer teilen.

»Aber die Musik zu meinem »Sommer«, die Musik …«

»Ist unsterblich«, vollendet Anna den Satz. »Übrigens siehst du wie ein nasser Rabe aus!«

Ob Anna und Vivaldi damals – endlich wieder oder zum ersten Mal – zu jener verbotenen Art der Liebe gefunden haben, die ihnen die Gerüchte und viele Romane nachsagen, wissen nur die beiden.

An dieser Stelle des Buchs angelangt, rief ich den Archivar Giuseppe Ellero noch einmal an. Ich vergewisserte mich über dieses und jenes Detail, dessen ich nicht ganz sicher war. Und stellte ihm schließlich die Frage, von der ich doch wusste, dass niemand mir darauf eine Antwort geben konnte – ich fragte ihn, wie er sich die Beziehung zwischen Vivaldi und Anna vorstelle.

Nachdem er mir mit aller Sorgfalt die wenigen bekannten Daten in Erinnerung gerufen hatte, rückte er unversehens mit einer Hypothese heraus, die mich so überraschte, dass ich zunächst glaubte, mich verhört zu haben. Es sei die phantastischste Spekulation von allen, warnte mich Ellero, sozusagen das schwarze Geheimnis Vivaldis, für das er nicht den Schatten eines Beweises anführen könne. Aber sie sei keineswegs unwahrscheinlicher als die bekannten unbewiesenen Spekulationen. Vivaldi, fuhr er fort, war zweiunddreißig Jahre älter als Anna, aber sicher auch etliche Jahre älter als Annas Mutter. Könnte es sein, dass Annas Mutter schon einmal – zwischen 1708 und 1709 – nach Venedig gekommen war, um bei Vivaldi Musikunterricht zu nehmen? Von wem hatte Anna ihre schöne Stimme? Und dass aus dieser Beziehung eine *figlia di un sacrilegio* hervorgegangen war, nämlich Anna?

Ich versuchte, meine Gedanken zu ordnen. Anna – ein uneheliches Kind von Vivaldi? Und nicht Anna, sondern die immer als »Halbschwester« bezeichnete Paolina wäre in Wahrheit die legitime Tochter aus der Ehe ihrer Mutter Bartholomea und dem französischen Perückenmacher Girò?

Aber ich kam gar nicht dazu, meine weiteren Fragen zu formulieren, denn Ellero, plötzlich in Fahrt geraten, ließ sich nicht unterbrechen und war schon zwei Sätze weiter.

In jener Zeit, in den Jahren der beginnenden Aufklärung, sei es ständig passiert, dass Priester und Priesteranwärter zu Vätern wurden. Man müsse nur an das Beispiel von Mozarts Librettisten Lorenzo da Ponte denken, der zwei uneheliche Kinder in seine Ehe einbrachte.

»Wenn Vivaldi tatsächlich Annas Vater gewesen wäre«, hakte ich schließlich nach, »hätte er dann seiner Tochter ihre Herkunft verschwiegen? Und sich damit begnügt, ein ganzes Leben lang seine Hand über sie zu halten?«

Ich weiß nicht, ob die darauf folgende Pause der schlechten Verbindung oder Elleros Nachdenken geschuldet war.

»Das ... Sie ... gesagt!«, glaubte ich vom anderen Ende der Leitung zu hören.

Spätestens im Herbst 1740 hatte das Vivaldi-Team keine Optionen mehr. Vivaldis alter Gönner, Karl VI., tut ihm keinen Gefallen damit, dass er vor dessen Ankunft in Wien am 20. Oktober dieses Jahres stirbt. Vom Tod des Kaisers haben die drei, selbst wenn sie sich weitab in einem Bauernhaus in den Bergen die Zeit vertrieben, mit Sicherheit bald darauf erfahren. Und mussten keine Zeitung lesen, um zu erraten, was die unmittelbare Folge für alle Musikanten im Kaiserreich sein würde: die Schließung aller Opern und die Anordnung einer langen Trauerzeit – vierzehn Monate in diesem Fall.

Kein guter Zeitpunkt, um Partituren zu verkaufen.

Als Vivaldi in Wien ankommt, bleibt ihm nichts anderes übrig, als es dennoch zu versuchen. Er kommt auf eine Bitte an den Grafen Johann Karl Friedrich von Öttingen-Wallerstein zurück, ihn zu empfangen. Da Vivaldi den Grafen nicht antrifft, lässt er ihm durch einen Diener ein Konzert für die Traversflöte überreichen und schreibt: »Ich möchte Eure Exzellenz auf diesem Wege daran erinnern, dass Ihr in mir einen allerbescheidensten und ehrfürchtigen Diener habt, der keinen Weg scheut, um Euch zu gehorchen und von Euch die erhofften Befehle zu erhalten.«

Ein Hilferuf.

Wenig später gelingt es Vivaldi, sich mit dem Herzog von Sachsen-Meiningen, einem anderen Mittelsmann am Wiener Hof, zu verabreden. Aber der Herzog vermerkt in seinem Tagebuch nur, dass er den »compositor« zweimal n i c h t empfangen habe. Das erste Mal habe Vivaldi sich wegen Krankheit entschuldigt und sei »auf eine andere Zeit verwiesen« worden. Beim zweiten Mal sei Vivaldi zwar da gewesen, »welchen er aber wiederum nicht gesprochen« habe.

Am 28. Juli 1741 stirbt Vivaldi in Wien und erhält in dieser Stadt noch am selben Tag – fünfzig Jahre vor Wolfgang Amadeus Mozart – ein Armenbegräbnis. In der Todesurkunde ist vermerkt, dass Vivaldi am »inneren Brand« verstorben sei.

Eine Woche später wird Vivaldis Haus in Venedig auf Antrag seiner Schwestern Margarita und Zanetta vom Gericht versiegelt. Micky White hat aufgelistet, was Artabano Tosi, einer von Vivaldis Gläubigern, dort vorfand. Darunter waren:

- *sechs Sessel mit Schutzbezügen*
- *zwölf alte Sessel mit rotem und gelbem Brokat bezogen*
- *vier schmale schwarze Tische aus Birnenholz*
- *ein Tablett mit Kaffeetassen in chinesischem Stil*
- *sechs Lampen in chinesischem Stil*
- *ein schmales goldgerahmtes Bild mit der Jungfrau Maria*
- *zwei Heiligenbilder*
- *goldlackierte Wandtapeten aus Leder*
- *ein paar Schränke in chinesischem Stil bemalt*
- *eine Menge schmaler Betten, viele Strohstühle, kleine Tische und Bänke, Kerzenhalter, Vorhänge …*

Kaum irgendetwas dabei, das geeignet gewesen wäre, Artabano Tosis Forderungen zu befriedigen. Die Truhen und Schränke, in denen er Vivaldis Instrumente, Kleidungsstücke, Bücher und Partituren vermutete, waren leer. Undenkbar, dass Vivaldi sie alle nach Wien mitgenommen hat – auch dort haben sich weder seine Instrumente noch seine Partituren angefunden.

50

Nach seinem Tod bleibt das Werk Vivaldis fast zweihundert Jahre lang vergessen. Die Einzigen, die sich ein gutes Jahrhundert später mit ihm zu beschäftigen beginnen, sind deutsche Bachforscher, die in einigen Cembalo- und Orgelkonzerten des sächsischen Komponisten auf den rätselhaften Vermerk stießen: »*da Vivaldi*«. Und dies auf Italienisch! Bach hätte ja auf gut Deutsch auch »nach Vivaldi« schreiben können! Nun gut, die gesamte Musiksprache, die auch Bach benutzte, kam nun einmal aus dem Italienischen.

Die Irritation der Bach-Gelehrten entbehrt nicht der Komik, wenn man bedenkt, dass Bach selber fast ein Jahrhundert lang in Vergessenheit geraten war, bis Carl Friedrich Zelter und dessen Schüler Felix Mendelssohn Bartholdy die sogenannte Bach-Renaissance einleiteten.

Wer war dieser verschollene Italiener, dem der deutsche Meister so oft seine Referenz erwies? Die Antwort auf diese Frage wurde für die Bachforscher noch dadurch erschwert, dass sie lange Zeit nicht in der Lage waren, die Partituren der von Bach benutzten Vivaldi-Konzerte aufzufinden.

Das änderte sich, als im Jahre 1867 in einem vergessenen Notenschrank der katholischen Hofkirche zu Dresden
neben den Werken anderer italienischer Komponisten etwa
achtzig Violinkonzerte von Vivaldi auftauchten – offenbar
handelte es sich um das Musizier-Repertoire der Dresdner
Hofkapelle. Viele dieser Konzerte dürften durch Vivaldis
Freund Pisendel nach Dresden gelangt sein.

Bei der nun einsetzenden Vivaldi-Forschung stellte sich
nebenbei heraus, dass ein umgeschriebenes Orgelkonzert
von Johann Sebastian Bach, das dessen Sohn Wilhelm Friedemann als seine Schöpfung ausgegeben hatte, in Wahrheit
von Vivaldi stammte. Aber dieser posthumen Korrektur
und Würdigung folgte eine lange Reihe von Zurücksetzun-
gen und Kränkungen, die das wiederentdeckte Teilwerk
Vivaldis in der Ära der beginnenden Bach-Verehrung zu
bestehen hatte. Die Vergleiche, die die deutschen Bachforscher zwischen den beiden Komponisten nun anstellen
konnten, fielen regelmäßig zuungunsten Vivaldis aus. Wie
konnte es überhaupt passieren, dass der große Bach Konzerte von diesem vergessenen Italiener benutzt und umgeschrieben hatte?

Ein verhältnismäßig wohlwollender Vergleich stellte den
»tiefgeistigen Arbeiten« des deutschen Titanen den »galan-
ten Stil« des venezianischen Stichwortgebers gegenüber.
Dem Autor fiel immerhin das »sangbar melodische Element« in Vivaldis Konzerten auf und eine »größere Durch-
sichtigkeit und Einfachheit des Satzes«. Populärer wurde
ein bekennender Vivaldi-Verächter, der in seinem mehr-
fach aufgelegten Buch *Die Violine und ihr Meister* einen
anderen Ton anschlug. Am Beispiel der von Bach arrangierten Konzerte Vivaldis versuchte er nachzuweisen, dass

der deutsche Meister aus dem »dürren, leblosen Skelett des italienischen Componisten« etwas ganz Neues gezaubert habe. Bach habe »ein kümmerlich begründetes Grasbeet in einen anmuthigen Blumengarten verwandelt«. So geht es in diesen von deutschem Überlegenheitsgefühl getragenen Abrechnungen mit dem transalpinen Musikverderber weiter. »Je weniger Fantasie, Geist und Tiefe Vivaldi in seinen Compositionen zeigt, desto erfinderischer ist er in Äußerlichkeiten.«

Das gereizte Interesse der deutschen Bachforscher, die dank der Vorliebe des Sächsischen Hofes für die italienische Musik und der aufgefundenen Manuskripte durchaus in der Lage gewesen wären, Vivaldis Werk – und sei es nur zum Zweck der Gegenüberstellung – wieder bekannt zu machen, blieb ohne Folgen. Der einsame Aufruf des Musikforschers Arnold Schering, die Werke »eines der begabtesten Köpfe des Jahrhunderts« endlich wieder aufzuführen, blieb ungehört.

Es ist ein Kuriosum der deutschen Musikkultur, dass sich die Tradition einer gewissen Herablassung gegenüber Vivaldi in Kreisen deutscher Bachverehrer bis heute erhalten hat. Wobei das Rätsel, was den großen Bach dazu verführt haben mochte, so viele Konzerte des italienischen Zirkus-Musikanten zu benutzen und umzuschreiben, unbeantwortet bleibt.

Was hat es auf sich mit dem deutschen Streben, Bach über Vivaldi zu stellen? Die einzig interessante Frage ist doch, was an den beiden barocken Zeitgenossen erkennbar so verschieden ist! Die wilden Tempoumschwünge in seinen Konzerten, seine Lust an einer plötzlichen acht- bis sechzehnfachen Beschleunigung oder auch Verlangsamung, auf die dann wieder ein regelrechtes Schnellfeuer folgt, das Springende und Quecksilbrige in Vivaldis musikalischer Dramaturgie müssen den Thomaskantor befremdet haben. Dem Temperament Vivaldis lag es wiederum völlig fern, einen musikalischen Gedanken mit Bach'scher Unerbittlichkeit auszuarbeiten und bis an die Grenzen seiner Variationsmöglichkeiten zu führen. Was Kontrapunkt und Fuge angeht, fällt Vivaldi immer wieder durch eine ungenierte Inkonsequenz, ja durch einen geradezu programmatischen Leichtsinn auf, ein eingeführtes Thema in der Wiederholung einfach abzukürzen und rasch zu einem effektvollen Abschluss zu drängen. Im Übrigen wird man eine scherzhafte Spielanweisung – an die Mädchen von der Pietà – wie sein *»Più presto di possibile«* – in Bachs Autographen nicht finden.

Sicher haben sich jenseits der Gegensätze zwischen den beiden Temperamenten auch die unterschiedlichen religiösen Ausrichtungen auf das Schaffen der beiden ausgewirkt. Aber kann es nicht sein, dass gerade diese Unterschiede Bachs Interesse für Vivaldi wachgehalten haben? Vivaldi-Experten machen jedenfalls geltend, dass sich Vivaldis Einfluss auf Bach keineswegs auf die Transpositionen von Vivaldi-Konzerten beschränke. Die neuen Gestaltungsprinzipien, die Vivaldi im Konzertsatz entwickelt hatte – vor allem Vivaldis Satzanlage in Ritornellform –, seien für Bachs gesamtes Schaffen prägend geworden.

Was soll's? Bach selber war kein Bachist. Auf dem Totenbett, so hat es mir mein Vater erzählt, soll Bach gesagt haben: Händel ist der einzige Mensch, der ich sein möchte, wenn ich nicht Bach wäre. Das Bekenntnis Bach oder Vivaldi erinnert irgendwie an die Lagerbildung um die Beatles und die Rolling Stones in den sechziger Jahren. Die Frage: Mit welcher Gruppe hältst du es? kam damals einem Gesinnungstest gleich. Wer die falsche Antwort gab, gehörte auf die andere Seite.

Es bedurfte dann eines regelrechten Wunders, eines zufälligen Fundes in einem abgelegenen Kloster, um die Wiedergeburt Vivaldis einzuleiten. Die Folgen dieser Entdeckung waren so einzigartig, dass man von einem Ereignis sprechen kann, für das es in der Musikgeschichte kein Vorbild gibt.

Der Abt des Salesianerklosters San Carlo in Borgo San Martino im Piemont richtete im Jahre 1926 eine Anfrage an die Leitung der Turiner Nationalbibliothek, eine Sammlung von Partituren aus der Klosterbibliothek zwecks Verkaufs zu begutachten. Die Leitung der Turiner Bibliothek betraute einen damals berühmten Mann aus der Professorenschaft der Turiner Universität, den Komponisten, Musik-Avantgardisten und Autor Alberto Gentili, mit der Begutachtung.

51

Im Herbst 1926 windet sich ein Cabriolet mit Fahrer auf einer Serpentinenstraße durch die Hügel des Piemont. Gentilis Blick streicht über die Landschaft: Weinreben, die gerade geerntet werden, Olivenhaine, die noch etwas warten müssen. Viele der steileren Terrassen sind von den Bauern, die sie bewirtschaftet haben, verlassen worden. In einer steilen Kurve werden die Mauern eines festungsartigen Klosters sichtbar, das in der nächsten Kurve wieder verschwindet. Gentilis Assistentin Lidia versucht, sich in der Wegeskizze zurechtzufinden.

»Ich glaube, wir hätten vor der letzten Kurve links abbiegen müssen!«

»Aber das war doch nur ein Feldweg!«, widerspricht Gentili. »Wo soll unsere Straße denn hinführen, wenn nicht zum Kloster! Schließlich leben die Mönche seit Jahrhunderten hier!«

»Aber vielleicht laufen sie seit Jahrhunderten zu Fuß. Hauptsache, wir bleiben nicht stecken! Und was, Professore, werden wir hier finden?«

»Auf jeden Fall einen Wasserschaden. Und vielleicht

ein paar interessante Partituren – falls sie noch trocken sind.«

Der Wagen nähert sich einem alten, aus den Steinen der Region errichteten Gemäuer. Sie halten auf einem von Bougainvilleen und Oleandersträuchern eingefassten Vorplatz. Gentilis Besuch wird erwartet. Ein Mönch führt ihn und seine Begleiterin durch die langen Gänge des Konvents, die einen großen Innenhof umschließen, zur Bibliothek. Das graue Haar des Abtes, der ihn begrüßt, wirkt verwildert.

Gentili und der Abt stehen sich in einem hohen Raum mit einer reich ausgestalteten Decke gegenüber. Die Gemälde stellen in stark verblassten Farben das Jüngste Gericht dar. Gentilis Blick folgt der Spur eines Rinnsals an der Wand bis zur Decke, das die Körper der zur Hölle Verdammten mit einem grünlichen Schimmel überdeckt. Durch einige Löcher in der Decke kann er ein Stück Himmel sehen.

Als wolle er Gentilis Blick vom Schimmel ablenken, deutet der Abt auf die holzgetäfelten Wände der Bibliothek, in der Tausende von Bänden aufgereiht sind. Er führt Gentili vor ein Regal, in dem die hochformatigen Bände stehen.

»Was Sie vor sich sehen, Professore, ist ein ungehobener Schatz. Seit über hundert Jahren hat niemand diese Partituren berührt.«

Gentili nimmt einige der Bände zur Hand – sie sind durch die Feuchtigkeit aufgequollen. Als er aus einer anderen Ecke einen der trockenen Bände herausholt und aufschlägt, steigt ihm eine Staubwolke ins Gesicht, die für eine Sekunde auch das Haupt des Abtes einhüllt. Gentili blättert in der Partitur. Es handelt sich nicht um Drucke, sondern um handschriftlich gefertigte Autographen. Vergeblich sucht er nach dem Namen des Urhebers.

»Haben Sie irgendeines dieser Stücke je in Ihrem Kloster aufgeführt?«

»Wir singen nur, Professore! Auswendig und a cappella!«

Gentili ist überrascht von der Ahnungslosigkeit des Abtes, auch etwas verärgert. Der gute Mann will ihm etwas verkaufen, weiß aber gar nicht, was er hat? Immerhin eine Gelegenheit für ihn, Gentili, dem Abt die Grenzen seines Interesses anzudeuten und den Preis zu drücken.

»Nicht alles, was verstaubt ist, verdient es, wiederentdeckt zu werden. Warum sollte die Turiner Nationalbibliothek dieses alte Zeug kaufen?«

Der Abt hebt den Blick zur verschimmelten Decke, als suche er dort eine Antwort. Gentili greift sich einen anderen Band, liest in den Noten und ist plötzlich elektrisiert. In seinem Kopf nimmt eine einzelne Geigenstimme Gestalt an, die den hohen Raum mit einem getragenen Largo füllt.

»Das hier klingt jedenfalls nach Musik. Irgendein Hinweis, wer das geschrieben hat?«

Der Abt kann keine Antwort geben. Gentili schlägt die Titelseite auf, aber findet auch dort keinen Namen.

»Ich gehe jede Wette ein: Hier haben wir ein Violinkonzert von Vivaldi vor uns!«

»Vivaldi?«, fragt der Abt. »Wer ist das? Muss man den kennen?«

»Ach, Monsignore. Niemand kennt Vivaldi. Außer einem halben Dutzend deutscher Musikologen, und die kennen ihn auch nur, weil ein gewisser Johann Sebastian Bach bei ihm abgeschrieben und als guter Deutscher auf seine Quelle hingewiesen hat! Wie viele Vivaldi-Bände haben Sie?«

»Mindestens zehn«, erwidert der Abt auf gut Glück, »es könnten aber auch achtzig sein!«

Gemeinsam ziehen die beiden Dutzende von Bänden aus dem Regal. Bei der nun folgenden Inventur stoßen sie auf Opern-Partituren, auf deren Titelseiten endlich auch der Name Antonio Vivaldi verzeichnet ist, auf Hunderte von Violinkonzerten, neunundzwanzig Kantaten und ein Oratorium. Meist sind es handgeschriebene Manuskripte, deren Urheber der Turiner Experte an einer spezifischen Eigenart erkennt: Auf den ersten Seiten sind die Bass- und Violinschlüssel noch mit kräftigen Strichen markiert. Im Weiteren werden sie wie in Kurzschrift nur noch angedeutet, und das Notenmeer drängt in Wellen mit kaum noch lesbaren Punkten an den Rand der Seite und darüber hinaus.

Insgesamt sind es dreizehn Bände, die Gentili – mit dem Vorbehalt einer genaueren Untersuchung – dem Autor Vivaldi zuordnet. Es finden sich aber auch Werke anderer vergessener Meister in dem Regal, die Gentili der Turiner Nationalbibliothek gern einverleiben möchte.

»Reden wir erst einmal über die dreizehn Bände Vivaldi! Was wollen Sie dafür haben?«, fragt Gentili.

»Vierzehn!«, unterbricht ihn die Assistentin Lidia. Sie hat auf einem Bücherbord, das sie nur mithilfe einer Leiter erreichen kann, noch einen weiteren Vivaldi-Band entdeckt und überreicht ihn Gentili. Der öffnet die Partitur, liest die Noten. In seinem Kopf nehmen die Einleitungs-Takte des Allegros aus den *Vier Jahreszeiten* Gestalt an. Gentili ist überwältigt, verbirgt aber seine Aufregung.

»Also gut, vierzehn Bände. Wie viel wollen Sie dafür haben?«

Der Abt grübelt, er hat keine Ahnung, wie der Wert der vierzehn Bände zu bemessen ist.

»Fünfzigtausend Lire!«

»Das kann nicht Ihr Ernst sein«, ruft Gentili, der auch nicht weiß, was der Fund wert ist. »Fünfzigtausend Lire für einen Komponisten, der seit hundertfünfzig Jahren nicht mehr gespielt wird? Haben Sie eine Waage? Gehen wir nach Gewicht: Dreihundert Lire für ein Kilo!«

»Dreihundert Lire für hundert Gramm!«, kontert der Abt.

Während die beiden feilschen, setzt ein Gewitter ein. Der heftige Regen, der aus den Löchern in der Decke hereinströmt, vertreibt alle aus der Bibliothek. Auf Anordnung von Gentili werden siebenundneunzig Bände, darunter vierzehn Vivaldi-Partituren, in Gentilis Cabriolet geladen, das der Fahrer gerade noch rechtzeitig geschlossen hat.

52

Der zwischen der Turiner Nationalbibliothek und dem Kloster ausgehandelte Preis für die Vivaldi-Bände ist auf der Website der Bibliothek nicht benannt. Er dürfte ziemlich nahe bei der Summe gelegen haben, die der ahnungslose Abt in heiliger Inspiration zuerst genannt hatte – jedenfalls war es eine Summe, die die finanziellen Möglichkeiten der Turiner Bibliothek weit überstieg. Gentili fand einen Turiner Börsenmakler namens Roberto Foà, der bereit war, die geforderte Summe für den Ankauf aufzubringen – mit der von Gentili vorgeschlagenen Auflage, dass die Sammlung, die er der Turiner Bibliothek nach dem Kauf schenken würde, den Namen seines frühverstorbenen Sohnes Mauro tragen sollte. *Raccolta Mauro Foà* – mit diesem Namen ist die Sammlung in die Bestände der Turiner Bibliothek eingegangen.

Bei der genaueren Durchsicht der Vivaldi-Bände stellte Gentili fest, dass er allenfalls die Hälfte einer ursprünglich zusammenhängenden Sammlung von Vivaldi-Manuskripten erstanden hatte. In manchen Partituren der Opern fehlte der zweite oder der dritte Akt, in den Violinkonzerten waren ganze Sätze aus den Manuskripten herausgerissen. Hatte Gentili die Ruinen eines erbittert geführten Erbschaftskrieges vor sich, der ohne Rücksicht auf die Integrität der Manuskripte ausgefochten worden war?

Nach einer abenteuerlichen Suche der Musikdetektive, die Gentili auf den Weg schickte, stellte sich heraus: Der im Jahre 1922 verstorbene Graf Marcello Durazzo, der die in der Sammlung *Mauro Foà* zusammengefassten Vivaldi-Partituren an das Kloster in Piemont vermacht hatte, hatte einen Neffen namens Giuseppe Maria Durazzo. Der hatte nach dem Tod seines Onkels, dem Bruder von Marcello Durazzo, die andere Hälfte des Vivaldi-Schatzes geerbt. Gentili gelang es, diesen Neffen, der ebenso wie der Abt eine exorbitante Summe nannte, zum Verkauf seines Erbanteils zu bewegen. Aber nur, nachdem ein zweiter Mäzen, der Textilfabrikant Filippo Giordano, sich bereit erklärt hatte, dafür die extrem hohe Summe von siebzigtausend Lire zu bezahlen.

Die Details dieser Entdeckungsgeschichte sind so verrückt, dass selbst ein echter Drehbuch-Doktor aus Hollywood sich weigern würde, sie in einem Vivaldi-Film zu verwerten – zu kompliziert, zu unwahrscheinlich und vor allem zu kitschig!

Hier sind die Tatsachen:

Es traf sich, dass der zweite Mäzen Filippo Giordano ebenfalls einen Sohn hatte, der im Kindesalter verstorben war. Und wieder war es Gentili, der diesem zweiten Mäzen den Vorschlag machte, seiner Schenkung an die Turiner Bibliothek den Namen seines Sohnes Renzo zu geben. *Raccolta Renzo Giordano* – so ist die Sammlung dort verzeichnet.

So verdankt sich der Erhalt der Handschriften eines kinderlosen Autors, der einen guten Teil seiner Konzerte für die Mädchen von der Pietà geschrieben hat, zwei reichen Männern, die ihre Söhne vorzeitig verloren hatten.

Mit dem Erwerb dieser zweiten Sammlung hörten allerdings die Querelen keineswegs auf. Der Neffe Giuseppe Maria Durazzo hatte beim Verkauf seines Erbteils neben anderen grotesken Verboten die Bedingung durchgesetzt, dass die von ihm veräußerten Vivaldi-Werke zu seinen, des Neffen, Lebzeiten nicht öffentlich aufgeführt werden durften. Sie waren schließlich sein persönlicher Besitz gewesen. Warum sollte sie irgendjemand hören dürfen außer ihm und seinen erlesenen Gästen?

Zum Glück ist dieser schwierige Erbhalter dann irgendwann gestorben.

Aber nun kamen dem Wiederentdecker Gentili auch noch die Weltläufe in die Quere. Im Jahre 1936, sechs Jahre nach der Zusammenführung der Vivaldi-Manuskripte in der Turiner Bibliothek, schlossen Deutschland und Italien ihren »Freundschaftspakt«; die »Achse Rom-Berlin« war geboren. In den nächsten Jahren folgten auch in Italien Gesetze, die Juden verboten, »Arier« zu heiraten, in der italienischen Armee, in der italienischen Verwaltung oder in irgendeiner öffentlichen Institution zu dienen. Gentili war ein Jude, und auch die von ihm inspirierten Mäzene Foà und Giordano waren Juden. Gentili wurde gezwungen, die Turiner Universität zu verlassen, und verbrachte die Jahre der faschistischen Diktatur hauptsächlich damit, sich zu verstecken. Er starb 1954 in Mailand.

Es bedurfte der Begeisterung des Dichters Ezra Pound und seiner Geliebten Olga Rudge, einer begabten amerikanischen Geigerin, um mitten im italienischen Faschismus eine kleine Vivaldi-Renaissance herbeizuführen. In den Jahren 1938 und 1940 organisierte Pound mit seiner Olga Vivaldi-Konzerte in Siena und Rapallo. Bei den Konzerten wurden Mikrofilmaufnahmen von Vivaldi-Partituren verwendet, die Pound sich von der Sächsischen Landesbibliothek in Dresden hatte schicken lassen. Als die Turiner Bibliothek sich weigerte, ihm Mikrofilme der Turiner Handschriften zu übermitteln, rief er kurzerhand einen guten Bekannten aus der Mussolini-Regierung an, den Erziehungsminister Giuseppe Bottai. Der sorgte umgehend für das Gewünschte; seine faschistischen Grüße werden nicht gefehlt haben.

Die eigentliche Karriere von Vivaldis Musik ist dem 1947 gegründeten Istituto Italiano Antonio Vivaldi auf der venezianischen Halbinsel San Giorgio zu verdanken – und den »neuen Medien«, dem Radio und der Langspielplatte. Die immer zahlreicheren Radio-Einspielungen von Vivaldi-Werken durch Kammerorchester wie *La Scuola Veneziana, I Musici di Roma* oder Nigel Kennedy sorgten für eine ständig zunehmende Verbreitung von Vivaldis Werken. Inzwischen sind unzählige Gruppen und Einspielungen hinzugekommen. Allein von den *Jahreszeiten*-Konzerten liegen Hunderte von Aufnahmen vor.

Die vier Jahreszeiten, meinte Michael Ballhaus, seien heute weltweit das meistgespielte Stück der klassischen Musik. Nicht einmal Mozart oder Beethoven könnten mithalten.

Er habe das gerade gegoogelt, fügte er hinzu.

NACHSPIEL

Das Bild von Michael Ballhaus, das sich mir mehr als jedes andere aus seinen letzten Jahren eingeprägt hat, zeigt ihn an einem Sommerabend auf der Außentreppe vor dem Haus, dessen zweite Etage er bewohnte. Selbst in seinen letzten zwei Jahren, als er nur noch Schatten und Umrisse sehen konnte, legte er großen Wert auf zwei Dinge: auf sein Äußeres und auf seine Unabhängigkeit. Er nahm gern meinen Arm, wenn wir in dem geländerlosen Hausflur auf die Haustür zutraten, aber lehnte ihn entschieden ab, sobald wir die Treppe zur Straße erreichten. Hier kenne er schließlich jeden Tritt und Schritt, sagte er. Ich ging ihm zwei Stufen voraus, um ihn notfalls abzufangen, falls er stolperte. Aber wenn ich ihn dann am Fuß der Treppe stehen sah und die Abendsonne ein Lächeln auf seinem Gesicht auslöste, sah ich einen schönen alten Mann, der sich immer noch zutraute, die Welt zu erobern.

Auf der Straße musste er sich dann wieder einhaken, weil er das Trottoir nicht sicher von der Straße unterscheiden konnte und mein Cabriolet nur als einen dunklen Schatten wahrnahm. Aber auf keinen Fall durfte ich ihn, wenn ich ihn dorthin geleitete, bei der Hand nehmen; an der Hand geführt zu werden, empfand er als Entwürdigung – also bitte immer nur am Arm!

Im Restaurant wurde er vom Besitzer, der ihn mit seinem Namen begrüßte, an »seinen Tisch« geführt. Ich las ihm die ganze Menü-Karte vor, die er wahrscheinlich auswendig kannte, aber offenbar hoffte er jedes Mal auf etwas Neues, Unerwartetes – auf eine Speise, die er hier noch nie probiert hatte. Als die von ihm gewählte Fegato alla Veneziana aufgetragen wurde, begriff ich, dass ich die Leber für ihn zerschneiden und seine Gabel zu den Fleischstücken führen musste.

»Wunderbar«, sagte er jedes Mal, wenn er mit meiner Hilfe einen Bissen mit den Spitzen seiner Gabel erspürt und zum Mund geführt hatte.

»Ich genieße jeden Tag! Ich habe ein wunderbares Leben gehabt, und jetzt entdecke ich durch die Hörbücher die Weltliteratur, für die ich nie Zeit gefunden habe!«

Seit einigen Wochen vermied ich den Blick in seine Augen, weil ich nicht prüfen wollte, ob er noch zu irgendeiner Erwiderung meines Blicks fähig war. Einmal schaute ich direkt hinein – seine Augen gaben keine Antwort mehr.

Meist setzten wir unsere Gespräche nach dem Essen in Michaels Wohnung fort. Michael dirigierte mich zu einer bereitstehenden Leiter und forderte mich auf, eine bestimmte Flasche Rotwein aus dem Regal zu holen, deren Lage und Hersteller er genau angeben konnte. In aller Regel handelte es sich um ein edles Produkt französischer Herkunft, dessen Jahrgang irgendwo zwischen meinem und seinem Geburtsjahr lag. Er ließ es sich nicht nehmen, an dem Korken zu riechen, bevor er die Flasche freigab. Nach dieser Pause und dem rituell verzögerten Nicken nach dem ersten Schluck nahm er plötzlich ein Stichwort von mir auf, das ich vor einer guten Stunde hatte fallen lassen: »Der längste Kuss meines Lebens!« Ich hatte ihm von einer Liebe erzählt, die mit dem längsten Kuss meines Lebens begonnen hatte. Jetzt wollte er alles wissen – und genau.

»Wie lange dauerte der Kuss?« – »Eine Dreiviertelstunde!« – »Ich glaube, du übertreibst! Und zwar unverschämt!« – »Ich habe nicht auf die Uhr geschaut!«

Das Stichwort erinnerte ihn an eine eigene Geschichte – die Anfangsszene der Liebesgeschichte mit seiner zweiten Ehefrau F. Der Altersunterschied zwischen Michael und ihr entsprach etwa dem zwischen Anna und Vivaldi. Er hatte F. mit einer Umarmung und einem Kuss, der nicht enden wollte, gewonnen. Aber bei seinem Heiratsantrag, den er sorgfältig geplant hatte, war alles schiefgegangen.

Er, der Kameramann, hatte sich vor allem über die Kulisse seines Heiratsantrags Gedanken gemacht. Der Antrag sollte vor einem einzigartigen Hintergrund zelebriert werden – in Rom also, aber nicht etwa auf irgendeinem Platz in Rom, sondern in der Sixtinischen Kapelle. Michael und die nichts ahnende F., die er für »ein Wochenende in Rom« eingeladen hatte, stellten sich also vor dem Vatikan an – in eine endlose Schlange von Touristen, die aus ganz anderen Gründen zur Sixtinischen Kapelle strebten. Das Paar wartete gute zwei Stunden und gab schließlich auf. Natürlich wollte Michael seiner Braut in spe nicht erklären – und schon gar nicht in diesem Gedränge! –, warum sie noch eine oder zwei Stunden länger warten sollten. Die Szene, die Scorsese sicher gern inszeniert hätte – der Kniefall seines Kameramanns vor seiner Braut in der Sixtinischen

Kapelle –, sie fand nicht statt. Michael wollte das wunderbare Restaurant wiederfinden, in dem er in Rom mit dem Scorsese-Team das Ende der Dreharbeiten von *Gangs of New York* gefeiert hatte. Aber der Name des Restaurants fiel ihm nicht ein. Die beiden verirrten sich in eine enge Seitenstraße der Via del Corso. Und dort, in einer Touristenkneipe jener Sorte, die für zehn Euro ein Menü mit drei Gängen, Getränk inklusive, anbietet, vollführte Michael Ballhaus dann seinen Kniefall vor F. Und wurde erhört.

Bei unseren letzten Begegnungen hatte sich Michaels Stimmung immer mehr verdüstert. Von seinem Lebensmut und seinem heiteren Trotz gegen die endgültige Blindheit war nichts mehr übrig. Gerade in den letzten Jahren war er mit allen Ehrungen, die ein Kameramann erhalten kann, ausgezeichnet worden, zuletzt noch mit dem eigens für ihn geschaffenen »Berliner Bären«. Dazu hatte ich ihm nach seinen Vorschlägen eine Rede konzipiert. Michael hielt seine Rede dann völlig frei, ohne ein einziges Mal in die übergroßen Lettern des vorbereiteten Manuskripts zu schauen. Er hätte sie ohnehin nicht mehr lesen können und benutzte nur ein oder zwei Formulierungen, die ihm im Gedächtnis geblieben waren. Es war eine großartige, eine ungeschützte Rede, die aus dem Herzen kam. Er hatte keine Angst mehr, vor einem tausendköpfigen Publikum zu sprechen.

Die Tage danach mit all den Glückwünschen und Telefonanrufen, sagte er, habe er wie im Rausch verbracht. »Aber was soll jetzt noch kommen? Ein Kameramann, der nichts mehr sieht, was kann der noch machen?«

Er habe keine Lust mehr, fuhr er fort, er denke gar nicht daran, alles mitzumachen, was ihm die Natur am Ende seines Lebens noch zumute. Seine Geduld mit seiner Blindheit sei erschöpft.

Kurz vor seinem Tod rief er mich an, er wollte mich noch einmal »sehen«. Zu viert saßen wir am Tisch in seinem Wohnzimmer – Michael, seine Frau F., ihre Tochter aus erster Ehe und ich. Die Fenster standen offen, Vogelgezwitscher drang herein, das Sonnenlicht in diesem sonst grauen April erhellte das Zimmer. Michael saß mir gegenüber in einem wunderschönen grauen Hemd, die unvermeidlichen Hosenträger hielten seine frisch gebügelten hellen Leinenhosen – ein Gentleman, der noch im Angesicht des Todes Wert auf sein Äußeres legte. F. hatte Spaghetti bolognese bereitet, und ich holte nach Michaels Anweisungen einen Châteauneuf-du-Pape des Jahrgangs siebzig aus dem Regal. Er roch an dem Korken, aber hatte nichts auszusetzen.

Wir redeten eine gute Stunde lang über dies und das, über unsere ersten Begegnungen, über unsere Kinder, über lauter Dinge, die am Ende dieses Tages nicht zu Ende sein würden. Vor dem Abschied sagte ich ihm, dass ich ein Buch über Vivaldi schreiben und ihm widmen würde. Das schien ihm zu gefallen.

Als ich mich von ihm verabschiedete, drückte ich ihm wie gewohnt einen Kuss auf die linke, dann auf die rechte Wange. Zum Schluss gab ich ihm einen Kuss auf den Mund. Er war überrascht, er lächelte, es schien ihm nicht zu missfallen.

Zwei Tage später erfuhr ich von seinem Tod.

Mir fehlen die Bilder von Michael Ballhaus zur Musik von Antonio Vivaldi.

MEINE QUELLEN

Natürlich konnte ich dieses Buch nicht schreiben, ohne mich auf die Studien und Biographien zu stützen, die seit der Wiederentdeckung Vivaldis publiziert worden sind. Hier ist der Ort, den Verfassern für die Bücher zu danken, die ich benutzt habe.

Die ergiebigsten Quellen für dieses Buch waren die *Informazioni e Studi vivaldiani,* die vom Istituto Italiano Antonio Vivaldi in Venedig herausgegeben werden. Hier habe ich Auskünfte über einzelne Aspekte meiner Vivaldi-Geschichte gefunden: über Vivaldis Krankheit, über die Namen und Schicksale der *figlie di choro* an der Pietà, über den aktuellen Stand des Wissens über Anna Girò. Antonio Fanna und Angelo Ephrikian, die das von der Fondazione Giorgio Cini finanzierte Institut im Jahr 1947 gründeten, sind auch die werkgetreue Herausgabe von Vivaldis Musik und die ersten Aufführungen in Konzerthäusern, Philharmonien und Opernhäusern zu verdanken. Fanna und Ephrikian haben zudem die ersten Vivaldi-Einspielungen des Hauses Ricordi angestoßen und so die bis heute anhaltende Vivaldi-Euphorie ausgelöst.

In keinem anderen Werk habe ich so oft nachgeschlagen wie in Micky Whites *Antonio Vivaldi – A Life in Documents* (Florenz 2013). Die Engländerin unternahm das Nächstliegende und gleichzeitig Schwierigste, wenn es um die Würdigung eines vergessenen Musikgenies geht, über dessen Leben man kaum etwas weiß: Sie sammelte alle Dokumente, in denen der Name Antonio Vivaldi, sei es als Autor (Briefe, Beschwerden, Zeugenaussagen etc.), sei es als Adressat (Mietverträge, Beklagter, Vertragspartner etc.) vorkommt, und gab sie in chronologischer Reihenfolge heraus. Einige dieser Dokumente hat sie selbst entdeckt. Ihre kurzen englischen Erläuterungen zu den nicht leicht zu lesenden italienischen Dokumenten gehören zum Besten, was es über Vivaldi zu lesen gibt, und verraten eine Detailkenntnis, wie sie nur wenige Experten besitzen. Eine Legende besagt, Micky White habe während ihrer Jahre in Venedig einige Monate als Stipendiatin in dem Teil der Pietà gelebt, der noch erhalten ist.

Als eine unentbehrliche Enzyklopädie über das venezianische Leben hat sich das Monumentalwerk *La Storia di Venezia nella Vita privata* (Triest 1903) von Pompeo G. Molmenti bewährt. Der Historiker und Schriftsteller Molmenti hat sich schier für alles interessiert, was das alltägliche Leben in Venedig seit der Entstehung der Stadt bis zum Ende des 18. Jahrhunderts bestimmt hat: Kleidermoden, kirchliche und profane Feste, Turniere, das Leben des Adels und des Volkes, Luxusgegenstände, den Ehrbegriff und Anlässe für Duelle, Scheidungen und Mätressen, Hochzeiten und Begräbnisse, Theater und Konservatorien.

Benedetto Marcellos Satire *Das Theater nach der Mode* ist 1917 in München und Berlin auf Deutsch erschienen. Bei meinen Zitaten habe ich die vorzügliche Übersetzung von Alfred Einstein benutzt.

Natürlich kann ich hier nicht schließen, ohne die autobiographischen Schriften zu erwähnen, die mir als Zeugen für Vivaldis Zeit gedient haben: Carlo Goldonis *Geschichte meines Lebens und meines Theaters,* Jean-Jacques Rousseaus *Bekenntnisse,* Lorenzo da Pontes *Geschichte meines Lebens,* Président de Brosses' *Lettres familières d'Italie* und immer wieder Giacomo Casanovas *Geschichte meines Lebens.*

Bei meiner Rekonstruktion der Wiederentdeckung von Vivaldis Partituren habe ich mich vor allem auf *Discovering the Rediscovery of Antonio Vivaldi* (The Choral Journal, Vol. 55, No. 10, 2015) von Miles Fish gestützt. Erst nach dem Ende der Arbeit an meinem Buch habe ich von einem Roman erfahren, der die Wiederentdeckung Vivaldis zum Gegenstand hat. Es handelt sich um Federico Maria Sardellis *L'affare Vivaldi* (Palermo 2015).

Die aktuellste Biographie stammt von Gianfranco Formichetti: *Vita di Antonio Vivaldi* (Mailand 2017). Formichetti hat das Talent, historische Fakten und die neuesten Erkenntnisse der Vivaldi-Forschung präzise und gleichzeitig mit erzählerischem Schwung zu präsentieren.

Die sehr viel früher erschienene Monographie *Vivaldi a Venezia* (Treviso 2003) von Virgilio Boccardi war mir bei den Anfängen meiner Recherchen ein ständiger Begleiter und hat mich durch ihre häufigen szenischen Einlagen überrascht.

Die international bekannteste Biographie *Antonio Vivaldi* (Stuttgart 1985) hat der englische Musikhistoriker Michael Talbot geschrieben – in einer Person *Historical Advisor* der Vivaldi Society of Great Britain, Mitglied der Royal Musical Association und des Comitato scientifico des Istituto Italiano Antonio Vivaldi. Michael Talbot ist ein Pionier, man kann auch sagen, ein Großmeister der Vivaldi-Forschung. Wie kaum ein anderer hat er sich um die musikalische Analyse von Vivaldis Werken verdient gemacht und verbindet seine Expertise, wie wir dies von englischen Autoren im Glücksfall kennen und erwarten, aufs Schönste mit einem unterhaltsamen Stil, der nicht frei von Bosheit ist.

Das erste Buch, mit dem ich mich zu Anfang meiner literarischen Beschäftigung mit Vivaldi – sagen wir 2003 – eingelesen habe, war die Rowohlt-Monographie *Vivaldi* von Michael Stegemann (Reinbek bei Hamburg 1985). Obwohl dieses Buch in einzelnen Punkten – z. B. was das Alter von Anna Girò angeht – von der Vivaldi-Forschung inzwischen überholt worden ist, halte ich es immer noch in Ehren. Nicht nur, weil es so schön zerfleddert ist. Michael Stegemann hat viele zeitgenössische Dokumente ausgegraben und in seine Vivaldi-Darstellung eingefügt. Zwei lange wörtliche Zitate von deutschen Zeitgenossen über Vivaldi verdanke ich diesem Buch, und vieles mehr.

Eine unterschätzte deutsche Biographie ist *Vivaldi* von Karl Heller (Leipzig 1991). Der Rostocker Musikwissenschaftler hat nicht nur eine akribische Studie von Vivaldis Leben vorgelegt, soweit es aus den damals bekannten Dokumenten zu erschließen war. Dank seines Zugangs zur Musikabteilung der Sächsischen Landesbibliothek konnte er zudem viele nur selten genannte Quellen berücksichtigen und den Streit der Bachforscher über Vivaldi mit vielen Zitaten belegen. Auch sein Votum über Vivaldis prägende Rolle bei der Entwicklung der Konzertform verdient Beachtung.

Auch einige Romane zu Vivaldi, die mich inspiriert haben, seien noch erwähnt:

Alejo Carpentier: *Barockkonzert,* Frankfurt 1976.

Barbara Quick: *Vivaldis Virgins,* New York 2008.

Tiziano Scarpa: *Stabat Mater,* Turin 2008.

Hans-Ulrich Mielsch: *Vivaldis Annina,* Köln 2001.

Für Anregungen, Vorschläge, Diskussionen und geduldige Begleitung möchte ich danken:

Volker Schlöndorff, Christine Becker, Antonio Fanna, Virgilio Boccardi, Giuseppe Ellero und Ettore Camuffo.

GLOSSAR

Einige italienische Wendungen und Begriffe kommen im Buch häufiger vor, deshalb möchte ich sie hier übersetzen und knapp erläutern.

Amicizia: Freundschaft

Basso continuo: fortlaufender Bass, Generalbass – die tiefste Instrumentalstimme, die von verschiedenen Instrumenten wie dem Cembalo oder der Gambe gespielt wurde

Burchiello: historisches Boot aus Holz mit einer Kabine und mehreren reich verzierten Balkonen, das zur Beförderung von Personen und Utensilien der venezianischen Oberschicht diente

Cappella Ducale: Chor und Orchester des Markusdoms in Venedig

Convivenza: Zusammenleben, auch: Zusammenwohnen

Devozioni: Gebete

Figlia mia: wörtlich übersetzt »meine Tochter«; in der gesprochenen Sprache eher »mein Kind«, »mein Mädchen«

Figlie di choro: Waisenmädchen, die eine musikalische Ausbildung für den Chor und/oder an Musikinstrumenten erhielten. Beide Gruppen wurden unter dem Begriff *figlie di choro* zusammengefasst. Auch der Name *figlie privilegiate* (privilegierte Mädchen) taucht in der Literatur häufig auf.

Figlie di comun: die einfachen Waisenmädchen, die zwar eine Grundausbildung, aber keine musikalische Erziehung erhielten

La follia: »der Wahnsinn« oder »die Torheit«, der Titel eines berühmten barocken Musikstücks, das von vielen Komponisten bearbeitet wurde. Weil es ursprünglich auf einen portugiesischen Tanz zurückgeht, findet sich auch häufig die Schreibweise folia/Folia.

Lira: Die in Venedig gebräuchlichen Zahlungsmittel waren der *zecchino,* der *ducato,* die *lira* und der *saldo.* Folgende »Umtauschkurse« können als Orientierungswerte für Vivaldis Zeit dienen: »Eine Goldmünze (zecchino) hatte den Wert von 22 Silberlire; der Wert eines Dukaten (ducato corrente) wird meist mit 6 lire 4 soldi, zuweilen auch mit 8 lire, angegeben. Einer Lira entsprachen 20 Soldi (Sols). Bei Zugrundelegung eines Dukatenwerts von 6 Lire, 4 Soldi (= 6,2 Lire) ergibt sich damit, daß eine Zechine rund 3,5 Dukaten umfaßte.« (Karl Heller, *Antonio Vivaldi*, Leipzig 1991, S. 396)

Maestro di cappella da camera: Kapellmeister, musikalischer Leiter, der Komponist, Dirigent und Arrangeur eines Orchesters

Nuntius: apostolischer Bote, vom Papst entsandter Botschafter des Vatikans, zugleich Priester und Diplomat

Parlatorio: Besuchsraum

Parrocchia: Pfarrei, Pfarrbezirk

Pepiano: eine Art Loge im Parterre des venezianischen Theaters

Piano nobile: »edles Geschoss«, repräsentatives Stockwerk über dem Erdgeschoss

Più presto di possibile: »schneller, als es möglich ist« – scherzhafte Anweisung, die sich in einer von Vivaldis Partituren findet, aber mit Sicherheit auch bei seinen Proben mit den *figlie di choro* öfter zum Einsatz kam

Priora: Leiterin eines Klosters oder Instituts, in diesem Fall der Pietà

Putta: kleines Engelchen oder Putte, verweist auf die musizierenden Liebesboten in der barocken Malerei und Skulptur. Für die Mädchen von Vivaldi wurde der Ausdruck *le putte di Vivaldi* in Venedig populär.

Sacrum militare Oratorium: Heiliges Oratorium für das Militär

Sbirro: Spitzel, abwertende Bezeichnung für die oft korrupten Schergen der Inquisition in der Republik Venedig

Scafetta: die Kinderklappe des Ospedale della Pietà

La Serenissima: die Schönste, die Heiterste – ein Kosename für Venedig, der auch heute noch in Gebrauch ist

Theorbe: Lauteninstrument mit einem zweiten Wirbelkasten an einem verlängerten Hals

Violone: Saiteninstrument mit fünf oder sechs Saiten